U0926044

九江市文联文艺繁荣工程项目

九江市柴桑区文艺繁荣工程项目

长篇历史小说

陶渊明

TAO YUAN MING

吴必胜◎著

中国文联出版社
http://www.clapnet.cn

图书在版编目（CIP）数据

陶渊明 / 吴必胜著. --北京：中国文联出版社，2019.2
ISBN 978-7-5190-4104-5

Ⅰ. ①陶… Ⅱ. ①吴… Ⅲ. ①长篇历史小说-中国-当代 Ⅳ. ①I247.5

中国版本图书馆 CIP 数据核字（2019）第 007369 号

陶渊明
（TAO YUAN MING）

著　　者：吴必胜

出 版 人：朱　庆
终 审 人：奚耀华　　复 审 人：王柏松
责任编辑：周小丽　　责任校对：蒋　佳
封面设计：肖景然　　责任印制：陈　晨

出版发行：中国文联出版社
地　　址：北京市朝阳区农展馆南里 10 号，100125
电　　话：010-85923036（咨询）85923000（编务）85923020（邮购）
传　　真：010-85923000（总编室），010-85923020（发行部）
网　　址：http://www.clapnet.cn　http://www.claplus.cn
E - mail：clap@clapnet.cn　zhouxl@clapnet.cn

印　　刷：成都国图广告印务有限公司
装　　订：成都国图广告印务有限公司
法律顾问：北京市德鸿律师事务所王振勇律师
本书如有破损、缺页、装订错误，请与本社联系调换

开　　本：880×1230　1/32
字　　数：255 千字　　印　　张：10
版　　次：2019 年 2 月第 1 版　　印　　次：2021 年 4月第 2 次印刷
书　　号：ISBN 978-7-5190-4104-5
定　　价：39.00 元

内容简介

长篇历史小说《陶渊明》，分为上部出仕、下部归隐、暮景三部分。

上部出仕：主要描写陶渊明为实现“丈夫志四海”的人生抱负，几度出仕，又几度碰壁的境遇。首度出仕，任江州祭酒，无从发挥，只得辞归。后为桓玄幕僚，桓玄要反叛朝廷，陶渊明摆脱不了桓玄控制。最后，是陶母以牺牲性命为代价救出儿子。为反桓玄，陶渊明投奔刘裕，刘裕也是“只知有私，不知有晋”的野心家。恰逢刘敬宣调任江州刺史，陶渊明得以为建威参军离开刘裕。最后任彭泽县令一职。他不辱使命，与地方豪强斗法。终因其上下勾结，为难于他，加之殷仲文死，程氏妹病逝，他便辞官归隐，写下《归去来兮辞》一文，从此再不出仕。还写了陶渊明的婚姻。他的第一任妻子是位才女，与陶渊明相知相恋相爱结为夫妻，育有一子，然而好景不长，她体弱多病，最终病逝。陶渊明一度深陷悲痛之中不能自拔，写了《闲情赋》一文——一支凄美爱情的千古绝唱。后续娶翟蕙兰为妻，育有四个儿子。翟蕙兰爱陶诗，善持家，一生陪伴陶渊明过俭朴的日子。

下部归隐：主要描写陶渊明归隐后的生活。归隐前几年，风调雨顺，诗人才有“采菊东篱下，悠然见南山”的闲情。随着家中遇火，加之天灾，而朝廷的赋税有增无减，生活渐渐艰难起来，以致到老年时有忍饥挨饿，游走求乞的境况。尽管如此，他不该饮的酒坚决不饮，不该受的礼断然不受，一生保持贫贱不移的高风亮节。他虽然归隐，生活艰难，但对国家的前途命运却常挂于心。

暮景：写老年的陶渊明，走在故乡的山水间，回顾着过往短暂的好日子，不胜感慨。他对自己的人生做一个回顾，以“人生实难，死如之何!”作结。大病后的陶渊明自知来日无多，对儿孙们作后事交代，一切从简。弥留之际，他口中念起《桃花源记》文辞，在似有似无的声息中，离开了他难舍难分的亲友乡邻。重新启程，来到一个崭新的地方，他在人世间久已向往的地方——桃花源。在桃花源里，陶渊明看见母亲、爱妻和亲人们，看到谢道韫等文友，看到了许许多多受苦受难的民众，他们都在迎接陶渊明的到来。陶渊明终于有了一个美好的归宿，他盼望更多的亲朋好友、劳苦民众能到桃花源里来，永享太平。

上部

出仕

一

一弯新月高高地挂在天空，淡清清的月光倾泻在山坡上、田野里、院落中……一切清新而宁静。

平湖那边不时传来黄莺的叫声，南山下鹧鸪的鸣唱和斑鸠的啼啭传遍旷野……

躺在凉床上的陶渊明，遥望夜空八遐，耳闻天籁之音，心却时时牵挂着屋里……月已西沉山后，鸟儿也倦入梦乡。夜，沉睡了。渊明的心却异常兴奋。“哇——”一声婴儿的啼哭划破夜空的沉寂。渊明闻声而起，来不及穿上木屐，赤足冲向屋内。

“哥。是个崽娃！我当姑妈啦！”小妹渊秀拍手欢跳。

“我明儿当爹了！我陶家有后了！”母亲孟氏疼爱地抱着孙儿，望着不知所措的儿子，欣喜非常。

渊明看不清儿子的模样，忙取过油灯，仔细端详道：“这伢仔好会哭啊！”

屋内传出婴儿的啼哭和亲人们的欢笑。

昏暗的灯光下，妻子思荻虚弱的身体渐渐平静了，她为家人喜悦的气氛所感染，娇美而显苍白的脸上露出一丝笑意。渊明蹲在妻子身旁，为她轻轻拭汗，此时虽无交谈，但彼此间的爱意却在俩人的心中交融涌动。

“嫂子受苦了，我给你做油面吃！”渊秀说着去了厨房。

夜已深了。渊明让母亲、小妹去歇息，自己来照看妻儿。望着入眠的母子俩，渊明一点睡意也没有。他想给儿子取名字，这是当爹的分内的事。取什么好呢？富呀贵的非己所愿，狗呀牛的又显一般。渊明看着妻子的倦容，想到母亲养育儿女的艰辛，而儿女长大后，该怎样回报慈母？他想起一个“俨”字，意即恭敬，“嗯”，他满意地点了点头。还得给儿子取个字，这字既有长者的期望，又是儿子的追求。渊明想到孔子的孙子孔伋，字子思，有大学问，著书《中庸》，为儒家经典。何不给儿子取字为求思？在渊明的理想中，将来儿子应胜过自己，也未必不能著书立说。“好，求思好！”渊明情不自禁地自语道。他有所感怀，想作诗。于是，他提笔在纸笺上写下《命子》二字。悠悠思绪，意达远古……

用过早膳，全家人来在思荻母子床前。陶母抱起孙子，对渊明说道：“明儿，给我孙子起好名字了？”

“我昨夜想到了，不知母亲满意不？”

“哥，你说出来呀！”渊秀催促道。

渊明看着儿子清澈明亮的眼睛，吟起《命子》诗的一段：“……卜云嘉日，占亦良时。名汝曰俨，字汝求思。温恭朝夕，念兹在兹。尚想孔伋，庶其企而。”

陶母听此一段，思忖道：“名陶俨，字求思……温恭朝夕，见贤思齐。好，好！哦，荻儿，你看怎样？”她笑问儿媳。

“儿父命名，意远情深。”思荻赞许。

“小求思，让姑妈抱抱！”渊秀抱过侄儿，亲吻着。

儿子的到来，给一家人带来欢慰，但同时，渊明面对弱妻幼子，再看看母亲与小妹，一种作为男人的压力和责任感又随之而来。该做些什么了。其实这一想法，早些年就有，而且很强烈：“猛志逸四海，骞翮思远翥。”他很想干出一番功业，如同曾祖陶侃。

二

渊明走出家门，在回忆中，他涉过溪水，沿着常走的山间小路，登上了与南山相近的一处山崖。他又来到那棵独秀于林的青松旁，当年庞通之传来淝水大捷的喜讯时，他就站在这郁郁葱葱的劲松下，纵览山水天地……

晋太元八年（383）秋，北方前秦大举南侵，秦主苻坚率百万虎狼之师，企图灭晋；当时东晋只有八万士卒。双方在淝水相遇，情势万分危急，东晋的百姓整日提心吊胆，随时准备逃难。

晋孝武帝司马曜，委重任于谢氏一门。以领卫将军谢安为统帅，征虏将军谢石、前锋都督谢玄、辅国将军谢琰等各自领命。君臣一心，静待战机。秦军将至，苻坚急遣朱序前往谢石营中劝降。朱序原本晋臣，志在保晋。他来到晋营，对谢石、谢玄道：“秦兵不下百万，若同时并至，诚不可敌；今日乘诸军未集，适宜出战，若打败秦军前锋，余众必失士气，将不战自惧了！”谢石、谢玄依计而行。

谢玄派遣少陵相刘牢之，率精骑五千，直奔洛涧，牢之挥师渡水，持槊突入，刺死秦将梁成、王咏，杀退秦兵。此时谢玄谢琰又来接应，大杀一阵，俘获斩杀秦兵数千。牢之更截断秦兵归路，围而歼之。秦兵死伤一万五千余人，所有器械军资，都被晋军载归。秦军锐气大挫。初战告捷，晋国大振。

秦晋两军对垒，至淝水沿岸列阵。谢玄心生一计，派遣使者对苻坚道：“君领军深入，志在求战。若移阵稍退，使我军得以渡水，与此可决胜负，也省得彼此久劳了。”苻坚依从晋方建议，诸将谏阻道：“我众敌寡，不如驻守岸上，使晋军不得渡水，才保万全。”苻坚驳斥道：“我军远来，利在速战。若夹岸相持，何时可决胜负？今日挥师稍退，乘他渡水之际，我即用铁骑围歼，可使他片甲不回，岂不是良策么？”遂挥师后退。

秦军列阵如墙，一闻退军的命令，便即掉头驰去，不可阻止。墙体顷刻瓦解。那晋军已万骑飞渡，连登北岸，令强弓硬箭，铺天盖地向秦兵射来，秦兵阵脚大乱。忽然又有一人连声大呼道：“秦兵败了！”于是秦兵更加胆寒，顿时拼命逃生。秦将苻融想阻遏部军。部众怎肯回头？此时，晋军却已杀到。苻融无奈，欲加鞭西奔，马忽然失蹄倒地。说时迟、那时快，晋军并力杀上，将苻融剁成肉泥。苻坚见苻融惨死，惊惶得了不得，便即逃奔。晋军乘胜追击，秦兵大败，自相践踏，死亡不可胜计。或侥幸逃脱者，听得风声鹤唳，都疑是晋军追来，昼夜不敢歇足。疲惫不堪，心惊胆战，冻饿交并，可怜百万大军，十死七八，仿佛是项羽垓下，曹操赤壁。

当时秦兵后撤，不知是何人连声呼败，惊动全军。后来得知，此人不是别人，正是朱序。照此看来，朱序实是破秦的第一功臣。

苻坚身中流矢，单骑狂奔，到了淮北，听到后面已无声息，料知距敌已远，方敢下马歇息。此时他饥肠乱鸣，饥饿难忍，一时无食可觅，只得做了一个乞食的齐人。百姓认得秦王苻坚，施些饭食，苻坚才得一饱。经此一败，秦邦一蹶不振。

谢石、谢玄，既得破秦，便驰书告捷。司徒谢安，正与客人下棋，接到捷报，草草一阅，便搁置案上，继续对局。客人问是何事？谢安随口答道："小儿辈已经破秦了！"客人起身道贺，谢安仍无喜色，邀请客人把棋下完。棋局结束，客人告辞，谢安送客人离去。随即他返入内室，急跨门限，脚下一绊，木屐齿顿时折为两断，他全然不顾，重新展开捷报观看，渐露喜色。突然，他长叹一声，心头重石落下。

晋廷以少胜多，大败秦军，百姓欢欣鼓舞，奔走相告。晋孝武帝被奉为明君，谢安等谢氏将军，刘牢之、朱序等功臣，成为百姓们争相传颂的大英雄。逃避战乱而背井离乡来到东晋之地的大批难民，更是盼望朝廷一鼓作气，收复中原，使他们能早一日返回故乡。然而，年复一年的等待，晋廷并未举兵北伐。中原依旧是狼烟四起，山河破碎，流民们返乡无期。

嫋嫋松标崖，婉娈柔童子。
年始三五间，乔柯何可倚。
养色含津气，粲然有心理。

这是淝水大捷时十九岁的渊明以松咏志的诗文，他以幼松自况，他要修养精气，保持向上的心理，为国效力。想当年，他这位热血青年欲投军谢安旗下，后因体弱单薄，母亲不舍，无奈作罢。如今，幼松已苍翠挺拔，而自己年近而立，盛年不再；加之晋廷偏安无为，让人失望；他再也找不回那一腔的激奋。修身、齐家已成，至于能不能像曾祖父一样治国平天下，只有尽人事，听天命了。望着独立山崖的苍松，经历风雨，不畏霜雪，渊明还是有心出去闯荡一番。

三

为俨儿办满月酒那天，敬远第一个赶到。从南村到栗里有五六里山路，这位比渊明小十六岁的堂弟，跑得满头是汗，一进门便嚷着要见侄儿，见到侄儿非让俨儿叫他叔不可，把一家人全逗乐了。一会儿，敬远母亲来了，挎着一个大竹篮，里面有老母鸡、鸡蛋、油面……还没进门，老远地便高喊着姐姐。陶母满面笑容迎了出来，接过竹篮，说笑着一同进屋，敬远娘忙着去看望侄媳妇，看望小求思。敬远父亲、渊明家叔陶迈，饱读诗书，不思仕进；精通风水，远近约请，很少着家，亲情淡薄。

按说敬远母亲应称渊明母亲为嫂子，可为何称呼姐姐？原来这妯娌俩是亲姊妹。渊明外祖父征西大将军长史孟嘉，以两个女儿嫁给陶侃的两个孙子，一个生渊明，一个生敬远。可说到外祖母，即外祖父孟嘉当年迎娶的新娘，又是曾祖陶侃的女儿。外祖父娶了陶家的女儿，又将夫妻俩养育的两个闺女嫁到了陶家。敬远的母亲，既是渊明的婶娘，又是渊明的姨娘。这亲上连亲，亲上加亲，其情绵绵，其乐融融，让从小失去父亲的渊明，仍能感受到亲情的温暖。

庞通之来了，张野、殷之、荀之来了，他们是渊明的邻居，又是文友，当然要来贺喜。渔人叶舟来了，他夜渔昼渡，于江河里谋生，与渊明自幼交好。他常用渊明的诗为词，唱渔歌以尽兴。今天他拎来平湖里新鲜鱼虾，可一饱口福。宗炳后到，特带来慧远大师的祝福。众人在堂前柳树下谈笑风生，渊秀端来茶水。

“渊明哪，你娶妻生子，让小妹待字闺中，不兴这样做兄长哟!”张野玩笑道。

“我乐意!”渊秀俏皮地说着，来到张野面前。她递过茶，张野欲接，她又收了回去，“多嘴，让你渴着!”

张野接了个空，脸一红。众人哄笑。渊秀这才将茶盅放在张野面前的石桌上，咯咯笑归。其实，她已说了婆家，是陶母娘家江夏程氏，秋后出嫁。

“哎，嫂子呐?怎不见嫂子!”叶舟环顾道。

“渊明，舍不得娇妻抛头露面呀!”通之又逗起乐来。

渊明起身向众人抱拳致歉道：“夫人身体不适，不能向各位道谢，我这里代夫人谢过了。”

众人起身回礼，说了些祝福的话，便换了话题。

“通之，江州新刺史到任了吗?”宗炳问。

通之为江州府书办，颇知内情，“到任了。你们猜猜，他到任的头件事做什么?”

“访民情”“看难民”“整吏治”，众人纷纷猜测。

通之皆摇头，见众人猜不出，笑道：“看来是没人猜得出了。”

“该不是与五斗米道有关?”渊明说了一句。

“渊明猜中了。”通之起身道,“这王刺史一到府衙,便东瞧西找。找什么?我们又不好问,最终他站在议事厅堂前,满意地咧开了嘴。你们说他打什么主意?他让我们立即动手,将议事厅改装成五斗米道堂。他连夜作法布道,整个府衙,道徒鱼贯而行,乌烟瘴气。我也被折腾得通宵未眠,现在还昏沉沉的。”

“这书办的差事也不好当啊!”张野一说,大家笑开了。

“我就想不明白,王羲之高仕名流,怎么就生出个王凝之这么个舞神弄鬼的儿子?这朝廷怎么就用这等人做江州刺史?”通之是一肚子疑问,一腔子怨言。

“不懂了吧?”张野慢条斯理地说道:“当今朝廷依赖桓、王、谢三大士族豪门维护。桓氏在荆州,谢氏在扬州,为防两姓势力侵入居中的江州,朝廷由王氏插入。如此,势均力敌,互相钳制,谁也休想坐大,方可相安无事。这叫平衡术,权术的一种!”

渊明默默听着,似懂非懂。

“张野兄深谙权术,仕途上定当春风得意!”殷之开口道。

“唔唔唔……”张野口含茶水,直摇头,他吞下茶水道,“我张莱民不是做官的料,玩心计,使阴招,无兴趣。哪有好友们谈古论今,开怀畅饮来得痛快。”

大家笑语赞同。

荀之哀叹道:“一个道徒任刺史,江州百姓又无指望了!”

“不然!”张野正色道,“刺史迂腐,可他背后立着的夫人可不一般,有才有貌有品行。”

“此女为谢安侄女,名叫谢道韫。”宗炳接过话来,“世人称她为‘咏絮才女’,不知有何故事?”

众人互视，皆摇头。

渊明放下茶盅，笑道：“各位，听元亮道来。”

众人转向渊明，静声倾听。

“有一年冬天，太傅谢安召集众子侄议论诗文。”渊明娓娓而谈，“俄而大雪飘落。谢安问：‘此雪何所似也？’兄子谢郎答：‘撒盐空中差可拟。’谢安未语。少时，兄女道韫答：‘未若柳絮因风起。’谢安大为赞赏，称道韫为雅人深致的‘咏絮才女’。”

“柳絮喻雪，洁白素净，飘飘洒洒，形似。”殷之赞道。

“冬日飘雪，春日飘絮，冬日的洁白，春日的素净。这洁白与素净相连。冬来，春还会远吗？”宗炳深一层地品味。

“有寓意，有物象，言有尽意无穷。”张野踱步体味，“哎，听说谢道韫颇有诗才，可有谁见过其诗文？”

众人茫然。

“我有一首，不知各位愿闻否？”渊明故意问道。

得到的回应自然是热烈而急迫的。

“她有一首《泰山吟》，”渊明起身吟诗：

峨峨东岳高，秀极冲青天。
岩中间虚宇，寂寞幽以玄。
非工复非匠，云构发自然。
器象尔何物？遂令我屡迁。
逝将宅斯宇，可以尽天年。

“神情散朗。”“有林下风气。”众人赞许。

“渊明，你对这位才女知之甚多呀。”通之笑道：“怪不得这位夫人一到江州府，就找了我去打探你的消息。看样子，她对你也知之不少，是不是文气相通啊？”

众人一阵笑后，渊明觉得这里有些原因。

开席了，张野提议就在柳树下石桌上用膳，见南山望平湖，秀色可餐。众人叫好。渊秀端上酒菜，敬远递上餐具。

一桌人喝到夕阳西下，方才归去。

四

夏秋之际，南山深涧，鄱湖沿岸，都留下了渊明寻医问药的足迹。可思荻的病仍未见起色，渊明心中焦虑。

秋，渊秀要出嫁了。新郎家的喜船在平湖迎候，花轿已到了门前。可这位妹子哭着诉着，抱着陶母，就是不肯离去。渊秀原本是渊明同父异母的兄妹，父亲早逝，不久她的亲生母亲又离她而去。渊明母亲仁厚贤德，对待渊秀亲如己出。渊明兄妹更是两小无猜，遇难同渡，这份亲情让渊秀如何割舍。

悲欢离合，这就是人生。良辰已到，亲友们走上前来，生生将渊秀拉进花轿。起轿了，鞭炮声、鼓乐声盖过亲人的哭泣声。渊明要送亲去，敬远也要去，说要去祭拜外公外婆。

江夏在浔阳上游。好在风顺，船行三日，渊秀的婆家到了。这也是一户书香人家。妹婿程文江温文尔雅。渊明拜见程家长者，程家也以礼相待。渊秀嫁到这样的人家，渊明颇感宽慰。

程氏家离外公家不远。只在程家住了两夜，渊明、敬远就拜别程家老小，去了外公家，渊秀夫妻一同前往。因山川阻滞，渊明到外公家只有两次。一次是与母亲一道为外公祝贺五十大寿。渊明的母亲是孟嘉第四个女儿。第二年又与母亲同来为外公奔丧。那时渊明年幼，不明白头一年慈祥温和的长者，怎么隔了一年，说没就没了。“一生复能几？倏如流电惊”啊！

一幢破旧的房屋，毫无光彩，廊柱的灰皮已经斑驳脱落，屋檐黑乎乎的，出现了裂纹，这就是外公外婆的旧宅。两位老人过世后，房子留给了儿子一家。看来舅舅一家的日子也不宽裕。但见到外甥们一行，却是热情大方。他们一同去祭拜先人。外公外婆的墓地整洁气派，想必舅舅费了不少钱，是孝子所为。祭拜时，渊明上了香，还特为母亲上了一炷香。祭毕，他们又一同走了亲戚。

用完午膳，渊明让渊秀夫妻转回。他要与敬远在舅舅家歇息一夜，次日返家。于是渊明、敬远与渊秀夫妻一一别过。渊明、敬远又去访问外公的旧友郭逊、郭立等人，他们想知道一些外公的往事。

夜深了，敬远已睡熟，渊明还在与舅舅怀念外公，看到那张八仙桌，那年为外公祝寿时，他那温雅平旷的神情又浮现眼前。外公外婆喜欢渊明，外公说这孩子将来有非凡之处。那晚，他抱着渊明坐在自己身边，将可口的菜肴向渊明碗里搛。渊明举杯为外公祝寿，外公欣喜地端起酒杯，他让大家静下来，听听他与外孙渊明碰杯的一声响。当时那一声响可真清脆，至今还在渊明的耳际萦绕。碰完杯后，外公举杯欢饮，他仰着脖子，将杯中酒饮得一滴不剩。一桌人击掌叫好，大家欢聚一堂，其乐融融。可眼前，宴席早已散去，外公的座位上，人去位虚，那欢乐的场景再也不能重现。想到此，渊明不觉伤感，眼圈红了。

因心中挂念家事，尤为思荻的病体，次日一早，渊明、敬远便拜别舅舅、舅妈返程回家。回来虽是顺风顺水，可渊明还是觉得船行缓慢。

“哥，你昨夜和舅是说外公的事吧？”敬远问。

“你听见了，没睡着？”渊明摸着这位小弟的头说。

“开始听着，后来就迷糊了。哥，你和舅聊得很晚吧？舅一定告诉你许多外公的故事。讲来我听听呗！”敬远请求道。

“那哥给你讲一个。”渊明见敬远坐在船板上静听下文，便开始讲叙：“有一年九月九日，大将军桓温游龙山，他来到一座亭台坐下，参军、佐吏，他四个兄弟，两个外甥都坐下。佐吏们都穿着戎服，这时一阵风来，将外公帽缨吹落，桓温用眼神示意左右及宾客勿言，看着外公有什么反应。外公开始没有察觉，一会儿，他上厕所了。桓温命人取帽缨交与他，谘议参军孙盛在坐，桓温令孙盛写一段嘲笑外公的戏弄文辞，桓温看过文辞忍不住发笑，他让人将帽缨、文辞放在外公的坐处。外公回来，戴回帽缨，看了文辞而请笔作答。他不用思索，一挥而就，其文辞超卓，四座赞叹。”

“外公好文才！”敬远感叹道，“哎，听说外公好饮酒，是吗？”

“嗯！”渊明点头，“有时，老人神情独得，便命人驾车去龙山，观景欢饮，日落而归。”

“哎，竹林七贤中的阮籍阮嗣宗也经常一个人驾车载酒，四处游荡酣饮，走到路的尽头，便下车来号啕大哭，哭够了，又原路返回。哥，外公是效仿阮籍吗？”

渊明摇摇头：“虽然同样是独自驾车酣饮，阮嗣宗是神情独失，而外公则是神情独得。这一悲一欢，两样心境，如何效仿？”

敬远认同渊明的说法，“听我母亲说，外公对仕途进退看得轻，从不显摆。这方面你听说过吗？”敬远又换了话题。

“嗯。外公为人低调，但官员们对他的评价可不一般。家叔陶夔曾经问光禄大夫刘耽：‘孟嘉若在，能否位列三公？’刘耽说，‘此本是三公人。’可见朝廷官员对外公的评价之高。只可惜不终远业。”渊明放眼茫茫江水，突然发问：“‘仁者必寿’，难道此话错了吗？”可又有谁能回答？水流东去，逝者如斯，作为晚辈能为先人做些什么呢？渊明有了一个想法，他要为外公孟嘉立传，让这位长者风范世代长留。“嗯，一定。”渊明心里说。

五

渊明到家，已近黄昏，他见到思荻时，她正哄儿子入睡。思荻听见有人进来，是她熟悉而翘首以盼的脚步声，便强撑着身体坐了起来，用她那兴奋而含情的目光，迎接着夫君……思荻穿着一件她最喜欢的粉红色长裙，就是渊明第一次看到她时她穿的那件。衣领里露出优美的脖子和一部分前胸。袖子遮住她的胳膊，裙褶挡住了她的脚，而丝履附着的素脚还是隐约可见。渊明向前，一阵异性的气息扑面而来，这气息沁人心脾。他一阵惊喜，她终于好起来了。可当他握住她的手时，感觉她浑身哆嗦着，身子虚弱，跟一支孤立的芦荻一样，随风摇曳。灯光从侧面照着她，她那张美丽的脸蛋简直无法形容。她轻轻地依偎在他怀里。此时，她病弱气虚，心里却很踏实，她遇上了一个真情男子，这是她一辈子的依靠。此时，一位美丽轻盈的佳人，与一位风度翩翩的才俊，已融合在一起，美妙动人。

母亲孟氏从田野中归来，她是去看看秋粮的长势，听说渊明回来了，便匆匆赶回家。渊明向母亲诉说了渊秀婆家的情况。母亲又问了一遍那位新女婿，接着又详细询问渊秀公公婆婆的为人，甚至小姑子、小叔子都要问到，渊明理解母亲的心情，一一相告。问完了，母亲的心放下了，她含着泪笑道："我闺女嫁到了一户好人家，苦命的渊秀有好日子过了。"渊明又将舅舅一家的事告知母亲，当她听到渊明一行替她祭奠前辈一节，伤心的泪水涌了出来，不无感慨地说："有这样孝敬的外孙，你外公外婆总算没白疼你一回!"

秋粮上场，交完赋税，所剩无多，渊明与仆人们储存完毕，冬季来临。思荻的病时好时犯，渊明细心照看妻子，又帮助母亲料理冬种事宜，里里外外忙着。不知不觉中，冬去山明水秀，春来鸟语花香。

六

这天下午，通之兴冲冲地来到渊明家，此时渊明正在田地里备耕。思荻起身，拖着病体为通之上茶。不一会儿渊明回来了。

"你这忙人，可好一阵不见了。"渊明笑道。

"我是无事不登三宝殿。渊明，有好消息，王凝之刺史请你出山呐!"通之说着从衣袖中取出府衙征召公文，递给渊明。

渊明从上次通之说谢道韫打听他的消息，心里便有预感，可能有施展的机会，今天总算应验了。这件事渊明还真有企盼，是该走出去历练一番了，秀才不出门，怎知天下事？可真的要走，他又有些犹豫。家事不说，思荻的身体确实让他放心不下。另外，在王凝之这样的刺史手下任职，能有何作为？渊明在矛盾中又看了一遍公文，文中不乏溢美之词，什么江南才俊，什么贵胄贤后，着实让渊明觉得言尤有过。渊明让通之回话，容他想想。

夜，渊明灯下读书，他眼观书文，驰心旁骛。俨儿醒了，渊明放下书卷，从床上抱起儿子，喔喔地哄着，他看着儿子清亮的眼睛，口里念叨着："儿啊，爹爹要离开了，俨儿要听娘的话，不哭不闹……"

"夫君，不想做的事就别做，不必太难为自己。"渊明的心思，思荻已经看出。她深知自己的夫君质性自然、认真爽朗的性格，并不适宜官场。何况如今官场黑暗，时局动乱，操守清正的夫君，想在仕途上闯荡出一番天地，太难为他了。可她也知道夫君的志向，所以又不便强加劝阻。

"容我再斟酌斟酌。"渊明回了思荻的话，放下安睡的儿子，走出卧房。

渊明来到母亲织机房。母亲见儿子心思重重地进来，停下织机，劝慰道："儿呀，你去州府任职，家中事有为娘操持，你尽可放心。你十九岁那年要去投军，娘阻拦你，是你太稚嫩。如今你是成人，大主意该自己拿了。"陶母认为，男儿汉是应该有主见的。

有娘的这番话，渊明无后顾之忧了。可赴不赴任呢？一夜辗转反侧，仍拿不定主意。王凝之他并未谋面，可他那身着道袍，口念道经的道徒之态，却总在渊明脑海中浮现。直到鸡鸣五更，仍难入眠，他想起东林寺……

七

东林寺，景色蔚然壮观，庐山下绵亘的峰峦，葱茏的树木，环绕着这座宏大而神奇的禅林。当年道安大师派慧远、慧永师兄二人南下，以弘扬佛法。慧远法师几经奔波，他独具慧眼选中了这片人间圣地，为了得到这块风水宝地，慧远特登门求助于渊明父亲陶逸。陶家在当地属名门望族，陶逸身为朝廷命官，可他仁厚善良，乐于助人，当然一力促成。而今，东林寺院庙堂林立，慧远入庐山宣讲佛学，居东林寺已近三十年，净土宗推尊他为初祖，而自己的父亲却早已与世长辞了。想到此，渊明深为感慨。陶逸虽逝，慧远法师对陶家的恩惠却未曾忘怀，他看着渊明长大，对渊明的学识才能颇为赏识，他预感到陶家要出名人，那就是陶渊明，但他并不明言。所以或明或暗，他总是帮衬着陶逸的这棵独苗。

渊明是东林寺的常客，来到寺内，径直走向大殿后院。周续之、刘程之正在院中大樟树下品茶聊天，一见渊明到来，起身拱手施礼，渊明回礼。此二人为渊明旧友，同爱诗文，在浔阳一带有些名气，只是深迷佛教，拜远公为师，这一点与渊明有异。宗炳从后殿出来，见到渊明，惊奇道："远公料定你近两日会来寺中，果然应验。"

"大师能预料来世今生，这点小事应不在话下。"周续之说。

"远公法事已毕，请诸位进禅房一叙。"宗炳拱手道。

三人起身，跟随宗炳沿着一条曲径回廊，走向后殿一幽静处。

一行人进了禅房，远公端坐于榻上蒲团。众人来到时，他打开了那浓眉之下不大的眼睛，他目光深邃而平和。他有北方人的体魄，肌理颇粗，皮肤呈褐色，是历经艰辛的人。他的嘴唇略微皱瘪，既是年迈人的特征，又隐含着刚毅与沉稳。

坐定后，渊明说明来意，并将征召公文取出，请各位观看。一阵沉默后，周续之头一个不赞成，他说渊明饱学之士，岂能屈就于庸庸之辈，屈才，太屈才。刘程之随之附和，还将“天下有道则见，无道则隐”的圣人经典搬了出来。渊明见二人引经据典，言辞凿凿，自以为其金玉良言，甚是难得。可他还想听远公高论。

“心有所往，何必违心。”慧远洪钟般的话语，震荡着渊明心扉。这位智者看透了渊明的心思，陶家一门从曾祖陶侃始，三代为朝廷效力，到了渊明这一辈碌碌无为，总是遗憾。

远公之言，使渊明再无多虑，随即拜别诸位。

八

回到家中，渊明将自己出仕的想法告诉了家人。家人们以微笑表示赞同。母亲为儿子准备了饯行的晚膳，思荻着手为夫君打点行装。

张野、殷之、荀之听闻，上陶家为渊明道贺，通之当然要来，叶舟、敬远也来了。几位义气相投的人聚在一起，晚膳的气氛自然喜乐。

渊明少不得畅饮而眠。不知睡了多久，他睁开眼睛，见屋内仍有光亮，便抬头寻顾，只见思荻还在灯下缝制衣衫。此时屋外已传来鸡鸣声。思荻的连续咳嗽，中断了手中的针线活，渊明翻身而起，随手取了一件衣裳，来到思荻身边为她披上。他双手握住妻子冰冷的手，靠在自己的怀里。

“有了这件长衫，就不怕春寒了。正好缝完了，你穿上试试。”思荻说完，咬断线头，将长衫展开，披在夫君身上。

俗话说，人靠衣装马靠鞍。渊明着上长衫，顿感神清气爽，洒脱飘逸，这是他从未有过的感觉，连声称赞贤妻心灵手巧。

“夫君，此行你孤身前往，为妻不能陪伴左右。你要照顾好自己，千万别太为难，为妻随时恭候夫君归来。”

渊明听着思荻这番话，心里暖暖的，他将爱妻拥入怀内，为她抹去泪花。

九

江州府离栗里五十余里，多半是水路。渊明身着新衣衫，告别家人，登上叶舟的渔船，驶向自己能一展抱负的地方。站立船头的陶渊明，春风拂面，长衣飘舞，胸中涌动着“丈夫志四海”的豪情。只是一想起那位刺史大人，他心里又不觉黯然起来。

陶渊明来到江州府衙，呈上公文，报上姓名。府役刘贯引领渊明来至客厅，刘贯说刺史大人正在静室做道事，在为江州百姓祈福，不便打扰。他让渊明耐心等候，说完离去。

陶渊明一个人足足等了两个时辰，茶凉了，身子凉了，心也开始凉了……这时听到一侧传来开门声，有府役禀报陶渊明来府衙。随后一群人的脚步声越来越近，渊明起身，他想，这位刺史大人总算露面了。此时他倒想一睹这位布道作法的封疆大吏，是一副怎样的尊容。只见，一位约四十岁年纪，背有些微驼的人，带头走入客厅。刘贯上前一步道："这位就是江州刺史王凝之，王大人！"

"陶渊明拜见刺史大人！"渊明上前施礼。

刺史大人抬抬手算是回了礼，然后便手捶后腰，刘贯忙上前搀扶着这位大人在太师椅上坐下。显然，法事耗费了他大量精力，他显得很疲惫。渊明看到他头戴官帽，身披道袍，亦官亦道。五官长的一般，半开半合的眼睛，似乎没有睁开的气力，身上有一股不知是忠厚还是昏庸的木讷。

"陶渊明，江南才俊，夫人可没少提起你呀！"刺史话中听不出他本人意思。

陶渊明并未注意这位刺史大人的突然发话，而是对他的滑稽穿着甚感新奇，这真是将朝廷命官与五斗米道教徒巧妙结合的创举。

王凝之也意识到，自己这身不伦不类的衣着有失体统，解嘲道："听说陶先生到来，未及更衣，我是求贤若渴啊，请坐。"

渊明入座，俩人攀谈起来。

"听说陶先生与东林寺慧远法师交往甚密，想必先生对佛教颇感兴趣？"王凝之问话时，半睁着眼睛看渊明。

"先父有交，晚辈延续。无关佛教。"渊明回道。他对佛教并无兴趣，对佛经的内容更有异议，然而对慧远的才识与人品却颇为敬重。

渊明的回答让王凝之脸上掠起了一丝欣喜，“佛教原本来自西域，与我华夏民众之信仰少有相合。五斗米道则不然，它是老子所创，经由张道陵、张衡、张修，特别是张鲁，这一代代师君不懈努力而发展起来的，是地道的中华教派。博大精深，玄妙无穷啊！”

渊明插不上话，也不想插话，只有硬着头皮，赔着笑脸，听这位老道滔滔不绝。

“我此次出任江州刺史，深感责任重大，为官一任就要造福一方。我琢磨了好些日子，我能有何作为呢？我不敢说能做一番惊天动地的伟业，但我将竭尽所能，将这五斗米道在江州弘扬光大，进而提振我中华教派至上的地位，此乃无愧我平生之志。”说到五斗米道，说到平生之志，王刺史是精神抖擞，雄心勃勃。

“刺史大人宏愿大志，真乃江州百姓万世之福，徒儿刘贯愿鞍前马后，效犬马之劳。”府役刘贯表白忠心地奉承着。

渊明以为刺史大人有什么大作为，静听下文，当听到是在江州弘扬五斗米道，心中顿感失望至极。这位府役的话让他更感到可笑，这还值得效犬马之劳？渊明开始注意这位府役的模样，他有一个小小的尖尖的脑袋，配着一对非常灵活的小眼睛，短的胳膊和有点弯曲的腿，生得一副奸滑相。此时他笑得很尽力，不但露出他的牙，还露出他的牙床肉。

“刘贯，取一本五斗米道教义，让陶先生看看！”王凝之吩咐道。

“遵命！”刘贯瞟了渊明一眼，应声而去。

适才这位刺史大人的话，已让满腔热忱的渊明心灰意冷，这会儿又要让他看什么五斗米道教义，他脑中一热，差点拂袖而去。转念一想，这是官场，上司的话就是指令，由不得你愿意不愿意。你要拂袖走人，除非你不想在江州府待下去了。可渊明头天刚来，还不想这么早就离去，总得做些什么，经历一番。于是他轻轻舒了口气，耐着性子，勉强坐着。

一会儿，刘贯取来教义，呈与刺史，王凝之示意让他交给渊明。刘贯随手一递。

“刘贯，这位是江州祭酒陶渊明，陶大人，不得无礼！”王凝之厉声道。

刘贯极不情愿地双手呈上，“请陶大人一览。”

陶渊明接过教义，看了看封面，耳边又响起王凝之嗡嗡的话语，“在五斗米道教派里受到信任，发展了大批教徒的，也称为‘祭酒’。所领教徒多者为‘大祭酒’，之上还有‘治头大祭酒’和‘督讲祭酒’。张鲁师君创立的政教合一，在我的江州也可一试。陶祭酒也可一展身手啊！”王凝之口若悬河，话里有话。

渊明被左一个祭酒，右一个祭酒，搅得头皮发麻，他甚至有些后悔，真不该来此任什么“祭酒”。当他听到政教合一，江州一试，让他这位陶祭酒一展身手，脑子里“嗡”地一响，手一颤抖，教义册子险些从手中滑落，他赶紧握住，可也惊出了一身冷汗。

一位侍女走了进来，给渊明解了围。侍女向王凝之施礼道：“大人，夫人传话，问陶渊明先生是否来到。”

“来了，来了！”王凝之拍着脑门子道，“尽想着布道传教，怎么将推举贤才的夫人给忘了。陶祭酒，你可是夫人心中的大才子，她要见你，请勿推辞。”

“夫人乃当今咏絮才女，渊明能当面请教，也是今生有幸。”

于是他起身告退。跨出大门，看见蓝天白云，渊明深深舒了口气，这时背后却传来话语声……

“刺史大人，我是您的高徒，为了传道，我尽心竭力。让我当府役，可他陶渊明一来就任祭酒，他成了我顶头上司，我不服！”刘贯知道渊明未走远，故意说给他听。

“陶渊明有才干，有名气。你呢？当个府役还尽惹事。当好你的差，这是本分。”王凝之对刘贯有责怪之意。

陶渊明听闻后如芒刺在背。这刚来，并未招谁惹谁，就有人在背后忌妒，这往后……他不愿多想，跟随侍女先去见过夫人。

十

谢道韫，这位刺史夫人，咏絮才女该是什么模样？一路上，渊明做了许多猜想，却都模糊不清。

当陶渊明来到厅堂前，一位苗条而端庄的妇人正站在那里等候。渊明认定眼前这位就是自己猜想的王夫人。他上前施礼道：“陶渊明见过王夫人。”

夫人微微一笑，并未马上答话，只是打量着渊明的新衫，眼睛里流露出歆羡的目光，“这件长衫选料考究，女工精巧，似为陶先生量身定制，想必是出自陶夫人之手。”

“正是。”渊明听到王夫人谈的是生活中事，心里舒缓了许多。

“陶夫人不仅品貌出众，能赋诗操琴，还心灵手巧，精通女工针织，真是位奇女子啊！”王夫人不仅打听了渊明的消息，对其夫人也知之甚多。

“谢夫人称赞！”不提思荻倒也罢了，提起思荻，又引起渊明无限牵挂。夫人只说对了一半，思荻更是一位一往情深，善解人意的女子，可她还是位体弱多病的女子……想到此，渊明不免忧心忡忡。

“陶先生请坐，请用茶。”夫人并未察觉渊明情绪的细微变化，她想与渊明谈论一些诗文方面的话题。

可是渊明的心思已被打乱，只是礼节性地应酬几句。王夫人见渊明心不在焉，以为他行程劳顿，劝他早些安歇。渊明便起身告辞了。

十一

次日，陶渊明开始履职，他穿戴停当，走向祭酒衙署。当他推开大门时，映入眼帘的是一只白色米袋，盛有半袋子米，端端正正地摆放在书案中央。渊明走近前去，摸摸袋子，莫名其妙，于是动手想搬开。此时，王凝之笑眯眯地走了进来，念道：“天上降下五斗米，助陶祭酒入仙道。”

陶渊明恍然大悟。他想说什么，被王凝之把话拦住。

“陶祭酒，五斗米道教义想必你已看过，交上五斗米，即为我道徒，这五斗米，我给你出！我入道早几天，虽说比不上列位师君，徒儿们也尊我为师父。你陶渊明不是一般人。今日能收你这位高徒，这五斗米，我出得值呀！”王凝之得意道。

渊明却是哭笑不得，左右为难，感谢的话他不愿说，因为他根本不想入什么五斗米道。推辞吧，看到王凝之兴奋的神情，又不好扫了他的兴。正在他支吾难言之际，门外闯进来一个人，为渊明解了围。

闯进来的是庞通之，他一见王凝之，先是一愣，赶紧施礼："见过刺史大人。"他是来找渊明的，没想到撞上了王凝之。

"你找陶祭酒?"王凝之为庞通之打搅了他的好事，有些懊恼，冷冷地问。

"乡里来了几位朋友，想见陶祭酒。"庞通之低声回答。

"朋友来访，人之常情。"王凝之显得很善解人意，"陶祭酒，那件事明日再办不迟。"他看了一眼半袋子米，然后走了出去。

渊明、通之拜送。望着王凝之的背影，陶渊明长舒了一口气。庞通之望着渊明如释重负的样子，不知为何。渊明指了指半袋子米，通之顿然明白，欲大笑，又忙掩口。渊明却愁眉紧锁。

张野、殷之、荀之、叶舟来看渊明，渊明请各位先在江州城逛逛，待他办完公务，在浔江楼等大家。不过，他出了一道题目，让大家帮他解答：必须想出一条不入五斗米道，又不得罪王凝之的妙招来。

十二

王凝之做完道事，换上便服，走入后堂。见夫人穿道服是自找不自在。他知道他这位夫人有才有貌，性情温和。不过，别招惹她，温和的人也有不温和的时候。

夫人正在静心书写，也许在作诗，王凝之不便惊动。他轻步退出后，走进后花园，今日他心情畅快，一时兴起，忍不住吟诵起来："荏浪濠津，巢步颍湄。冥心真寄，千载同归。"刚落音，背后响起了掌声。王凝之回身看时，谢道韫站立阶上。"夫人，见笑了。"王凝之知道与夫人比文才自愧不如，便谦恭道。

"冥心真寄，千载同归。真乃以诗言志呀！"谢道韫微笑道。

"蒙夫人夸赞，我的诗才与夫人相比，好似绿叶衬红花啊。不过我甘当这片绿叶。"王凝之显然并未听出夫人的真意。

"红花绿叶，夫君好兴致啊，想必遇上了什么高兴的事？"谢道韫笑问。

"高兴，高兴。"王凝之掩饰不住内心的激动，"陶渊明，夫人你举荐的那位江南才俊，就要加入我五斗米道了。这对弘法布道，将有多大的推动啊！"

谢道韫听见此言，收敛了笑容，不无疑惑地说道："陶渊明与慧远法师素有深交，可他并未入佛门。这才来此一天，就要入五斗米道？我不信。"

"千真万确。这正说明五斗米道教比佛教更高一筹！"王凝之悠然自得地说。

"该不会是你以权势压人，为难他吧！"谢道韫杏眼以对。

"不会不会。我乃大书法家、右军将军王羲之之子，宰相王导的侄孙，岂能做此不齿之事。夫人，我知道我在你心目中的地位。可我毕竟是你夫君，你不能贬损我。咱们夫妻一荣俱荣，一损俱损哪！"王凝之叫屈不已。

谢道韫再无多言，转入内室。

十三

渊明、张野等老友在浔江楼相聚。渊明急切地问大家可想出什么好招数，解了他这道难题。一群人中竟然没有一位想得出来，也难怪，都不是善用心机之人。这让渊明有些失望。但酒是要喝的，管它什么五斗米道，朋友相聚开怀尽欢，最后全喝趴下了。

清晨，渊明带着醉意走向衙署，他想好了：祭酒可以不做，违心入五斗米道，办不到。他推开门，果然王凝之正等着他。

“祝师在静室等候，五斗米交上，你就正式入教。”王凝之温和地笑道。渊明不回话，径直走向书案。一股酒气引起了刺史大人的注意，“你等等!”王凝之走近渊明，用鼻子在他的身上乱嗅。突然他捂住鼻子，脸色大变，瞪着眼睛问道：“你喝酒了?”“嗯!”渊明也不多说，上前搬起半袋子米。他本意想把它从书案上挪开，王凝之会错了意思，只当渊明要去交五斗米，忙抢上前去，一把抓住布袋子，阻止道：“打住！陶渊明！你就是交十斗米，也休想入教。本教不收酒徒!”说完，他背起半袋米，愤愤而去。

渊明被王凝之突如其来的举动闹懵了，酒也全醒了，他意识到：解脱了。他心里一阵轻松。

十四

祭酒的职责是掌管教化。陶渊明正处在一个战乱、灾荒频发的年代，百姓流离失所，饥寒交迫，这教化该从何处着手？近几日渊明走在街面上，看到许多孩童沿街乞讨，那一双双无助的眼神透出凄凉。难民营中逃难来的孩子，三个一群，五个一伙，玩色子、打群架、偷财物……渊明看在眼里，急在心头。长此以往，无有教化，这帮孩子长大后，极有可能走上邪路，害人害己，危害社会。渊明认为当务之急就是要兴办学堂。他的朋友当中有些人能到学堂当先生，他自己也可以抽出时间任教。渊明连夜写了一份呈报表明主张。

次日，渊明将呈报上交王凝之，王凝之漫不经心地观了几行，便放至案头。随后他煞有介事地说："陶祭酒，春天到了，是布播的时节，这是大事。至于你说的这些事，"他瞥了一眼呈报，"就先放一放，日后再议。"

渊明一夜的辛劳白费了，日后，该是何日？渊明还想分辩，王凝之抢先发话了："陶祭酒，时不我待，府衙各署，均已动作。现委派你到桑落洲，刘贯是当地人，助你前往。"刺史大人发令完毕，拂袖而去。渊明有一种被冷落的感觉。

十五

桑落洲处江州府下游，相距约二十里水路。它是长江中心的一个沙洲，四面环水的一个孤岛。不知何年，远从何方，飘来一颗桑树的种子，在此落地生根。物种强大的繁殖力，将年复一年的新种子漫天播撒，荒洲逐年变样，终于变得葱翠盎然，生机勃勃，故而得名桑落洲。这里土地肥沃，气候温润，不知从何时开始，来了一帮难民。他们拓荒开垦，筑堤修渠。经过一代又一代人的辛勤劳作，这里已是圩堤绵延，良田千顷，百姓数千，成为朝廷征粮纳税的新源头。不仅如此，桑落洲地处长江中游的咽喉处，是兵家必争之地。

东晋王朝，沿长江而踞，上游荆州，下游扬州，中游江州。桑落洲为江州门户，自然引起朝廷关注。官府一关注，百姓无宁日。

陶渊明乘船而来。上岸后，便登上洲头堤坝，纵目观望，在蓝天红日映照下，面前是一片广阔的田野，一望无际。他背过身来，迎面而来的是从天而降的滚滚长江，波澜壮阔。江水日夜冲刷着沙岸，而沙洲并没有被冲垮。一座独处于波涛中的孤洲，面对无尽的冲撞洗刷，不畏惧，不退缩，岿然不动，这是何等超凡的定力。站在这块经历过无数水患磨难的土地上，陶渊明为之震撼。他受到大自然的某种启示与感染，显得兴奋、激动。

然而，当陶祭酒走近当地百姓时，他的感慨之情荡然无存。从低矮的芦棚里伸出来的是一张张面黄肌瘦，蓬头垢面的脸。衣衫褴褛的乡民，看到身着官服的人，除了恐惧与不安，还有厌恶与愤恨。

刘贯一路上吆三喝四，头昂得很高，感觉是衣锦还乡了，乡民们并没用正眼瞧他。倒是身着官服的陶大人，人们指指点点，生出许多猜忌。里司前来迎接，他引领渊明与随从来到一位老者家中借住，刘贯告辞回家。这家主人莫老汉不吭不声，扛着农具走了。随从江九铺开行李后，准备做饭。渊明脱去官服，换上便装，喝了口水，便独自走向大田。

空旷的大田里，渊明放眼极远极远的地方，这是生活在丘陵山区的人无法想见的。风带起一阵一阵泥土的气息，渊明蹲下身子，拔起一株野草，露出一片乌油油的土层。这里的土质比起故乡的黄土地可肥沃多了。他又将野草根上的泥土靠近鼻子嗅了嗅，闻到一股纯厚的芳香，他感叹这是一片多么宝贵的地方。然而，他走了一阵子，看到东一块西一块，稀稀拉拉的油菜与小麦，更多的地块长着的却是野草。整个田野，除去一群群欢闹的飞鸟，寻不见一个人影。清明已过，该是春耕大忙季节，这里的乡民怎么了？人误地一时，地误人一年。渊明向村落走去。

渊明来到一家芦棚外，见院门虚掩着，便在门前呼唤，无人应答。他又来到第二家、第三家，全空无一人，渊明感到奇怪，便一路走了过去。终于，他的眼前出现了一个场地，黑压压站满了人。他走到近前，只见一人身着道袍，在台上讲授五斗米道教义，刘贯也身着道袍，站台助阵。里司则在维持秩序。

渊明见此，心头火起，他急步登台，厉声道："刘贯，春耕大忙，你不务正业，误了农时，你担待得起吗？"他转向乡民大声说道："乡民们，我们是种田人，春天不种，秋天无收，到时候拿什么上交赋税，又拿什么养家糊口。现在我以江州祭酒的身份宣告，自明日起，所有乡民一律下田春耕，违者按贻误农时处罚。大家散了，回家准备。”人群哄然散去了。

“陶——”刘贯气急败坏地冲到渊明面前，“你说传教布道是不务正业。你大胆！竟敢违抗刺史大人的旨意。”

“王刺史旨意，布播是大事，就是要布置春耕播种，这是正业。难道你认为不是吗?”陶渊明厉声责问刘贯。

“嘿嘿嘿嘿……”刘贯一阵讥笑，“陶渊明！你连刺史大人布播的意思都听不出来，你这个祭酒是怎么当的?”他老辣地摇摇头道：“告诉你吧，上司的话从来不会说得太明白，他就是要让属下去琢磨，去会意。而属下能否真正揣摩到上司的用心，这是本事，是能耐。没这个能耐，你还想在官场上混?就说这‘布播’二字，你说布置春耕播种也说得通，可你真要这样做就错了，就违背了上司的本意。王刺史在江州要弘扬光大的是什么?他曾经告诉过你的，是布播五斗米道哇。这是他的宏愿大志。这也是明示，你要时时处处按照他的这一意旨行事。可你倒好，就是不理会，自己不布道也就罢了，我好不容易将人聚拢，正在布播传道，你一句话将人群驱散了。你这不是给我刘贯难堪，你是目无上司，与刺史大人作对！你就等好吧！”刘贯一口气数落完，径自而去。

一番话让陶渊明一头雾水，什么会意、揣摩，怎么就不能说个明白话。无论你刺史何意，既派我来此，就按我的主意办，渊明顾不得想那么多了。还有位一头雾水的人站在那儿，是里司。此时他不知该听谁的指令。

回到住处，莫老汉一改冷淡的态度，端茶送水，还去菜地采来新鲜蔬菜。下午，渊明找到里司，了解情况，布置春耕。

十六

用完晚膳，渊明心气平和了，他感到白天的举动，有些过分，让刘贯在众人面前难堪了，他毕竟是本地人，要个脸面。他想找刘贯讲和，同路而来，何必生分。莫老汉愿领路前往刘家，渊明让江九打着灯笼在前照路。

一幢高楼，依内堤而建。黑夜里，莫老汉摸到门环，叩了几下。

门开了，守门人一见陶渊明，不知所措，渊明一行径直步入前堂。厅堂上点亮两支红烛，灯光下众多人影晃动。渊明走近了。他看得清楚，一群人正围着由两张方桌拼起的长桌前，全神贯注地玩色子。刘贯居中，正在摇晃手中的盖杯。少顷，他将杯立稳，见各位赌注已下，便揭开杯盖。众人伸长脖颈，屏住呼吸，瞪大眼睛查看点数，随即有惊喜的抱怨的骂娘的嚷成一团。

正在人们再次聚精会神之际，刘贯身边的人冷不丁抬头，看见了陶渊明，一下子愣住了。那人用手肘碰了碰刘贯，示意让他看对面。刘贯一抬头，傻了，他不相信自己的眼睛，揉了揉再看，确认了，呆立着不能动弹。众人催刘贯快摇动盖杯，刘贯全无反应。众人奇怪，顺着刘贯的目光，赌徒们看到了站立身后的陶渊明，整个赌场，顿时安静。参赌的人自知大事不好，一个个想开溜，渊明吩咐江九早已插上大门。他让江九取过笔墨纸张，责令赌博者须签下姓名方可放归。众人无一不从。渊明手举名单，宣称道："记下此账，明天大田里见。"然后命江九开门放人。台桌前，只剩了刘贯一人，垂首低眉，再无先前的傲慢，他面前是一堆散落的钱币。渊明只看了他一眼，并无多言，便转身离去。

清晨，天刚有点蒙蒙亮，渊明已经醒来，却依旧安息养神。早起的云雀传来了第一声歌喉，渐渐的各种鸟鸣声越聚越多，像是互相倾诉这里所发生的故事。突然一个沙哑的叫喊声，不和谐地掺杂进来，"起床啦！下田啦！春耕啦！"渊明穿衣下床，开了门，见是刘贯在起劲儿地催促着，不禁抿嘴一笑。这人就怕授人以柄，不顺从也难。

十七

太阳的脸红起来了，田野里耕作的人这儿一对，那儿一群，鞭声、水声、笑声、歌声，使整个绿洲生机勃发。水牛、黄牛拉着犁，翻出一条条长长的沃土，沉睡的大地苏醒了。新翻开的泥土混着春草味儿，还有各种花的香，都在微微润湿的空气里飘散。风景如画的田野，画卷中辛勤耕耘的农家，这幅景象让渊明陶醉了。农家很辛苦，但也有快乐，因为他们心有祈愿，那就是春的耕耘，秋的收获。渊明与江九也没闲着，他们帮助莫老汉耕种。此时的陶渊明赤足挽袖，下到田间向莫老汉学犁田。他学着老农的模样，手扶犁把，鞭赶耕牛，他的身后是一道歪歪扭扭的犁痕。他满身泥水，满头是汗，莫老汉劝他歇歇，他不肯，非要学会不可。老汉又教他眼睛不能光盯在犁铧上，要向前看，线路要走直；牛别赶得太急，让它匀匀地走；扶犁把的手用力要均匀。他虚心领教，渐渐掌握了要领。不到两个时辰，他耕出的犁道，笔直松爽，得到一片赞许。渊明也为学得一手劳动技能而兴奋。

休息了，人们来到渊明身边坐下。汗水与辛劳拉近了官与民的距离，大家与他说家常，讲农事，无拘无束，最后要渊明讲故事。渊明讲起远古的故事：虞舜时有一位农官名叫后稷，传说是他教民耕作播种。远古的君主舜、禹率先躬耕，因为他们明白一个简单的道理：民以食为天。有君主的亲力亲为，人们你追我赶，抢农时争季节，妇人们天未亮即起，农夫们索性就在田野住宿。秋天到了，庄稼获得了丰收。严冬里，天寒地冻，人们过着丰衣足食的生活。故事讲到这里，渊明看着众人，吟起了诗句："民生在勤，勤则不匮。宴安自逸，岁暮奚冀？儋石不储，饥寒交至。顾尔俦列，能不怀愧！……"

人们听懂了诗意，回味着诗句中朴实的道理。转而，乡民们又用惊异的目光，看着眼前这位与大家赤脚同耕的官吏，竟还是位满腹经纶的才俊。这样与泥腿子亲近的官员、读书人，从古至今可谓闻所未闻。大家对渊明从惧怕到亲近，又到敬重。当夜，陶渊明写下了《劝农》诗作。

来时，树上的桑葚青青，如今变成黑紫色，成熟了，味甜。渊明要离开桑落洲了。一早，他们一行便悄悄地登船，他不想惊扰劳累一春的乡民。船行了很远，渊明仍不时回首，他眷恋着这片洒下汗水的绿洲。他希望，这里的百姓会有一个好收成，日子会越过越好。他随即将目光转向前方，只见江面上雾气茫茫。

十八

到了州府衙门，已是午后，渊明想禀报桑落洲春播事宜，无奈刺史大人已入静室修炼，只有等来日了。他又匆匆去到书办衙署，庞通之正在坐，两位好友一月不见，甚是亲切。渊明询问自己家中情况，通之告知平安，但问到思获病情，通之摇头回答不好。渊明的心又一次悬起，他想明日见了刺史，告几日假回家探望。通之听到渊明要见刺史，便约渊明傍晚小酒肆见，墙外有耳，有些事不便在府衙内交谈。

酒肆内，渊明、通之找了一个僻静处边饮边聊。“你在桑落洲，说弘扬五斗米道是不务正业?”通之问。“春耕大忙，聚众传道，这不是不务正业?”渊明反问，突然他觉得蹊跷，“你是怎么知道的?”“你说这话的第二天我就知道了，刘贯的信函是我收到的，不仅我知道，州府官员谁人不知。那刺史大人看了刘贯的书信，鼻子都气歪了，连呼三声‘陶渊明，你坏我大事!’，你可要小心了。”通之正告道。

“刘贯!”渊明没想到这乡里小儿竟会告阴状，他的内心掠过了一丝担忧。转而，他举起酒杯道：“是福不是祸，是祸躲不过。喝!”其实，他已做了最坏的打算，也就无所顾忌了。

次日，陶渊明迈进刺史衙署。他不知道等待他的将是这位刺史大人怎样的暴怒与斥责。无论遇到什么，他的心里坦然，他没有做错。

王凝之见渊明进来，并未显得激愤。他勉强抬起头，睁开布满血丝的眼睛，有气无力地说道：“回来了，说说吧。”

渊明感到意外，他准备了一副面对怒狮的心理，忽而面对的却是一只绵羊。他顾不得究其原因，稍稍调整了心态，便将桑落洲人口、土地、春播等情况一一禀告。

王凝之一直闭着眼，似睡似醒。渊明说完了，他仍闭着眼睛，只淡淡地说道：“你的正业务得好啊。歇着去吧！”

渊明见他爱理不理的样子，又听到什么务正业之类，知道他心里还窝着火，所以告假一事，话到嘴边又咽了回去。渊明离开刺史衙署，便去找通之。他一见通之便压低嗓门责怪道：“好哇，你吓唬我，刺史并无责难。你庞通之加油添醋，害得我做了一宿的噩梦！”

“你晓得什么？”庞通之手一挥跳了起来，他指指刺史衙署，又做了个拉耳朵的动作，轻声道，“昨夜挨训了，你没见他满眼血丝？你是托了夫人的福了。”

渊明顿然明白，正乐着，外面传来喧哗声。出什么事了？渊明通之走出书办衙署，随人流来到五斗米道堂。人们已经里三层外三层的围观着，渊明通之寻得一块高处，伸长脖子向内观看。只见王凝之正襟危坐，闭目冷峭道：“赌徒刘贯坏我道规，当受天谴。”刘贯身着道服，将书写的悔罪文稿一式三份，毕恭毕敬地交给祝师。祝师对着文稿念念有词。念毕，做起了法术，祷告一番后，祝师将一份文稿烧掉，称之为“升天”；一份埋下，称之为“入地”；另一份沉入水缸中，称之为“入水”。随后唱道：“三官大帝降临，天官赐福，地官禳灾，水官解厄。”在祝师的祷告中，那烧掉的一份纸灰兑上清水即为符水，让受罚者刘贯饮下。

刘贯接过符水，皱了皱眉头。他勉强饮了一口，却难以下咽。他低眉冷眼扫视众人。突然他看到了陶渊明，俩人目光交触，刘贯的眼中顿时喷射出一道怨恨之火。他紧咬牙关，一狠心，仰起脖子，将符水一口气饮下。

渊明已感到了来自刘贯的一股凶险邪火。可平心而论，刘贯聚赌一事，他并未向王刺史吐露丝毫。他想，刘贯已有改过自新的表现，为何不能宽待。可王刺史是怎么知道的呢？渊明无从知晓。他想向刘贯解释，可是，受到处罚、心存怨恨的他，能听得进去吗？再说这聚赌之事，自己不报，就有渎职之嫌，王刺史未追责已是万幸，还提它何益。看来与刘贯之怨算是结下了。

十九

又是一个难眠之夜。这一夜，陶渊明想清楚了，他要辜负夫人一片好意，江州祭酒他是做不下去了。自己未入五斗米道，还说此是不务正业，王凝之一直对此耿耿于怀，只是碍于夫人情面没有发作，可暗地里没少给渊明小鞋穿。开罪了上司，想履职尽责处处受阻，自己的良策得不到采纳，自己的抱负更无从施展。如今又与刘贯结怨，无端遭小人忌恨，此处还有何待下去的必要？随即他提笔写了辞呈。

王凝之看完辞呈，沉吟道：“自古才大难为用啊!”便批复准辞。

陶渊明迈出刺史衙署大门的那一刻，如出笼之鸟，顿时感到一身轻松。他来到书办衙署，将这一消息告知通之，通之却乐不起来。

“在这钩心斗角的地方，刚有个说真心话的人，可这人却要走了。往后啊，又只有充愣装傻糊涂过了。”通之感叹道。

“有话回家去说，在我们家里，好友欢聚，你想说什么说什么。在这，你能糊涂过，我不能。心里想一套，口里说的另一套，人不人，鬼不鬼的，太难为我了。”渊明说着用手肘碰了一下通之，学起王凝之眯着眼睛念经修道的神态，无奈地摇摇头。

通之会意，一脸苦笑。少顷，他问渊明道：“哎，夫人那里你不去辞个行呀?”

“这是自然。要不，咱们一块去?”渊明说。

“我又不辞归。再说了，她荐举的是你，我又何必自作多情。”通之笑道。

渊明整理完行装，即向府衙后院走去。仆人听渊明说要见夫人，便引领他穿过后院，来到后堂前，仆人让渊明稍候，自己进去禀报。不一会，王夫人来了，她真色澹容，纯洁朴素的仪态，闪亮而温和的眼睛，天然的风致和美貌，这是一种像生活本身那么朴质，那么自然的迷人的魅力。这正是渊明所崇尚的质性自然，天然去雕饰的风采。渊明心里赞美着这位如画卷中走下的才女。

“陶先生，桑落洲一去多日，你的《劝农》诗我拜读了，有‘大雅’之风啊!”夫人的赞赏是真诚的。

渊明谦恭地答道：“请夫人雅正。”

“先生过谦了。哦，今天正巧，来了几位客人，算得浔阳名士，你不会会?”

渊明本想告辞即去，夫人说有名士在此，都是谁呢？渊明也想一见，于是便随夫人走向客厅。

厅堂内坐的不是别人，乃是周续之、刘程之、宗炳三人。此三人所来何为？渊明脑子里闪出了一个疑问，也没顾上多想。不过，他不愿久留，一来挂念思获，想早点回家；二来此种场合，自己是不速之客，多有不便。他坐了片刻便起身告辞。

夫人送渊明离开，走近大门时，渊明停下脚步，转身向夫人拱手拜辞道："渊明家事缠身，不能履职，特向夫人辞行，感谢夫人的荐举厚意！"

夫人点头表示理解，她从衣袖内取出一方丝帕道："陶先生，这是我近日所作《拟嵇中散咏松》的诗文，先生权作消闲解闷。"

"渊明一定拜读！"渊明郑重地接过丝帕，收起。

"本想能与先生畅谈诗赋心得，看来无望了。"谢道韫惋惜地说。

"夫人珍重，但愿后会有期。"渊明说完，深鞠一躬，转身离去。

陶渊明就这样结束了第一次仕途，离开了口不离五斗米道的庸官王凝之。

船上，渊明展开丝帕，观看夫人赠给他的《拟嵇中散咏松》诗：

遥望山上松，隆冬不能凋。
愿想游下憩，瞻彼万仞条。
腾跃未能升，顿足侯王乔。
时哉不我与，大运所飘遥。

渊明又将最后两句诗品味了一番。他遥望来路叹道："知我者，夫人也！"

二十

船一靠岸，渊明疾步向家中走去。老远地看见妻子站在庭院中，教小求思牙牙学语。渊明的心放松了些。儿子像小鸟张开双翅似的张开双手，一步一步向前迈。渊明来到母子面前，思荻一阵惊喜，让小求思叫爹，求思含混地叫了一声爹，随即嚷嚷着要渊明抱。渊明一把抱起儿子，高高地举过头顶，逗得伢仔咯咯直乐。

"崽呀，快下来，让你爹歇会。"思荻边说边给渊明端来凳子，"娘看秧苗去了，这些天，娘可够累的。"说着她又进屋倒茶。

渊明接过妻子递上的茶，这才开始端视她：那鹅蛋形的脸娇美而憔悴，微笑的小嘴没有血色，却非常莹润，她的嘴唇轮廓鲜明。透过雪白的几乎透明的皮肤，额角上映出一小叉显示瘦弱与病态的青筋。不论她说话还是微笑，这缕青筋都要浮现出来，使人不禁为她的身体担忧。正如真正有才气的人那样，病弱的思荻，举止仍具有一种与众不同的特质。

渊明回家的当晚，思荻勉强支撑的身子又病倒了，母亲为媳妇端来汤药。本该受到照顾的老人，却反过来要为年轻人操心。就这样，思荻好不容易撑过了夏天。这期间，江州府又征召渊明为主簿，渊明心里清楚，这又是夫人的好意。她再一次为他争取了一个施展才能的机会，但前事不远，历历在怀，渊明不愿重蹈旧辙，加之思荻病弱，他实在不忍离她而去。渊明婉辞谢绝。夫人的好意，渊明记下了。秋天到了，思获的病未轻反重，渊明母子口里未说，心中却泛起不祥之感。

二十一

春天的一个上午，通之、张野、殷之、荀之、叶舟，结伴来探望思获，劝慰渊明母子。张野看着眉头紧锁的渊明，说道："今日朋友相聚，我家有新酿的绿酒，不知各位可愿品尝？"他说着向好友们递眼色，邀请渊明前往，众人会意。通之道："要说酿酒、品酒，渊明可算得高手，不知渊明兄可愿同往啊？"大家也都相劝。

"明儿，去和好友们散散心。思获这儿有娘在。"陶母不忍心看着儿子成天唉声叹气，担心时间长了，忧出病来。

渊明与好友们来到张野家中时，已近中午。张野搬出酒坛，先舀起一碗酒让渊明品味。渊明端过酒碗，先靠近鼻子嗅了嗅，酒的芳香立刻使他陶醉。接着，他咂了一小口酒，辨别滋味后缓缓饮下，他叫了一声"好酒！"，然后一仰脖子，一口气将一碗酒喝了个干净。他的心情由阴转晴，高声吟诵道："试酌百情远，重觞忽忘天。"听说酒好，又见渊明飘飘欲仙的神态，谁还忍得住，大家纷纷取碗，舀酒欢饮。菜还未上，一坛酒已被尝空了。

席间，庞通之畅所欲言，说完府里说郡县，他说我们柴桑要来新县令了。在座的都是柴桑人，自然想知道这位父母官是何许人，通之说是渊明熟人。

渊明一听是自已熟人，放下酒碗，想了想，想不出是谁。

“刘程之任柴桑县令，慧远法师的弟子！你不认识?”通之问。

“是他？太熟了。他任柴桑县令?”渊明眼前闪现出在远公禅房内，刘程之搬出的“天下有道则见，无道则隐”的圣人经典。他可是劝阻渊明出仕的，怎么他自己——渊明突然想起那日在王夫人家中的不期而遇，他们一行，难道与此有关？这位刘县令有两手……管他呢，喝酒！渊明此时真想“重觞忽忘天”。

二十二

下午，渊明回到家中，眼前的一幕又让他迷惑了，思荻起床了，正在厅堂忙碌着。她淡装素颜，不敷脂粉，拦腰系着一块围裙，身段灵巧，步履轻盈地忙里忙外。见渊明回来，她上前挽着渊明坐下，像一只依人的小鸟，她为渊明洗脸，替夫君斟茶。看着妻子的一举一动，渊明心中惊异。

陶母从屋外提了菜进来，思荻迎上前去接过菜篮子道：“娘，思荻的病可拖累您了，今儿您歇着，让媳妇做给您吃!”说着，她提着菜走进后厨。

陶母露出了笑容，看着思荻清瘦的背影，愁下眉头，心头却泛起一团疑云。

后厨散发出油香、肉香。不多会，思荻烧了一桌菜，晚膳开始了。陶母被思荻请至上座，小求思也坐在一方，思荻为婆母、夫君斟上酒，也为自己斟了一杯。她举起酒杯，满怀深情地面向陶母言道：“娘，思荻孤独飘零，是娘不弃，得嫁渊明。今儿媳多病，娘亲操劳。娘，您就是思荻的再生父母，您的恩情山高水长。娘，思荻敬您老一杯。”说着双膝跪地，热泪涟涟，一杯酒和泪饮尽。

“孩子，快起来，快起来。咱们是一家人，这些都是娘该做的。这杯酒娘喝！”陶母搀起思荻，饮酒时也禁不住热泪盈眶。

思荻又斟满一杯酒，面向渊明道：“夫君，患难见真情，妻子敬你。”说完先饮。“祝你早日康复。”渊明说完也饮下一杯。

夫妻俩与小求思一道，向陶母敬酒。这个屋里很久没有见到这样其乐融融的气氛了。

夜，陶母带着孙儿到自己的卧房安歇了。思荻仍无睡意，与渊明在灯下作诗：

日暮天无云，春风扇微和。
佳人美清夜，达曙酣且歌。
歌竟长叹息，持此感人多。
皎皎云间月，灼灼叶中华。

诗到此处意境升华，思荻停下笔，夫妻俩在想着这结尾的两句，思荻思绪一动，提笔写道：“岂无一时好，不久当如何？”她抬头征询夫君的意思。“好倒是好，就是有些……”“伤感！”思荻说出了夫君不愿出口的话，“俗话说‘人无千日好，花无百日红’。这就是自然，新生旧死，川流不息，万古长青的自然啊。也就是夫君所说的大化。人要顺其自然，万事万物都要顺其自然。”思荻说的是自然之道。但此时的渊明不愿触碰这类话题。他隐约感到这好似妻子的某种暗示，但他不愿相信，不肯相信。妻子会好好的，她不需要什么暗示。思荻看着情绪低落的夫君，突然有一个念头，“夫君，明日咱俩故地重游，你可愿陪为妻前往啊！”

“这个主意好！”渊明兴奋地应道：“明天一早，我去找叶舟。”

二十三

天亮了，叶舟的船上来了两位客人：渊明与思荻。

没有风，天空是蔚蓝的，初升的太阳照耀在深绿色的平湖上。这一湖静止而有光的水，反映着岸上的青山和天空飘过的白云，柔和而又空幻。

船，平稳地行驶，叶舟扬楫轻拨，生怕惊扰船中夫妻的甜美情思。船将至湓口，渊明、思荻的心激动起来，津渡越近，越清晰，他们的心跳越快，这是他们俩第一次相遇的地方。

那是一个秋高气爽的日子，渊明乘叶舟的船去浔阳城。途经湓口，船抵码头，客人们上上下下。突然，一位身穿粉红色长裙的少女，背一古琴，风姿秀逸，举止优雅，一下子吸引了渊明的目光。那少女是上船来的，她小心翼翼地走上跳板，那矜持，那腼腆，那娇柔……将少女天真纯美的情态全展现在渊明眼前。她颤悠悠地每迈出一步，渊明都为她捏着一把汗。她走到跳板中央，突然身体一斜，发出清脆的“哎哟”一声，渊明的心一下提到了嗓门口，他下意识地“腾”地从座位上站了起来。说时迟，那时快，叶舟赶紧伸出撑篙，少女一把抓住，一步一步走过跳板，当她最后迈步上了船时，轻轻呀了一声，红扑扑的面颊露出了笑容。她取出丝帕，拭去脸上的细汗。渊明也深深缓了口气，悬着的心放下了。

这位姑娘一定是北方人，未坐过船，渊明这样想时，少女向他这边走来，正巧，他的身旁有一空位，他多么祈盼她能坐在自己身边。这位出水的洛神，散花的天女，来吧，来吧……渊明在心里呼唤着，可她没过来，而是在渊明对面坐下。一阵风来，飘过一阵沁人心脾的如兰之馨，渊明感受到这就是那位少女的芳香。在渊明目光的注视下，她低着头，眼睛看着自己脚上的丝履，只在一瞬间，她快速而有些躲避地瞄了面前这位陌生男子一眼。俩人的目光立刻相遇，这一刻，心弦同时被拨动了。渊明向她温情的秀眼里直望着，这时她的脸微微地向旁边躲开。在她的羞惧中，渊明看清了，她的眼睛，有很深的双眼皮，一对很亮很黑的眼珠，能替她的口说出最难以表达的心意与情感。渊明似梦中醒转，他的心里已被她占有了。

船何时启动，行至何处，何时到的浔阳，他全然不知。此时的渊明多么希望船行驶得慢些，再慢些……船还是到了。船上的客人们陆续走了，叶舟也走了，就剩他们俩最后离去。渊明勇敢地伸出手，搀扶她一步步走下跳板。他不想让她再受任何的惊吓和不安。然而，最终他们分开了，没有语言，只是微笑。至此，少女的倩影，她走上跳板时的一系列情态，便深深烙进渊明脑海，多少次在梦中闪回。

此时，渊明思荻依偎着，沉浸在往日浓浓温情里。“你就看了我一眼，能看得清?”渊明看着思荻亮黑的眼睛问道。“看清了，认准了，我遇到贵人了!”思荻将身子更紧地贴在渊明怀中。

浔阳城到了。他们来到第二次相遇的地方。那已是时隔一个多月，渊明又一次来浔阳城。船经湓口，他瞪大眼睛寻觅心上人，但没有见到穿粉红色长裙的少女。他疑惑地想，难道只有一面之缘？到了浔阳，他来到书肆，向肆老板询问可有阮籍的《咏怀诗集》。老板抱歉道："有一卷，只是你迟来一步，她买走了。"老板说着，用下巴指了一下一旁书桌边坐着的人。

渊明蓦然回首，正与那位很亮很黑的少女眼睛相对，是她！他心中一阵狂喜，浑身热血涌动。少女也站了起来，俩人缓缓走近。

"你也喜爱阮嗣宗的咏怀诗？"少女轻声问道，那声音柔和而甜润。当她看见渊明激动地点头时，她的嘴角挂起一丝不太明朗的笑意。少女将书卷塞在渊明手中，转身即去。待渊明回过神来去追，少女已在人流中消失。

此时渊明思荻夫妻俩正站在书肆门前。"那日你走得好快呀！"渊明说。"偶尔相遇，怎可轻近。"思荻答道。思荻对男女情爱的慎重，正与渊明相合。渊明从书袋里取出那本《咏怀诗集》，思荻接过手中。她抚摸诗卷，追忆往事，泪润眼帘，"从我记事起，我遇到的多是灾难，直到遇上夫君你，我的好日子来到了。"

"十世修得同船渡，百世修得共枕眠。我俩从同船渡到共枕眠，是十世百世修得的姻缘哪。"渊明紧握着思荻的双手。

"有缘千里来相会，我从洛阳到浔阳，并非无端。我的好姻缘正在这一方等着我来呢！"思荻笑得很灿烂。

"关关雎鸠，在河之洲，窈窕淑女，君子好逑。"渊明轻声在思荻耳边吟诵。

思荻含笑不语，全身心沉浸在幸福快乐之中。他们俩倾诉衷肠，走向江边"素波亭"。

自从渊明与思荻两度相遇，又两度别离，眼前尽是思荻的影子，整日整夜魂牵梦萦，茶饭不思，人消瘦了许多。渊明可尝到了相思的滋味，它让人无精打采，让人魂不守舍，让人看世间的万事万物都黯淡无光，让人内心一阵阵揪痛……这相思真折磨人，真要命哪……他该怎样来排遣这难熬的情思？他要写，他要用笔抒发心中对这位少女的思念之情。经过反复润色后，他颇感满意，深情地吟诵起来："夫何瑰逸之令姿，独旷世以秀群。表倾城之艳色，期有德于传闻。佩鸣玉以比洁，齐幽兰以争芬。淡柔情于俗内，负雅志于高云。悲晨曦之易夕，感人生之长勤，同一尽于百年，何欢寡而愁殷！褰朱帏而正坐，泛清瑟以自欣，送纤指之余好，攘皓袖之缤纷。瞬美目以流眄，含言笑而不分。曲调将半，景落西轩。悲商叩林，白云依山。仰睇天路，俯促鸣弦。神仪妩媚，举止详妍。"渊明的文思中，张开了想象的翅膀。他默默遥望平湖，心中呼唤着："我深爱的人，你在哪里？你在哪里呀?!"渊明心有预感，思荻就在浔阳。他到过浔阳城的大街小巷，走过难民营的芦棚草舍，始终未见心上人的踪影。

冬天到了，瑞雪飘舞。这一日，渊明来到浔阳城外长江边观赏江雪，"凄凄岁暮风，翳翳经日雪。倾耳无希声，在目皓已洁……"失意的渊明正吟诵间，耳边隐约传来袅袅琴音，他静心细听，辨明方向，寻声而去。走出不远，只见前面素波亭内，有一少女正在弹奏《思乡曲》。是她?! 渊明惊喜得心中狂跳。他按捺不住就要奔上前去。可他却停止了脚步，他不忍心打扰正沉浸在优美音乐中的少女，也不想让少女看到自己不可自持的轻薄。热恋中的人，还能有这般理智，实在难得。他迟疑，他矛盾，他焦虑，他手足无措……他该怎么办？情急之际，他脱口吟道：

“激清音以感余，愿接膝以交言，欲自往以结誓，惧冒礼之为諐；待凤鸟以致辞，恐他人之我先。意惶惑而靡宁，魂须臾而九迁。”

“渊明兄，我去帮你说。”叶舟早已看出了渊明心思，不忍心让他再受情感的折磨，走上前来说道。

渊明直愣愣地看着叶舟，是的，叶舟尽管是个渔人，读书不多，可他走南闯北，是见过世面的人；再说他为人厚道、朴实，是渊明信得过的朋友。渊明点点头，叶舟向素波亭走去。

琴声停了下来，叶舟向少女诉说着什么，并指向渊明这边。少女站起身来向渊明这边探望。叶舟欣喜地向渊明招手，随即离去。渊明疾步踏雪而去，走入素波亭，他来到少女面前，一把抓住她的手，他不想再折磨自己，这一次他是不会松开的。

素波亭内，两颗热恋的心彼此敞开了心扉。

听完渊明的自述，少女开始倾诉，她名叫思荻，母亲爱看秋日湖荡里漫天飘舞、洁白纯净的荻花，故而为女儿取名。她生于洛阳一书香之家。父亲曾任过县丞。战乱中，县令逃亡，是他组织百姓疏散，晚走一步，落入敌手遇害。母亲是大家闺秀，思荻作诗抚琴均为母亲传授。母亲听说父亲遇敌遭害，便一病不起，最后随父亲上了黄泉路。思荻料理完父母的后事。她听说有一叔父，逃难到了江州，便强忍悲痛，靠卖艺一路来寻叔父，却不见踪影。如今思荻在一富户家教其女儿习琴，勉强度日。

对思荻苦难的身世，渊明非但没有嫌弃，反而增添了许多怜爱。一个文弱女子，在灾难面前不低头，不退却，独立地走自己的生活道路，渊明不禁生出几分敬意。

风雪中，渊明与思荻相互表明了爱慕之情，长江水在倾听，素波亭可作证。

二十四

当渊明将他与思荻的情爱禀告母亲时，意想不到的事情发生了，母亲孟氏一口回绝！渊明懵了，一向慈爱的母亲，怎么会一下子变得如此冷酷？渊明双膝跪地，苦苦哀求，母亲无动于衷，毫不松口。绝望的渊明卧倒在床，他绝食了。

第一天，渊秀向母亲求情，母亲一言未发；第二天，敬远的母亲、陶母的妹妹苦劝，陶母仍无松动；第三天，渊明的好友们登门，陶母以礼相待，仍默默无声。陶母回想近几年，她托过人提亲，也有人上门说媒，可渊明无一中意。为这事，做娘的看在眼里急在心头，可做儿子的并不见着急。这次渊明突然提出男女之事，是一时兴起，还是一片真情，她做娘的心中无底。这三天渊明不吃不喝，陶母看出了儿子是真心真意。傍晚，陶母亲自下厨，做了一碗鸡蛋面，端到儿子的床前。渊明听到母亲来了，转向了床里边。

陶母知道，儿子还在生她的气，便坐在了床边。三天来，她开口说话了："儿呀！思荻姑娘娘未谋面。可娘相信，我儿子看上的姑娘，一定是这世上最好的姑娘。但娘一听你说了姑娘的身世，失去爹娘，没了亲人，孤苦伶仃，流落他乡。这是人生多大的不幸啊！"陶母抹去眼角的泪，继续说道，"女人嫁夫，是女人一生中的大事，他是女人一生的依靠。思荻没有亲人，嫁了人就只有依靠夫君。夫君重情，她就能过好日子；夫君薄情，这苦命的姑娘岂不又要遭受磨难？这是娘最不忍心看到的。今天，娘放心了。我明儿对思荻姑娘愿以命相许！一定会一辈子对这位姑娘好的。为娘打心里头高兴，也为思荻这苦命的孩子高兴啊……”

“娘——”渊明突然转身，扑在母亲怀里号啕大哭。

二十五

素波亭中听完渊明诉说的思荻，早已热泪盈眶，她欣慰地说：“我命好，遇到了好夫君，好婆母，嫁了好人家！”

故地重游，引起多少美好的回忆。该回家了，叶舟荡起了舟楫。夕阳下的平湖，绿盈盈的湖面上，有一只小船，在湿润的微风中荡漾。思荻倚靠在渊明怀中，遥望着北方，深情地说：“我家乡也有大湖，湖中也有船儿行走。湖边湿地是一望无际的芦荻。小的时候，每到秋天，母亲会邀父亲一起带着女儿来到湖荡，看荻花漫天飘舞，如梦如幻……”思荻沉浸在对故乡、对亲人无限的眷恋之中，她的眼前幻化出飘飘洒洒的荻花，她与父母亲在这如诗如画的景色中尽享欢乐。渊明亦为思荻故乡的美景和她的亲情和乐所感染。“没有战乱，该多好哇！”思荻哀叹道。这声哀叹，触动了渊明的心，“是啊，没有战乱该多好哇！”这无尽的战乱，不知糟蹋了多少人的好日子。

“日暮天无云哎，春风扇微和。”湖面上响起叶舟的渔歌，这是昨夜渊明思荻作的诗，清晨渊明给了叶舟。

听了一遍后，思荻便让渊明取过古琴。她仰头凝视着天边的云彩，低下头时，纤纤手指已送出了悠扬的琴音。

“岂无一时好啊，不久当如何？”这最后一句刚要收音，“哗啦”一声，琴弦崩断，如裂玉帛！这一刻，歌停了，船停了，一切静止了。空气似乎凝固了……

船到了岸，思荻已无力站起，渊明背起妻子朝家中赶去。一到家，渊明将思荻安放床上，便动手要为妻子熬药。思荻拉住夫君的手，无力地摇了摇头。她心里明白，就是神草仙丹，也无济于事了。思荻的目光在寻找，“俨儿，俨儿，我的俨儿呢?”

正在此时，陶母带着孙子回来了，小俨儿听见母亲的呼唤，奔跑着来到母亲床边。

“俨儿，娘的俨儿！娘的伢仔，娘的宝贝！……”思荻无限眷恋地抚摸着儿子的脸蛋和小手。

“娘——”俨儿突然说话了，他开口叫娘了。

“哎……”思荻惊喜而温情地应答着，两滴清亮的泪水顺着眼角流了下来。当她把最后一丝微笑留在世间时，渐渐定格，终成永恒。

陶家屋内传出哀号。

二十六

思荻的墓地在临湖的一处高地上，向着北方，有湖中的雁群相伴。寒来暑往，思荻与故乡的亲人有鸿雁传书。渊明选中这地方，想必思荻会满意的。

思荻走了，渊明的心也被摘走了……很多日子过去了，渊明失魂落魄，骨瘦如柴，沉湎于悲痛与思念中不能自拔。

“儿啊，人死不能复生，想必思荻是上天仙女，王母将她赐给你，是给我陶家送子来啦。如今子已送到，姻缘已尽，她又回到王母身边去了。你是凡人，仙女你留得住吗?”陶母费尽心思宽慰儿子，竟想到了天上的仙人。

“王母既然已将思荻赐予我，为何又招了回去?”渊明问母亲。他突然仰面朝天，长吼道：“王母！王母！你还我思荻！你还我妻子!”

陶母见儿子已近魔怔，叹息着流泪，无可奈何。

又过了多少时日，渊明记不得了，他已没有时光的概念。他守着思荻的墓，手抚无弦琴，望着平湖中南来北往的大雁，思念着与思荻相爱相依的一幕幕……

夜，渊明毫无睡意，他不知这是多少个不眠之夜了。他又一次抚摸着思荻生前用过的衣带、脂粉、丝履、古琴……睹物思人，渊明情不自禁，又在倾吐自己无限爱恋的心声：“愿在衣而为领，承华首之余芳，悲罗襟之宵离，怨秋夜之未央！愿在裳而为带，束窈窕之纤身；嗟温凉之异气，或脱故而服新！愿在发而为泽，刷玄鬓于颓肩；悲佳人之屡沐，从白水以枯煎！愿在眉而为黛，随瞻视以闲扬；悲脂粉之尚鲜，或取毁于华妆！愿在莞而为席，安弱体于三秋；悲文茵之代御，方经年而见求！愿在丝而为履，附素足以周旋；悲行止之有节，空委弃于床前！愿在昼而为影，常依形而西东；悲高树之多荫，慨有时而不同！愿在夜而为烛，照玉容于两楹；悲扶桑之舒光，奄灭景而藏明！愿在竹而为扇，含凄飙于柔握；悲白露之晨零，顾襟袖以缅邈！愿在木而为桐，作膝上之鸣琴；悲乐极以哀来，终推我而辍音!”

渊明一口气吟出十愿，但愿愿以“悲”字了结。夜风习习，寒意阵阵，他顾影自怜叹息道：“考所愿而必违，徒契契以苦心。

拥劳情而罔诉，步容与于南林，栖木兰之遗露，翳青松之馀阴。傥行行之有觌，交欣惧于中襟，竟寂寞而无见，独悁想以空寻。”失去的将永远失去，再也回不来了。“思荻，思荻……”渊明无奈地呼唤着，他在南林走了一圈，回到家中感到累了，困了，便伏在案头睡去……梦境中，思荻手擎菊花，飘然来到渊明面前，渊明惊喜万分。两心相依相拥，春情无恨。思荻深情地望着渊明，柔声道：“夫君，你瘦了!”渊明无语，热泪涌出。“夫君，我乃天上御花园中菊花仙子，下凡人世，与夫君结成了一段美好姻缘。今与夫君尘缘已了，须重回天界，夫君不必悲伤，多多保重，思荻去了。”说完，她飘然而去。“思荻！思荻!”渊明呼唤着从梦中醒来，眼前哪里有思荻踪影，却看见母亲端坐面前。

看着衣冠不整，半疯半癫的儿子，陶母半晌未开言。她该说的都说了，还能说什么呢？“明儿啊，娘劝不了你，可你不能这样无休无止地折磨自己。思荻在天有灵，也不愿看见你为她如此消沉哪!”陶母的话语不是劝慰，而是责备。她想起往事，想起自己经受过的磨难，她禁不住讲述起那段自己不愿触碰的哀痛：“想当年，你还年幼，你父亲在安城任太守，头天还来信报平安，第二天传来噩耗，他病故了！顿时，整个天都塌下来了……我一阵眩晕，浑身瘫软。可我知道，我不能倒，我有儿子呀！我倒下了，我儿子靠谁去？我硬撑着，带着你，我们孤儿寡母来到了人地生疏的安城，排解了多少阻碍与刁难，终于将你父亲的遗体接回故里。他总算可以入土为安了。办完丧事，一回到家，娘真的支撑不住了，真要倒下了……可娘一看见儿子你那双无助而依恋的眼神，娘又一次咬紧牙关，站了起来！我不能让失去父爱的儿子，再失去母爱!”

渊明抬起了头，泪水润湿了他的眼眶，他为母子亲情所感动。

“风风雨雨几十年过去了，终于将儿子抚养成人。这其间又经历了多少磨难，多少次倒下，又多少次站起来，这就是生活，就是人生。人生在世，生老病死，何人能免？不幸与灾难，谁能不遇？你遇上了就不能软弱，不能倒下！要横下一条心，硬着头皮站起来，迎上去！赶走忧伤，迎接新的生活！儿啊，娘就是这样走过来的。我一个妇道人家尚能如此，你陶渊明，是陶家的后代，是一位堂堂男儿汉，难道就不能顶天立地地站起来吗?！当年我有儿子，今天你也有儿子，还有老娘，你难道真的舍得抛弃他们，不管不顾？儿啊，振作起来！俨儿看着你，老娘看着你，明儿！”陶母说完，看了一眼被感悟的儿子，起身离去。

听完母亲殷切的话语，望着母亲瘦弱而坚贞的身影，陶渊明被触动了。是的，该换一种活法了。此时已近凌晨，他踱步堂前，走向野外，胸中百感交集，他吟道：“于时毕昴盈轩，北风凄凄，炯炯不寐，众念徘徊。起摄带以伺晨，繁霜粲于素阶。鸡敛翅而未鸣，笛流远以清哀；始妙密以闲和，终寥亮而藏摧。意夫人之在兹，托行云以送怀；行云逝而无语，时奄冉而就过。”

“徒勤思以自悲，终阻山而滞河。迎清风以怯累，寄弱志于归波……”

佳人已去，真情永远。渊明不但要把这段爱情珍藏在心，他更想抒发出来，让世人相信：人世间确有纯真甜美的，然而又凄婉悲恸的男女情爱。他想到张衡作《定情赋》，蔡邕作《静情赋》。他转身回屋，提笔挥毫，将与思荻相遇、相知、相恋，生离死别的前前后后一气成文，文章命名为“闲情赋”，一支凄美爱情的千古绝唱。

二十七

吃完早饭，渊明回到卧室，换就一身短褐草鞋。他来到母亲面前，“娘，南山下那片豆苗，我去看看。”

陶母看到儿子的装束，像换了一个人，喜出望外，“好哇！娘也想着这事呢。”

渊明荷锄欲往，转而又回到母亲身边：“娘，古琴给我留着，剩余衣物让她带去吧！”说完，眼圈一红，抬头走去。

陶母明白儿子的意思，轻声应承。

秋天，收获的季节到了，望着金灿灿的粮食，渊明脸上露出了笑容。从此，田地里的事，他再未让母亲操心。

又是一个秋天，这天傍晚，渊明向母亲说了自己的想法，“娘，南山下有一块荒丘，咱娘儿俩扫墓曾路过，您看上的。我想带人把它开垦出来。”

陶母想了起来：“那可是块好地方。儿子，开荒可吃苦啦，你……”

“娘，我能行。我只是担心娘。我这一走，怕是入冬才能回来，您和俨儿一老一小的，真让人放心不下。娘，我给您请个帮手吧？”渊明说。

“娘还没七老八十呢，家里有帮手，不用再请啦。再说邻里乡亲都相处得好，真有什么事，请他们帮一把，不就一句话？儿啊，照顾好自己，家里有娘在，你就放心吧！”陶母说完，为渊明准备行装。当晚，渊明便让老仆人去请帮工。

“娘，儿子备车去了!”早饭后，渊明向母亲招呼了一声，便到门外叫来家里的两位仆人。他让一位驾车，另一位去请帮工启程。渊明与仆人一起装车，带上铺盖、米菜、炊具、工具……装完车，帮工也请来了，除一位年近五十的跛脚汉子外，其余四位全是年近花甲的农夫。渊明见人已到齐，转身抱起俨儿叮嘱了几句，然后向母亲道别，便带着一行人乘坐牛车，走向南山深处。

二十八

秋，天上明净无云，太阳照得明亮而温暖。鸟的歌声和万千只昆虫的鸣叫声，充满在空中。山野的雾气已经散去，大群大群的鸟鹊从这个村庄、这片树林，忽然像听到了号令，又齐刷刷地飞到那个村庄、那片树林。这个季节的鸟儿喜欢群起群落，莫非鸟儿也想凑在一起热闹热闹？它们叽叽喳喳地鸣唱着，乌压压一片又从那个村庄，那片树林，飞到远远的村庄、树林里去。

南山下全是连绵起伏的丘陵，长满了自然、生态的丛林。渊明母子看中的那片荒丘，正处在面对南山下的一座山包下端，与平湖遥遥相望。这块地方原本是陶家山地，离陶家祖坟墓地不远，是渊明母子扫墓时，在此歇息，无意间发现的。

渊明一行来到此地，便忙碌起来，先选中一块地方，平整后搭建草棚好安身。大家从车上卸下东西，随即各执工具，伐木的、割草的、打穴的……午饭前，一座简陋而温暖的草棚搭建起来了。跛脚汉子茂林将锅灶垒成，但泥浆未干，燃不着。田父们取出各自带有的红薯充饥，渊明从布袋里取出馍馍分给大家。饭后，人们手执锯、斧等，开始砍伐防火道，将荒地与山丘之间的柴草隔断。

太阳下山了，该歇工了。茂林从山泉边提来清水淘米做饭。不一会，饭熟了，锅盖揭开，香喷喷的米饭香味扑面而来，出大力的田父们一定都饿了。可他们只是看着锅里，谦卑而恭敬地等着，渊明不解，催他们盛饭吃，可他们往后退，谁也不上前。渊明迷糊了，还是茂林说话了，东家要盛第一碗饭，先吃。这是规矩，东家不动碗筷，谁也不能动。渊明明白了。他亲自盛满第一碗饭，并未自己先吃，他递给年龄最长的万山，接着是茂水、仁山、河林、茂林。最后才给自己盛了一碗。田父们双手捧着饭碗，看着米饭，目光中露出少有的激动。被人看得起，对他们来说是一种奢望。众人的情绪放松了，他们各自取出自家带来的竹筒菜，有咸萝卜、豆腐乳、香椿干，还有小咸鱼、干虾米。渊明每家菜都尝了尝，真是各具风味。他想起什么，咂咂嘴。这时有人在背后碰他，他转回身，一只酒葫芦递了过来，是茂林。真是想什么有什么，渊明接过来仰头饮了一口，道了一声"好酒!"便传给下一位。就这样喝了一圈，又传了一圈。大家都有些酒意，在谈笑中，一天的劳累全驱散了。

夜，远山、近树、丛林、湖泊全都朦朦胧胧。渊明进屋时，草棚内已是鼾声一片。渊明睡上用木棍支撑稻草铺就的卧榻，松软而舒适。他闻着草香，听着鼾声，不知不觉进入了梦乡。

几天后，一条一丈多宽的防火道开出来了。为了确保烧荒安全，茂林陪着渊明又沿着防火道仔细察看了一圈。有的地方宽度不够，要加宽；有些地方柴草收拾得不干净，要再收拾一遍。田父们挥动着手中的柴刀，奋力劳作。大约一个时辰后，一切收拾停当。茂林又观了观风向，只有微弱的西风，风向平湖不碍事。茂林向渊明点了点头。

渊明举起火把，刚要点燃时，山包上传来叫喊声：“等一等，让我点火!”是敬远。只见他身背竹篓，手提酒坛，从山道上下来。渊明上前去迎，“你倒来得巧，点火烧荒好玩是吧!”“不是，我给哥送酒来啦!”敬远气喘吁吁，有点拎不动了。渊明赶紧接过酒坛子，笑道：“还是敬远想着哥!”话音未落，一旁传来声音，“还有我也想着哥哥呢!”是叶舟。他从湖边小路过来，手里拎了条大鱼。“好，好，是兄弟!”渊明一手提酒，一手拎鱼，兴奋得手舞足蹈，像个天真的伢仔。他们一同走向田父们。“茂林叔，今晚就看你的手艺啦!”渊明将酒和鱼递给茂林。敬远也将竹篓的菜蔬递上。“好咧!”茂林响亮回答，将东西全接了过去。

“烧荒啦!”敬远的欢叫声在山林中传响。他兴奋地点起山火，茂林等田父们也从各自监守的那段防火道内侧点起火来。顿时，满山遍野响起噼噼啪啪竹枝杂草火烧后的爆裂声，燃烧的枝草在火焰中跳跃、欢闹，它们虽然牺牲了自己，却换来了一片新的天地。热风、热浪扑面而来，渊明的脸被烤红了，他的情绪随着熊熊大火而被点燃。他也放开嗓门嗷嗷欢叫，边叫边沿着防火道一路奔跑，不一会他已气喘吁吁，大汗淋漓，可他的脚步与呐喊仍未停下。此时没有东家，没有才子，只有一个忘了自我的烧荒人。突然一只野兔窜了出来，渊明上前一把扑住，他拎起野兔的耳朵，叫嚷着，摇动着向众人示意。山火烧尽了残枝败草，也熔融了渊明的悲伤，点燃了新的希望。

有酒有菜，这是一顿丰盛的晚餐，众人开怀畅饮。山野间不时响起阵阵欢笑。这时敬远提议让叶舟唱支渔歌以助酒兴。正巧，前不久渊明的一首诗他又改成了歌词，于是叶舟亮开了嗓子："野外罕人事哎，穷巷寡轮鞅。白日掩荆扉哟，虚室绝尘想。时复墟曲人啊，披草共来往。相见无杂言哎，但道桑麻长。桑麻日已长哟，我土日已广。常恐霜霰至，零落同草莽哟喂。"

"好，唱得好！"众人拍手称赞。"这诗写得平实，这'披草共来往……但道桑麻长'。这就是我们平时庄稼人的事。被陶先生写进诗里，咱听得有味。"茂林夸赞道。仁山接着说："这最后两句我说不上来，但意思我听懂了。不就是说咱庄稼人，常常担心降霜下雪，庄稼无收，地里尽长草吗？陶先生的诗中道出了咱们的心里话。咱庄稼人没人瞧得起，没想到今天也能走进陶先生的诗里。就为这，陶先生，老汉敬你一杯！""我也敬！""我也要敬！"几位田父一起举杯。渊明笑道："我也是一位庄稼人哪！"说完，碰杯共饮。

二十九

夜深了，席散了，叶舟请渊明、敬远去船上歇息，体会一下船上捕鱼的滋味，俩人愿往。叶舟在前，敬远胆小走中间，渊明在后，沿山路来到湖边。

月下，平湖岸边泊着叶舟的渔船。渊明、敬远先上船，叶舟起了锚，推开船头时也跳上了船。他来到后舱，荡开舟楫。他让渊明、敬远到卧舱内歇息，他要下网捕鱼了。敬远困了，躬身进了卧舱。渊明对捕鱼感兴趣，他来到后舱帮叶舟荡桨，叶舟走向船头，下起渔网。

月已西斜，平湖就像是一只银盆，盛藏着取之不竭的宝物。叶舟下完了网，向水里抛下锚，但等银盆里的鲜鱼落网了。渊明有些倦意，叶舟让渊明进了卧舱。此时敬远已入梦乡，渊明与敬远同枕而眠。这时湖上起风了，细浪轻轻地拍着船帮，发出轻柔而动听的声响，船身在微微摇晃。渊明模糊的意识里泛出小时候母亲摇着摇篮，哼着曲子，轻轻拍哄自己入眠的情景，那是多么温馨而幸福的时光……

一阵噼啪乱响，将渊明、敬远从睡梦中惊醒。天亮了，他们出了卧舱。

“吵醒你们了吧！这可怪不得我，是它。”叶舟说笑时，用眼睛指了一下渔舱。

渊明、敬远来到渔舱探望，嗬，好大的一条青鱼，活蹦乱跳的。

“你们两位有口福，我们来个湖水炖湖鱼。”叶舟说着，手里的渔网一阵抖动，“看，又来了一条大的。”果然，一条缠在网里的大鱼，正在挣扎。网收近了，叶舟抄起鱼捞子，看准了，一下子便将鱼捞了上来，是条大鳜鱼。三个人兴奋得哈哈大笑。

网收完了，鱼获颇丰。船一拢岸，叶舟便要生火做饭。渊明、敬远婉言告辞，叶舟生拉硬拽，无奈拉住哥哥，走了弟弟，去拉弟弟，又走了哥哥。没留住。

“哥哥，你说留客，真留假留看什么?”回山的路上，敬远问。

“看什么，看真心呗。”渊明说。

“那心是看不见的。得看手腕子。”“看手腕子?”渊明停下脚步，回顾敬远。“真心留客，这手腕子使劲拉；半真半假留客，这手腕子只抓不拉；若是假留客，这手腕子不用力，随着客人走，像是在推。”渊明点了一下敬远的鼻子，笑道：“你人不大，心眼倒不少！”不过敬远说的他有同感，“哎，那你说叶舟留客是真留还是假留？”“那可是真真的。瞧，我这手腕子上还留着他的手印印呐！”敬远将手腕给渊明看。“叶舟是慷慨的人。”渊明感叹道：“不过，他日子过得不容易，有一大家人吃饭，打来的鱼还要交渔税。咱们不能总让人家破费。”“哥，叶舟哥可不是人家，他是够交情的兄弟！”敬远更正渊明的话。“说的是，是兄弟。兄弟间更应互相体贴。”渊明赞同道。“哥，难怪别人喜欢和你在一起，你总是替别人着想，无论兄弟朋友，不让他们吃亏。难得！”敬远夸赞着这位堂兄。“己所不欲，勿施于人。”渊明故意拉长声调，一板一眼地吟诵圣人名言。兄弟俩会心而笑。

三十

上得山来，眼前是一片开出的生荒地。田父们正在奋力开垦。渊明蹲下身子，抓起一把新鲜的黄土，这里的土壤与桑落洲没法比。就是这样贫瘠的土地，也养育了一方生灵，无论如何，土地是宝贵的。渊明握起锄头，加入垦荒的行列。

日复一日的劳作，开垦出来的地块越来越大。敬远不愿回家，他也不愿握锄。可他也没闲着，整天在山上寻找，每次都满载而归。他的布袋里有山楂、栗子、山里红……五花八门。休息时，大家品尝着野果，在感谢大自然恩赐的同时，没少夸赞敬远。仁山见敬远手臂上划破了口子，还找来草药替他敷上。敬远更来劲了。

这天下午，敬远从山上跑到渊明面前，“哥，你跟我来！”说着，拉起渊明就走。渊明随敬远来到一处山洼，立刻被眼前的景物所吸引：那是两棵野柿树，很高很大。小灯笼似的野柿子，嘟噜着挂满枝头，红得鲜活，红得耀眼，一下子点亮了渊明的心灯……渊明绕着树观看，惊叹不已，这是大自然的美妙与馈赠。更是大自然的温情与感召。

通之、张野、殷之、荀之算是赶上了，品尝到了野柿子、野山果的滋味。文人们自然免不了一番高论，从大自然说到了陶渊明。眼前的渊明身穿补缀过的肮脏的短褐，先前白皙的脸庞，已经变成灰黄，眼睛泛着红丝。他光着脚站在黄土地上，裤脚卷到了膝盖，活脱脱儿就是一位农夫，全无一点文人的影子。

张野首先表示异议，他讲了一个故事：“有一次，孔子的学生樊迟，问孔子怎样学种庄稼，孔子骂他是‘小人’。瞧不起他。渊明啊！”张野又上下打量了渊明一眼，调侃道，“孔圣人要看到你现在这个样子，该骂你什么呢？”

渊明笑道：“他骂我不着，我可不是孔子的学生。”说着，又抡起锄头开起荒来。

“孔子他骂学生，可自己也没少挨别人骂。”殷之有话说，“这孔老夫子不也被荷蓧丈人骂为‘四体不勤，五谷不分，孰为夫子’吗？”

“不过像渊明这样的读书人，亲身躬耕，古来少见。”荀之说。

“什么少见，史上无有，渊明独创！”通之强调道。

渊明含笑不答，奋力垦荒，任由他们去打嘴皮官司。

茂林招呼开饭了。通之一行带来酒菜，文人们在秋山碧水间饮酒欢聚，自然是别具风味。他们谈古论今，全无顾忌。

通之报出一个惊天奇闻：孝武帝驾崩了！人们停下酒杯，惊诧了好一会。渊明心头更是一震，淝水之战后，他可是被老百姓寄予厚望的明君呐。

“孝武帝仅有三十余岁，怎么就驾崩了呢?”张野问道。

通之见田父们已去开荒了，只有茂林拐着腿在收拾碗筷，便道出一段故事：“孝武帝身边有位张贵人，因娇成妒，看其他妃嫔，视为眼中钉，巴不得单剩自己一人陪伴君王。有几位妃嫔窥透张贵人醋意，便冷嘲热讽，张贵人更是满怀愤恨。

“一天傍晚，孝武帝与张贵人共饮。张贵人心中不快。孝武帝饮了数杯酒后，看着张贵人，猜不出她何故惹恼，认为酒入愁肠，百感俱消。于是令侍女为张贵人斟酒，劝她多饮几杯。张贵人酒量平常，又因怀恨在心，饮到第四杯，实在饮不下了，孝武帝先自狂喝，又举酒苦劝张贵人。张贵人拗他不过，只得饮了少许。孝武帝不禁生忿，迫令饮尽。再嘱侍女与她斟满，说她故意违命，须罚饮三杯。张贵人到此，竟忍耐不住，先拿侍女出气，责怪她斟得太满，继而对孝武帝道：‘陛下亦应少饮，若常醉不醒，又要给妾加罪了!’孝武帝听了‘加罪’二字，便瞋目道：‘朕不加罪，谁敢加罪。惟卿今日违令不饮，朕却要将卿议罪!’张贵人蓦然起座道：‘妾偏不饮，看陛下如何议罪?’孝武帝亦起身冷笑道：‘汝不必多嘴，汝年纪已将三十，亦当废去了！朕目中尽多佳丽，比汝年轻貌美，难道定靠汝一人么?’说着，头忽然眩晕，喉间容不住酒肴，竟对张贵人喷将过去，把张贵人玉貌云裳吐得满身肮脏。侍女等看不过去，急走至御前，将孝武帝扶入御榻，服侍睡下，孝武帝头一倚枕，便昏昏地睡着了。”

“昏君！”茂林在一旁烧水，忍不住开了言。

通之与茂林家相隔不远，他笑道：“想当年淝水之战，你茂林军中效命，残了一条腿，可还称颂孝武帝为明君呢！”通之当然知道茂林的往事。

“瞎了眼了。”茂林板起面孔说：“咱老百姓被他坑死了，太元二年每口税米三斛，到太元八年，猛涨至每口税米五石。除口税外，还有田税，这些年只加不减。古时劳役，一年也不过三日；今之劳扰，一年无三日休停。看看咱全村，能见到几个青壮男丁。”

众人好一阵沉默。

“这孝武帝一睡便没醒来?”张野想问出结果。

通之接着说起：“这孝武帝笑责了张贵人，明明是醉酒之言，张贵人伴驾多年，难道不知孝武帝脾性？不过因华色将衰，正担心被人夺宠，孝武帝之言不由得触动她的心里隐痛，这妇人顿时怒从心头起，恶向胆边生。她胁迫侍婢，用棉被蒙住孝武帝面目，更将重物移压孝武帝身上，可怜孝武帝无从吐气，又动弹不得，在醉乡中挣扎着死去！”

“这妇人吃了熊心虎胆，这可是弑君之罪，要灭九族的！”殷之惊呼道。

“这事一查便水落石出，这张贵人脱不了罪责！”荀之愤愤地说。

通之苦笑着摆了摆手道：“张贵人弑君之后，遂取出金帛，重赏左右宫娥，封人之口。然后出报宫廷，只说孝武帝因病暴崩。太子德宗暗弱无能；会稽王司马道子虽说与孝武帝是同母兄弟，可一向与孝武帝不和，巴不得他早日归天；太后李氏、琅琊王德文，总道张贵人不敢弑主，也便模糊过去。满朝文武噤若寒蝉。一桩弑君大案，竟然石沉大海。孝武帝驾崩，太子德宗继位，是谓安帝，令司马道子在朝摄政。一切如常。”

“通之，你讲得如此绘声绘色，你是如何知晓？”张野突然疑惑地向通之发问。

“侍女中，为张贵人斟酒三杯，张贵人拿她出气的那位，是我妻子一位远房表妹。事后害怕，她逃出宫中，到此投奔我们，告知实情。如今她已在一深山庵堂削发为尼了。”通之说得有根有据。

“安帝暗弱，臣子权重，豪门势强，晋廷不知又要生出何等事端。”渊明感叹道，他似乎看到晋廷已处在风雨欲来的前夜了。说心里话，他是希望晋王朝能够昌盛，毕竟陶家历代为这个王朝效过命。再说王朝更替，将又有多少人头落地。可是希望与现实的距离越来越远，听听孝武帝的作为，哪有一点中兴君王的样子。渊明心中不觉黯然。

“唉，朝政动乱，咱老百姓又要遭难了。”茂林叹道，“这苦日子，何年何月是个头啊？”

茂林的问话，谁又能回答上来。

三十一

初冬，天空红艳艳的，旭日涨得通红的面孔从南山后出现了。新开垦的荒地上覆满了白霜，干燥而松软。经霜的树叶脱离了树枝，与一群乌鸦，又一群麻雀，同在风中飞舞。

田父们不畏寒冷，只穿着单衣，他们挥舞锄头，不一会儿，便呼出了阵阵热气，脸上沁出了滴滴汗珠。今天，这片荒原便开垦完了。这两天茂林特别勤快，烧火做饭不说，一有空闲，便跛着脚与众人一起垦荒。四位田父也格外卖力，天不亮开工，天黑了还不歇手，对渊明更是恭敬礼让。

在山上的最后一顿晚饭吃完后，大家就着灶内的余火，围着渊明坐下，渊明感觉到田父们有话想说。几个人暗里你推我，我推你，还是把茂林推了出来。“东家，”茂林开口了，“这片荒地开垦完了，我们想……”“哦，你们是想结工钱吧，我都记在账本上了，回头算好了，就给你们!”渊明说着，拿出账簿，“大家看看，看有记错的不。”

“不用看，陶家人做事从不亏待乡邻。”茂林一说，众人点头称是，“东家，我不是说账的事。我想问，这片荒地您租出去没?”

渊明摇头道：“刚开出来没想要租。这是片生荒地，谁会租啊。”

茂林向渊明身边挪了挪，笑道：“咱们几个人想租下这片地。东家，不瞒您说，如今这口税田税各种赋税，让咱庄稼人的日子真难熬。我们想租下这片生荒地，不用交赋税。至于租钱，东家您看多少合适?”

几位田父伸长了脖子听着。

渊明想了一下，说道：“你们耕种三年，不要租钱。三年后的事，再说。”

“不要租钱？这怎么要得！”“天底下哪有白种的地！”几位田父说话了。是的，这样的好事他们从未遇到过。

“就这样说定了。”说完，渊明起身带着账簿进了草棚。

“哎，茂林，东家说三年不要租钱，老夫人会同意吗？”仁山疑惑地问。另几位田父也吃不准。

“老夫人的为人你们还不知道？仁厚贤德，大好人！”茂林一竖大拇指，引起一片欢笑。

山路口上，陶母抱着孙子在寒风中迎候渊明。归来的渊明看清了，呼喊着娘，快步赶到母亲面前。风，撩乱了母亲花白的头发，她的眼睛深陷下去，显得有些木然和迟钝。她在微笑，却牵起了脸上新添的皱纹。老娘的身体更显瘦弱和单薄了，虽然她站得端端正正，但给人一种勉强支撑的感觉。娘苍老了！渊明的心一阵揪痛。他接过俨儿，让儿子骑在自己脖子上，手挽着母亲向家里走去。

三十二

腊月天，快过年了，渊明让娘歇着，自己动手打扫屋子，置办年货。敬远来了，给渊明当帮手。到了年二十九，叶舟送来鱼虾，茂林等田父们送来野兔、山鸡等野物。渊明为他们写春联，并邀请大家正月天来家作客。这是一年中人们最开怀也是最礼让的日子。最高兴的是伢仔们，新年里有花生、栗子、麻糖、薯片……还有鸡鸭鱼肉，许多许多好吃的；还有好玩的，伢仔们成群结队，噼噼啪啪地放鞭炮；下雪啦，伢仔们滚雪球、堆雪人……俨儿也能跟在大伢仔们的后面到处跑，冷不丁跌倒了，沾了满身满脸的雪花，他不哭，定了定神，笑了起来，又玩上了。陶母笑看孙子与伢仔们玩耍嬉闹。

除夕夜，渊明、陶母和俨儿吃了年夜饭，陶母收拾停当，一家三代人就围坐在树根燃起的火塘边守岁。母子俩聊着一年的收成，来年的打算。说到生荒地出租，陶母对儿子的处置深表赞赏。夜深了，俨儿睡了。陶母抱着孙儿，爱怜地念叨："我这没娘的孙子，何时能再续上一个娘亲，我这做奶奶的这颗心也就放下啦！唉！"说完，她吃力地抱起孙子进了卧房。

娘的话渊明听得明白，可他心里仍放不下思荻。他也知道思荻走了，上了天庭，可他的情感里满满当当的还是她。渊明的眼前又浮现出寒风中，白发凌乱、神情苍老的母亲。儿子，从小到大是母亲千辛万苦抚育成人，作为儿子用什么来回报母亲？其实母亲要儿子最大的回报，就是过好自己的日子，这是母亲常说的。可自己的日子过好了吗？眼下自己的日子还让母亲操心操劳，难道真的要让母亲为儿子操心一辈子？这样操劳下去，母亲如何能安享天年？母亲不能安享天年，作为儿子岂不愧疚？渊明的内心充满了矛盾。他又想到自己的前景，这一生难道就这样了？陶家一门到了自己这一辈就消沉下去？他该怎么做才是呢？他的思绪越理越乱，索性不想了，听凭自然。他起身取过酒壶，自斟自饮。酒入愁肠，万千感慨流入心田。他起身观看窗外的夜色，触景生情，他吟道：

白日沦西阿，素月出东岭。

遥遥万里辉，荡荡空中景。

风来入房户，夜中枕席冷。

气变悟时易，不眠知夕永。

欲言无予和，挥杯劝孤影。

日月掷人去，有志不获骋。

念此怀悲凄，终晓不能静。

郁闷化作了诗篇。此时，酒意渐浓的渊明，默诵着自己的诗作，心意消沉，在暖融融的火塘边昏昏欲睡……

山村里，骤然响起的爆竹声，将渊明从昏睡中惊醒。他打开大门，天亮了。远近村落燃响了欢闹的爆竹，人们在迎接新的一年的开始。渊明点响自家的爆竹，那震响与千家万户的震响响成一片。它驱除着旧日的阴郁，迎接新的朝阳。

“儿啊，该去拜年了，记住每家每户都要到。”陶母已梳洗完毕，与孙儿都换上了新衣裳。她一边忙着摆放干果，一边嘱咐渊明去给亲友乡邻们拜年去。

“晓得！”渊明答应着刚要出门，敬远来了。陶母让敬远吃早饭，敬远说饱年了。他回身抓了一些干果，拉上渊明，哥俩一道拜年去了。

正月天是庄稼人闲暇的时光，走亲访友是必不可少的。客人来时，主人总是把一年里平常舍不得吃的好东西，取出来招待来客。人们在请客与被请的喜悦中，有说不完的家常话，道不尽的亲友情。陶家的两位老仆人都回家过年了，要等过了元宵节才来。家里家外，来客招待全是陶母一人操持。这是陶家的门面，可不能怠慢了客人，让乡邻们背后议论。渊明要帮母亲下厨，陶母让渊明把客人陪好，剩余的事不让他操心。从初一忙到初九，远亲近邻高兴而来，尽兴而归。客人请完了，陶母也累倒了。初十，婶娘与敬远来了，还是老远的就叫姐姐，陶母听见了，可无力起身。婶娘不见姐姐出门迎她，心生疑惑，进门一看，老姐姐躺在床上，她心疼地上前问长问短。

“这过年哪！男人们倒好，一吃一喝嘴一抹，玩去了。咱做女人的从年前腊月天忙起，到今天才算忙完。你看把我姐都累病了。你说是哪个吃饱了撑的，兴什么过年。这不知是哪个缺德好吃贪玩的男人使的坏。”婶娘边数落着边整理房间。

渊明端着汤药走了进来，问婶娘、堂弟好。

“侄儿啊，不是婶娘说你，你娘也是奔六十岁的人了。这样没完没了地操劳下去，身体累垮了，你这做儿子的心里能好受啊！”婶娘说话不留情面。

渊明不知该怎样回婶娘的话，只能赔着笑脸。

“娘，你不能这样说哥，他可是个孝顺儿子，可没少操劳，他在南山下开了一大片荒地呢！”敬远为兄长鸣不平，他还将渊明的手拉到母亲面前，让她看他手掌上的茧子。

婶娘一看，心疼地将渊明的手拉过去，抚摸他磨出茧子的手掌道：“侄儿，你哪是做庄稼活的人哪！”随后她缓和了口气，对敬远说道：“我不是责怪你哥，田地里的事是他操持，可家里还有一大摊子事全扔给了你婶娘。她本来到了该享福的年纪，可还在操心操劳，我这做妹子的又帮不了她。看着姐累成这样，我这当妹子的心里头难受啊！”婶娘说着说着流下了眼泪。

“没事，没事，歇两天就好了！”陶母宽慰大家。

渊明扶起母亲，递过汤药，险些洒出，陶母接过喝下。

“侄儿啊，你这伢仔就是个闷葫芦，一点不开窍。”婶娘又说话了，“煎汤熬药这都是女人家做的事，你一个大男人笨手笨脚的能做得好吗？”她见渊明没听出她话中的意思，便直言道："思荻去世已有三个年头，你还在打单身，别说你娘着急，我这个当婶娘的心里都放不下。你赶紧续一房，让你娘过几天舒心日子。"婶娘见渊明在听，继续说上了，"我们南村有户姓翟的，家境殷实，他家有个闺女，名叫翟蕙兰，人生得俊俏，勤劳善良，村里人都夸她。上门提亲的可不少，还有富家子弟，可她看不上。今年过年，她到我家拜年，问起渊明，说喜欢渊明的诗文。这姑娘看样子对渊明有意思。"婶娘对陶母说了这番话，转而又向渊明道："侄儿啊，听婶娘一句劝，不为你自己，为你娘、你儿子，你也该向前再走一步，再续一房。你琢磨琢磨婶娘的话可有理。你要同意呢，回去婶娘就到翟家说亲去。"

渊明听了婶娘的话，转向卧床的母亲，陶母含笑点头。渊明想了想，叹了口气，顺应了长辈们的心意，点头应承了。

"哦，我哥要娶新嫂子啦！"敬远欢叫着拍起手来。

次日，一个风和日暖的天气，太阳融化着地面上冻结了一夜的冰霜，开始冒着热气。渊明背着俨儿，踏着山路上松软的枯叶败草来到思荻墓前。他将墓周边的杂物清扫干净，为思荻烧上纸钱。俨儿跪地给母亲磕头，这个没有母爱的伢仔，似乎比同龄的伢仔更懂事。渊明搂着俨儿，向思荻诉说自己续娶的想法：俨儿年幼，母亲年迈体弱，他不忍心再让老母操劳。他仰望悠悠白云，和云彩下的阵阵大雁，心情平和而宁静。他想，思荻是位慈爱贤德的人，她在天堂一定希望他们父子、他们全家，幸福安泰。

三十三

翟蕙兰，一位生长在乡村较富裕家庭的姑娘。父母亲一辈子就这一个女儿，总想嫁到一家门当户对的富家。可女儿这个瞧不上，那个不答应，让二老很是烦神。陶家婶娘上门说亲，蕙兰的父母为难了。陶家原本是名门，可那是原本的事，如今也就是个空名声。陶渊明有文才，可文才当不得饭吃，也当不得衣穿。再说他结过婚，还带着一个伢仔。嫁给他，自己家黄花闺女、掌上明珠不就太亏了？其实还有一点二老没明说，就是陶家母子不会持家过日子，自己家开垦的地，怎么能白给别人种呢？咱不是菩萨普渡众生，咱也是肉体凡胎，也得吃五谷杂粮。

陶家婶娘觉出两位老人的意思，再说无益，便起身告辞。蕙兰从闺房出来，“婶娘，这门亲事我愿意！陶渊明的文才我喜欢！”她的声音，像银铃般清亮，饱含着纯贞的青春气息；说这话时流露一种自然的、有点羞怯的微笑，表达着少女深藏心底的愉快心情；她那对明亮的眼睛，更闪烁着深情而温柔的目光。这是一位有情有意的姑娘，她能当着父母的面，向陶家婶娘直白地表达出对渊明的爱意，可见翟姑娘对渊明的一往情深。这是渊明的福气，陶家婶娘心里高兴地想。可再看看两位长者，都闷着，不吭声。陶家婶娘心里有了谱，便告辞而去。“婶娘，我送送您！”蕙兰上前挽着陶家婶娘，亲热得宛如一家，她把陶家婶娘送出院门，送出老远……

“你就这样把自己给嫁了？”蕙兰刚回家，父亲没好气地问。

“你们都说我是老闺女，嫁不出去了。这有人提亲，女儿愿嫁，你们又阻拦着不让我嫁。行，你们二老说句话，女儿听你们的，是同意我嫁，还是不同意。如果不同意，从今往后再别提嫁女儿的话!”蕙兰说完，赌气坐下。

两位老人被蕙兰一番话呛得一时无语。

好一会，翟母开口了，“闺女，我们不是不让你嫁，是想让你嫁个好人家。”

“陶家不是好人家?说说，怎么就不是好人家?”蕙兰一连两个诘问。

翟父有些急了，“我们不是说陶家其他不好，我们是说陶家家境一般。比不上之前提亲的那位宋公子家境富裕。”

“嫌贫爱富，势利眼!”翟姑娘一句不让。

“我们是势利眼，我们让你嫁给宋公子，可我们为了谁呀?”翟母说，“父母知道你喜欢陶公子的诗呀赋的，女儿啊，那东西当不了柴米油盐，成了家是要过日子的。”此时，翟母后悔一件事，当初就不该送女儿去读书。

“哎，娘说对了，我就喜欢有文才的男人。没了柴米油盐，我还有一双手，饿不着。”蕙兰态度坚决地向母亲说道。

“就怕有一天真挨饿了，可别回娘家哭穷!”翟母放出狠话。

“那是我自找的，我乐意!”蕙兰说完，朝父母俏皮地一笑，快乐得像鸟儿一样出了家门。

翟家二老唉声叹气，寻思着怎样阻止这门亲事，让女儿嫁给富家子弟宋公子。可女儿的脾气他们是知道的，不答应时别想她松口，她一旦认准了谁也别想改变。如果真把女儿惹急了，她谁也不嫁，那将如何是好?唉，都是从小娇惯的。还是翟母想起了一句老话，使两位老人妥协了，那就是：女儿大了不能留，留来留去留成仇哇。

亲事定下来了，婶娘带着渊明上翟家认亲。他们拉来一车彩礼，有翟姑娘的新衣物、用品；有给老人的礼物，还有翟氏亲戚们的礼品。陶母有吩咐，翟蕙兰是黄花闺女，嫁到陶家，所有礼节都要按新婚嫁娶的礼仪操办，甚至要办得更好，可不能亏待新媳妇。

"都送来，往后不要过日子了?"蕙兰给渊明上茶时，娇嗔道。

"看看我养的女儿，还未过门就巴上婆家了!"翟母指着女儿，乐呵呵地嗔着。

渊明赔着笑，不吭声，心里对这位巴家的媳妇生出了好感。

三十四

结婚的日子定下了。陶老夫人人逢喜事精神爽，她要礼请所有乡邻来喝喜酒，但一律不收礼钱。渊明是二婚，不能让乡邻们再费钱。乡邻们知道老夫人说一不二的脾气。不收礼钱怎么办呢？平日里可没少受老夫人的恩惠，陶家办喜事不能不去，也不能去了白吃白喝，不收钱咱们就送自家产的东西。于是有送鸡鸭的，有送米油的……老夫人要推辞，乡邻们说话了，老夫人不收礼钱，我们不送钱。送些家里养的、地里长的、山上采的，再不收下，就是不让大家来喝喜酒了。陶老夫人再也无法拂人情面，笑吟吟地向乡邻们致谢。

迎娶翟蕙兰的花轿在男女老少新奇的目光里，热热闹闹、吹吹打打地在翟家门前停下，伴娘搀扶新娘出了翟家大门，走向花轿。翟母挽着女儿，哭泣着舍不得放手。蕙兰没哭，反劝娘道："南村栗里隔几里路，你们想女儿了可以去，女儿想你们了可以来。娘，别哭了，女儿上轿了！"说完，大姑娘蕙兰上了大花轿，这可是头一回，她可不想有二回。她感觉特新鲜，特兴奋。跟一个称心如意的男人结婚，今后还要生儿育女过日子，这是多么甜蜜的事。这夫君家真看得重我这新媳妇，就这顶大花轿，南村那么多姑娘出嫁，就没一人有这么大这么华贵的花轿坐。单凭这一点，我就嫁对人了。蕙兰坐在花轿内，心里美滋滋的。

陶家的婚宴，让整个栗里都沉浸在喜庆之中。男人们畅怀欢饮，甚至有些女人都喝多了，他们夸赞新媳妇标致，乘坐的大花轿气派。又夸赞老夫人仁厚，说老夫人年轻时也是百里挑一的俏媳妇，山歌还唱得好听。老辈人酒后之言，引发陶母对年轻时的短瞬回忆，做姑娘时嫁到这里，从此，这里就是她的家，一个让她付出全部心血和辛劳的家。一晃几十年过去了，人生苦短哪！当她看到儿子儿媳喜结良缘，他们正抱着孙子亲吻哩，陶母不遗憾，很满足。

三十五

渊明也喝多了，他睁开眼睛时，已是第二天清晨。他怎么脱去衣裳，怎样上的床，全记不起来了。他抬起头看看布置一新的婚房，这才模糊地忆起昨日的喜庆，那是自己娶亲的日子，可新娘子呢？他看了一眼身边空着的床位……这时，新娘子蕙兰从外屋进来，她不知什么时候起床的，只见她换去了婚衣，穿了件土布蓝花衣裳，腰间系上了围裙。

"醒啦？你喝了酒，鼾声可真大。"蕙兰说着，抿嘴一笑，她为渊明递过衣裳道："娘和俨儿都吃过早饭了，你饿吗？我给你端来。"

"不，不，我起来。"渊明穿衣下床。蕙兰整理被褥，不无心疼地道："我不阻止男人喝酒，男人主外，交朋结友总要应酬。可我不乐意男人喝醉，醉酒伤身。你是当家的，你喝酒伤了身体，我靠谁去？"

渊明没回话，他也知道她说的不错，可到了场合上，有几个把持得住呢？渊明走出卧房，抬眼看时，昨日的杂乱不见了，厅堂的里里外外已收拾停当，这使他的心情舒缓了许多。他刚坐下，蕙兰端来了洗脸水，她见他不动，便挤干了布巾递给他。渊明还不清醒，没接布巾，蕙兰展开布巾要帮他洗，渊明忙接了过来，自己洗脸。

"你是我夫君，伺候你是我本分。"说着，她又去后厨端早餐。

渊明望着蕙兰忙碌的身影，打消了先前的顾虑。他曾担心，蕙兰家境较好，又是独生女，会不会娇生惯养难相容，现在看来，担心多余了。"这媳妇直爽、勤快，操持家务可是把好手。"渊明含笑默念道。

渊明说的不错，蕙兰还是位孝顺媳妇，过门第二天就操持家事，陶母轻松了，气色也好多了。老人原先担心蕙兰对俨儿不好，继母对前任儿子好的不多。可蕙兰对俨儿就像自己亲生的一样。老人又担心，蕙兰有了自己亲生的，就会疏远俨儿。第二年，蕙兰生了陶俟，第三年生了双胞胎陶份、陶佚，可蕙兰仍对俨儿慈爱温厚。陶母悬着的心终于放下了。看到儿孙满堂，她尽享天伦之乐了。

这天，闲暇下来的陶渊明，内心又起波澜。夜，他在油灯下，用诗文来抒发自己的愁闷。诗一写完，被蕙兰从背后取走，她浏览了一遍，轻声吟诵起来：

忆我少壮时，无乐自欣豫。
猛志逸四海，骞翮思远翥。
荏苒岁月颓，此心稍已去。
值欢无复娱，每每多忧虑。
气力渐衰损，转觉日不如。
壑舟无须臾，引我不得住。
前途当几许？未知止泊处。
古人惜寸阴，念此使人惧。

蕙兰吟后，被诗情所动，颇为伤感道：“夫君心怀大志，竟无处施展，唉！”

渊明倒笑了：“有我一人感叹还不够，如今又加上你一个。岂不是愁上加愁！”说得蕙兰转忧为乐。

三十六

隆安三年（399）十一月，孙恩在浙江东部沿海发动起义。起义的导火索是司马道子之子司马元显，为了扩充自己的实力，征调江南诸郡从奴隶身份解放出来的佃客入伍，损害了一部分地主的利益，一些失势的南北大族趁机参加起义队伍，企图借助劳动民众的力量，以实现自己的政治野心。起义的领导人孙恩、卢循都是失势的北方大族，渊明所担心的晋王朝到底生出了事端。然而这仅仅是开始。这几日传来消息，孙恩率众围攻会稽，陶渊明更是坐卧不宁，急着打听会稽的消息。此时王凝之已从江州刺史调任会稽刺史，这个昏庸老道不知会做出怎样荒唐举动，王夫人不知是否安全。半月后，渊明在通之那里得知，会稽城被攻破了。原来王凝之这个昏官，面对强敌，他不积极备战，而是成天祈神念符，声称请得十万天兵助战，确保得胜。结果当天城池就被攻破。王凝之这位五斗米道的忠实道徒，终因笃信五斗米道道法无边而贻误战事，被孙恩斩杀。渊明关心夫人的境况，通之说起这位夫人，肃然起敬。城破之际这位文弱妇人，用握笔的手挥剑拼杀，斩毙数人。孙恩见她虽为女文人，却一身胆气，胜似须眉，不忍加害。夫人获得了劫后重生。听到此，渊明长长地舒了一口气。

几天后，通之又来找渊明，是都督荆、司、雍、秦、梁、益、宁、江八州，加后将军，荆州刺史、江州刺史的桓玄，特让他向渊明递交其亲笔信函。渊明接过，展开观看，信函中免不了对渊明家族及个人才能的一番夸赞；又提及其父桓温与渊明曾祖陶侃、外公孟嘉的辉煌经历与友情；最后说到自己重任在肩，为不负众望，他求贤若渴。结尾处表明了其真实意图，如今正是朝廷用人之际，希望渊明出山相助，效法先辈，共建大业。

渊明的心在波动，特别是“共建大业”四字，与自己“丈夫志四海”的豪情碰出了火花。桓玄所说先辈们曾为东晋王朝建功立业，想到此，渊明再次感到惭愧。作为陶家后人，我陶渊明难道真的甘心安于现状？桓玄说“如今正是朝廷用人之际”，这个机遇降临在我陶渊明头上，我是不是该很好地把握一下？少顷，渊明内心又平静下来，已过而立之年的人，激动过后还得理智思考。桓玄的话说得很好听，可桓玄其人渊明也有些耳闻。

桓玄是桓温六个儿子中的少子。桓温病死，其弟江州刺史桓冲尊兄遗命，以少子桓玄为嗣，晋廷追赠桓温为丞相，即命桓玄袭封郡公，那年桓玄十五岁。他颇通文艺、意气豪迈。朝廷未给官阶，他心中不快。到了二十三岁，始得充太子洗马，桓玄认为才大官小，很是怏怏，乃去拜见司马道子。

凑巧道子置酒高会，盛宴宾朋。桓玄得以入见，称名下拜。道子已饮得酣醉，任他拜伏，并不让他起身，且故意大声道：“桓温晚年，想做反贼，尔等曾闻知否？”桓玄听到此言，不觉汗流浃背，匍匐地上，未敢出声。还是长史谢重，在一旁起身答道：“故宣武公（桓温谥宣武）黜昏登圣，功超伊霍，外间浮议纷纭，未免混淆黑白，还望明裁！”道子方点首作吴语道：“侬知！侬知！”这才令桓玄起身，让他下座饮酒。桓玄拜谢而起，饮了一杯，便即辞出。自此仇恨道子。

桓玄第一次起兵，是因侍中王国宝与从弟王绪劝司马道子削弱方镇兵权，加强中央实力。这样一来，方镇将领的兵权受到了威胁。当时，安帝年幼，晋廷大权全都由司马道子和王国宝掌握。桓玄见有机可乘，游说荆州刺史殷仲堪，联手青、兖二州刺史王恭，于安帝隆安元年（397）四月，以诛王国宝兄弟为名，起兵京口。司马道子惊慌失措，杀了王国宝兄弟，废止削弱方镇兵权，以释众怒。王、殷方退兵。司马道子惧怕桓玄，任命为建威将军，平越中郎将，督交广二州诸军事，兼广州刺史。桓玄受命，不赴任。留居江陵以待时机。

第二次起兵，王恭为首，以讨伐江州刺史王愉及谯王司马尚之兄弟为名，再次起兵京口。桓玄、殷仲堪一齐响应。十六岁的司马元显，乃道子世子，才敏过人，道子乃奏拜元显为征虏将军。为平此乱，元显想就了一条反间计，即遣庐江太守高素，拉拢王恭手下大将刘牢之父子。刘牢之，淝水之战的功臣，此时，因王恭未纳其言而心中不满。正巧高素到来，一拍即合。便反叛其主，使王恭被擒遇害。刘牢之投了司马道子，被晋廷命为辅国将军，都督兖青冀幽并徐扬各州军事，取代王恭镇守京口。道子重用桓玄，令桓玄为江州刺史，封官拉拢。独制殷仲堪。隆安三年（399），因互相疑忌，桓玄逼殷仲堪自杀，势力日增。

今天桓玄来召陶渊明任其幕僚。渊明理了理桓玄的发迹史，对这位小自己五岁，正是而立之年而善于权谋的少将军，如此恳切的邀请，去与不去，他真有些拿不准。

通往湖边的小路上落了一层树叶，斑斑点点就像伏着的一条蟒蛇，前不见首，后不见尾。雪花异常胆怯地飘落下来，又干燥，又轻盈，像绒毛似的。风轻轻一吹，就把雪花吹进沟渠，吹落山谷。天色黯淡下来，渊明带着越理越乱的思绪回到家中。

晚饭后，渊明来到母亲的织布间，在母亲面前坐下，陶母停下了手中的织机。

“娘，当年外公在桓温帐下任长史，对桓温其人有何评论，娘可有所耳闻？”渊明问。

“外公慎言，从不在家中提及军务大事，更不会议论他人。不过，那时娘也听到一些传闻，说桓温在晋廷得势后，威权无比，便有非分之想。有一天，远方一位道姑，前来见桓温，桓温见她神采飘逸，料非常人，乃留居客室。道姑在室中洗澡，桓温从门缝中窥视，见道姑裸身入水，先自用刀破腹，继而斩断两足，桓温大加惊异。继而道姑开门出来，完好如常，她已知桓温偷视自己洗浴，故意问桓温道：'公可看见什么吗？'桓温知道隐瞒不了，如实相告，便问主何吉凶？道姑答云：'公若作天子，亦将如此！'桓温不禁色变，道姑说完，随即别去。术士杜炅，能知人贵贱，桓温令杜术士算一算自己能否登极。杜炅微笑道：'明公勋劳卓著，位极人臣。'桓温一听只能位极人臣，默然不答。"

陶母说完这一段，笑道："此乃有些神话，但有一段故事应该真实。桓温晚年患病，在姑孰时病又加重，还想荣膺九锡，特派人入都请求。谢安、王坦之未敢强拒，不过逐日延挨，至桓温使人再三催促，乃令吏部郎袁宏起草奏章。袁宏有文才，挥笔即成，偏谢安吹毛求疵，屡教修改，遂至一月，仍未如意。袁宏私下问仆射王彪之，究竟应如何着笔，彪之道：'如卿大才，何烦修饰，这是谢尚书故意如此，知道桓公病势日增，料必不久，所以借故拖延呢。'袁宏幡然醒悟。桓温哪，至死未得如愿。"陶母说完故事，面对渊明温和地说："儿啊，娘知道你为桓玄召任一事在思虑斟酌，这件事大主意你自己拿。娘只有一句话，无论你做出怎样的决断，娘都会帮你。"

母亲这番话似一股暖流在渊明胸中涌动，"娘，您早些歇息吧！"

渊明回到卧房，蕙兰已经睡熟，她忙了一天，累了。渊明知道是否出仕这等事，她也拿不出主意。渊明想起思荻，她要在一定会为他指点迷津，可如今只有自作主张了。渊明意识到：桓玄这趟水太深太浑，别贸然下水，自己的水性可不好。想到此，渊明提笔写了一封回函，婉言谢辞。

三十七

春节期间，渊明走亲访友，早已将召任一事淡忘了。初十这天，渊明想在家清静清静。上午，堂前柳树那边走过来两个人，前面是通之，后面一位文质彬彬的，未曾见过。渊明出门迎客，二人来到门前。通之介绍来人，殷仲文，为少将军桓玄姐丈，现任少将军谘议参军。殷仲文拱手施礼。殷仲文颇有文才，渊明早有耳闻，今日得见，果然不凡。渊明还礼，他隐约猜到了殷仲文来访之意，他请客入内。

进屋后，殷仲文拜见陶母，并从身上解下礼物献上。陶母婉拒。殷仲文说这是桓将军特地赠予老夫人，少将军感念上辈人的友情，嘱咐他无论如何要请老夫人笑纳。话已至此，陶母只得权且收下。

渊明请来张野，殷之、荀之陪客。文友一聚，自然要谈文论诗。今日阳光和暖，大家在堂前院中披日饮茶。虽为初交，一见如故。渊明与仲文等同好阮籍诗作。“一日复一朝，一昏复一晨。容色改平常，精神自飘沦。”渊明吟起“竹林七贤”之一、阮籍的诗文。“临觞多哀楚，思我故时人。对酒不能言，凄怆怀楚辛。”仲文接吟道。“愁苦在一时，高行伤微身。”张野接吟。“曲直何所为，”殷之吟道。“龙蛇为我邻。”荀之吟完末句。对“竹林七贤”中的嵇康，大家尤为敬重。他遭陷遇害，在刑场上，他神情自若，悲壮而又潇洒地弹奏了一曲《广陵散》后，慷慨赴刑，成为千古绝响。后世文人说到这一节，无不扼腕叹息。渊明仲文等人也深为感叹，史上有骨气的文人，下场总是可悲，难道这就是文人的宿命？当然此时，他们并不能知晓后面自己的命运又当如何。只是，前路看不到光明。渊明看见门前的五棵柳树，想起嵇康笔下的弘达先生，阮籍笔下的大人先生，突然想写一篇《五柳先生传》以自况自持，“先生不知何许人也，亦不详其姓字，宅边有五柳树，因以为号焉。嗯，这个开头好。”下面该写些什么呢？再想想。此时酒菜已备，蕙兰出来见礼，并请大家入席。

席间，大家互敬佳酿，互表友情。几杯酒饮下，情感又拉近了许多，说话再无顾忌。

“仲文，少将军、桓刺史是你妻弟，他可不是凡人！”张野的话题说到了炙手可热的人物桓玄，这是今天避不过的话题。“这桓氏在荆楚可谓根基深厚，少将军可不是好惹的主！有个故事，”张野说着面向仲文，“是你堂兄殷仲堪任荆州刺史时。一天，桓玄到刺史厅前跑马，手持马鞭在殷仲堪面前比比划划，殷仲堪的中兵参军刘迈看不下去，讥刺地说：‘你的马鞭之技有余，只是精通义理则不足。’桓玄顿时变脸。殷仲堪见势不妙，大惊失色。桓玄离去，殷仲堪指责刘迈说：‘卿冒犯他。桓玄晚上派人刺杀你，我岂能相救？’他让刘迈即刻回建康躲避。桓玄果然派人追杀，刘迈幸免于难。征虏将军胡藩路经江陵，对殷仲堪说：‘桓玄志趣不同于常人，一副怏怏不得志之态，将军过分优崇他，恐怕于将来不利。’胡将军的话后来果然应验。”说到此，张野意识到什么，拱手道："今日故事，只当酒后醉话，大家听完即了，拜托拜托！"

"张兄放心，仲文绝不是出卖朋友的小人！"殷仲文感觉到张野的话是说给自己听的，同时他也认为张野是信任自己这位朋友才知无不言的。因此他要让朋友们放心，交他这样一位朋友是靠得住的。他接过刚才的话题说道："张兄的故事确有其事。当时我也心中不平。不过，人总有年少轻狂的时候，咱们都是从少年过来的，应该有这样的经历。随着年龄的增长，人是会变的。如今的少将军，历经磨难，身经百战，已不可同日而语。他自任江州刺史以来，大力整肃吏治。黜凡庸之辈，远奸佞小人。选用贤才，唯才是举。通之，你是知道的。"

通之点头称是。作为府吏，州府的事他应该明了。

"他试图革除豪强兼并，强弱相凌，百姓流离的劣政。"殷仲文说话时有意无意间总要看一眼渊明，他见渊明等人在听，便继续说道："桓将军还提出淘汰僧尼，打击寺院经济的主张。他规定，除了那些精通佛理、恪守戒律的佛教徒外，其他僧尼一律淘汰，还俗为民。"

渊明听着殷仲文讲述的桓玄，不由想起王凝之。这一比较，前者当然优于后者。此时，殷仲文说明来意，他是受少将军委派，再次邀请渊明出山的。说时，他取出桓玄的邀请书信，郑重递给渊明。渊明看完言辞恳切的书信，心情有些激动。一而再的邀请，渊明感觉到了对方的诚意。一个主意便在他心中拿定：应召出仕。

这回渊明未去东林寺向慧远征询。此时这位远公正与桓玄针锋相对。慧远著有《明报应论》，宣扬因果报应，攻击桓玄等以所谓“自然”为标榜的道家玄学。渊明对《明报应论》也持不同的观点。近来桓玄作《沙门应敬王者论》，贬抑佛教；慧远则著《沙门不敬王者论》以示抗争。这一老一少，你来我往，互不相让。殷仲文又说桓玄要淘汰僧尼，打击寺院经济。如此一来，双方矛盾势必激化。如果此时渊明向慧远说要去桓玄帐下做幕僚，这位老法师会怎样想？这陶渊明竟然去扶助自己的对手，这与陶家的交情还能否继续？思前想后，渊明只好不辞而别。至于今后见面如何解释，待今后再说。

三十八

过了元宵节，渊明辞别了母亲妻儿。他乘坐叶舟渔船，渡平湖，过龙开河，出湓口，溯江而上，不日行近武昌。此时小妹渊秀已随夫君程文江移居武昌。自渊秀出嫁，兄妹俩已近十年未见。虽有书信往来，却难解惦念之情。渊秀夫妻已接到渊明的书信，这几日一直盼望，多次到江边码头守候。当看见船到岸边，渊明下船，走了过来，渊秀将怀抱里的孩子递给夫君，张开手臂迎上前去，紧紧抱住兄长，欣喜地哭开了。渊明也是热泪盈眶。他们好一阵子才平静下来。渊秀又拉上叶舟，一同回到家中。渊秀三岁的儿子扑向渊明叫着舅舅，渊明抱起亲吻道：“舅舅带好吃的来啦!”随后，他取出家乡的土特产，母亲亲手制作的风鸡、糟鱼，还有黄豆酱、霉豆渣……都是渊秀喜欢吃的。渊秀乐得像个孩子，说就是想吃母亲做的家乡口味。说着，她端起这坛闻闻，又捧起那罐尝尝，爱不释手。

晚膳自然是丰盛的，有家乡的风味，也有武昌的特产。妹婿文江知道大舅哥哥饮酒，特备下上好的佳酿。酒席上渊秀话最多，母亲、新嫂子、几个侄子、婶娘、敬远等亲戚问完了，又是张野、殷之、荀之……还有故乡的那些小姐妹某某出嫁了没有？某某生崽了没有？甚至堂前的五柳树、小石桌……“你还让不让哥饮酒了？”文江提醒渊秀后才消停一会。只一会儿，她又问起来了。渊明、叶舟轮换相告，总算缓解了渊秀思乡之情。

次日，他们同游武昌城楼。渊明来到城楼高处，观龟蛇山景，赏栏外长江。他遥想当年曾祖陶侃平定苏峻、郭默叛乱，立下大功，朝廷命他镇守武昌，他也曾在此处游览。武昌地处长江要冲，有高屋建瓴之势，自古为兵家必争之地。朝廷将此重地任由曾祖镇守，这是对陶家人的信任，也是陶家的荣耀啊。渊明站立在祖辈辉煌的地方，既有一种自豪感，又有一种使命感。他要重新振作，他看着奔流的江水，吟道：“盛年不重来，一日难再晨。及时当勉励，岁月不待人。”他想，他要好好把握住这一次难得的机遇，效法祖辈，实现自己的志向，为陶家一门增光。

清晨，住了两日的渊明与妹妹妹婿告别。他抱起外甥，让他跟爸爸妈妈到外婆家玩，舅舅带他上山摘野果吃，孩子高兴地答应。渊秀夫妻将渊明叶舟送至码头，亲人们依依惜别。渊明登上船，叶舟扬帆启航，向江陵进发。船渐行渐远，人影渐渐模糊了。但仍可隐约看到渊秀在江岸边招手，久久不舍离去……

三十九

江陵城位处长江中上游，上达荆州、宜昌；下通武昌、江州。桓玄身兼荆州、江州刺史，雄居江陵，威振上下，地理位置极佳。渊明船到江陵，已是午后。他先拜访殷仲文。仲文正在府内等候，见渊明到来，热情迎接。渊明被迎至厅堂，坐定饮茶。仲文告知，少将军出外游猎，不知何时归来，特命他恭候渊明。歇息后，仲文问渊明是否先安顿下来，渊明称是。仲文即命仆人随叶舟去取渊明行装，他陪同渊明前往住地。

这是一座精致的楼阁，前望是川流不息的长江，环顾是一片绿油油的花儿盛开的草地，环境幽静而清新。渊明感觉到主人的良苦用心。唯有一点不适应的便是门前把守的卫兵，像泥塑似的冷酷无情。仲文说，这是少将军为保证先生安全，在军中精心挑选的壮士。渊明看看，一个个铁塔似的，是够壮的。总归是好意，渊明不便推辞。

晚上是殷仲文为陶渊明一行设的家宴，也请来了几位文友作陪。渊明初到，席间相互礼敬，也无多言。渊明平日话语不多，何况初次相交话无投机。酒席散后，渊明、叶舟回到楼阁，一天舟旅劳顿，两人就要更衣歇息时，听得外门有嘈杂声。一会，仲文引领少将军桓玄及长史卞范之来到，渊明起身相迎，只见一位顶束发金冠，披百花锦袍，内着铠甲，腰系宝带，气宇轩昂，威风凛凛的将军来到眼前。仲文说桓将军一听陶先生到来，顾不得天色已晚，特赶来探望。渊明拱手向桓玄施礼。桓玄回礼。其实，渊明少时在京城家叔陶夔处求学，曾与桓玄见过一面，那时年少，与面前这位少将军已判若两人。“蒙陶先生不弃，桓玄拜谢了。”少将军再度施礼。“少将军过誉！”渊明还礼。桓玄又将卞范之介绍给渊明。两人施礼。桓玄让随从呈上官服，又端上俸禄、旅费、船资等，出手大方。

“渊明无功，怎可受禄。”渊明礼让。

“陶先生到来，何患建功无日。这些是陶先生分内所得。有朝一日大功告成，我桓玄绝不亏待与我同建大业的功臣。打扰先生歇息，我等告辞。”桓玄留下钱物，告辞而去。

渊明将旅费、船资全交与叶舟。叶舟只取了几个钱说是足够了。渊明一下子塞入叶舟怀中，笑道：“多时多得，少时少得。我们兄弟有福同享，有难同当。”说得叶舟直点头。

将军府，一座雄伟的宫殿，流光溢彩，气势磅礴。门前左右立着两尊威严的雄狮，仿佛随时都会发出惊天动地的怒吼。

将军府大堂上，文官武将，各穿锦衣；帐下偏裨将校，都披银铠，分两行而入。渊明身着官服，自然列班文官一行。他头一回值此场面，不禁肃然。

桓玄从侧幕直接登上将军宝座。众将官躬身参拜，少将军以礼相待。礼毕，他向堂上诸位将官隆重引见陶渊明，桓玄道：“陶渊明先生乃是江南大才。曾祖陶侃为东晋大将军、大司马，战功赫赫。当朝太常卿陶夔是其家叔。今日，我桓玄有幸得到陶渊明先生及各位贤臣良将之相助，何愁大业不成！”

渊明拱手向列位施礼。他觉得桓玄说自己是江南大才，言过其实。原以为桓玄会说到其父桓温与外公一节，不知何故一字未提，难道是桓温旧事怕引发众人猜想？不得而知。当然，桓玄脑子里到底想的什么，渊明如何知晓。只是桓玄屡屡提到“大业”二字，总让人觉得用词不妥。

这时门官来报：广州刺史刁逵，豫章太守郭昶之在殿外求见。桓玄准见。二人来至大堂，跪拜道：“启禀将军，圣上有旨，召我等回朝。”说着呈上诏书。

桓玄接过诏书观看后，说道：“你二人为我干将，我另有任用。你们先归原职，待我呈奏朝廷后，再做定夺。”

刁逵瓮声瓮气说：“圣旨不遵，岂不抗命?!”

渊明为这一句闷雷般的话语所震动。他要仔细看一看这位心直口快的猛将——刁逵。只见他身高八尺，豹头环眼，燕颔虎须，此时正直眉瞪眼盯望桓玄，等待回话。

将军府大堂一片寂静。将官们屏着呼吸，忐忑地望着少将军的冷脸子，等待着不可预测的下一幕。

“哈……”大堂内突然响起桓玄的大笑。笑声过后，他平静地言道：“刁将军说得有理，君命要遵。可将军是否听过一句话，将在外君命有所不受。想必将军为将多年，别说闻听过，就是有过不受之时也在情理之中啊!”

刁逵一时语塞，转而“嘿嘿，嘿嘿……”咧嘴而笑，低头默认。

众将官总算松了一口气。渊明的额头上已沁出了细汗，悬着的心放下了。他又望了一眼那位一个人的情绪可以影响众多文臣武将的少将军。

夜，府役来到渊明住所，传少将军召见。渊明随即起身去见桓玄。通过上午大堂一事，渊明对桓玄临机处置的能力，及善待属下的度量，颇为赏识。

来至后堂，少将军已脱去戎装，身着休闲便服，也不似堂上威严。他与渊明相近而坐，品茶聊天。桓玄先询问了东林寺慧远近况。他说对慧远法师个人才能是敬重的，观点认识上的不同亦属正常。他又问到渊明与慧远的关系，渊明如实相告。他又说到对佛教的看法与想法，如前仲文所说一致。渊明只听不说，但对桓玄的某些观点是赞同的。佛教有其存在的理由，但若无节制，人人削发为僧，既影响农事生产，又影响人类生产，将适得其反。

桓玄话题又转向陶氏家族，从陶侃、陶茂、陶逸，以及外公孟嘉，又说到家叔太常卿陶夔，那是个个忠贞、人人清正。渊明含笑未答。桓玄发问道："渊明兄与陶夔大人有多年未见了吧?"渊明"嗯"了一声，心里默算总有近三十年了。"我这里有一个你们叔侄相见的机会，不知渊明兄是否愿往?"桓玄温和地问道。两声渊明兄一叫，这比称呼陶先生亲近许多，渊明心里热乎乎的，他一点也看不出这位少将军盛气凌人的样子。看来有些传闻未必可信，或者如仲文所说"人是会变的"。渊明心里松懈了，便爽快地答应道："当然。"

桓玄起身，从案头上取过一封函件道："大堂上的事你也看到了。有些大事一定要经过圣上恩准。烦你去京城一趟，呈送奏章，待圣上御批后返回。"渊明认为桓玄上奏，是臣子所为。他愿意上京呈送。他想到叶舟还在江陵游玩，这一趟进京，又能乘叶舟渔船，岂不方便。再说，他真想去看望家叔。于是他起身接下奏章。

桓玄召唤随从取出钱币，说是旅费船资，自然绰绰有余。桓玄还将半年的俸禄一并让渊明收下，说渊明家有老母妻儿，要养家糊口。渊明推辞不受，无奈盛情难却，最终恭敬不如从命了。回到楼阁，渊明将去往京城一事告知叶舟，又给了叶舟一大笔旅费船资。叶舟不知要打多少鱼、摆多少渡才能挣到这么多钱。俩人兴奋了大半夜才睡下。

四十

一轮金光灿烂的朝阳冉冉升起，江面上荡漾着无数道金光，叶舟拔锚启航，迎着日出，船顺风顺水一路驶去。渊明把酒临风，观光赏景。春风撩起衣襟，飘然入怀，他有一种春风得意之感。他们昼行夜泊，不日便到了湓口。俩人商议，这是一趟远差，不如先回家，安顿好家事，再宽心登程。渊明想为家叔带些家乡土产。其实还有一点俩人心照不宣：将钱送回家中，也让家人高兴高兴。

灯下桌上，一堆钱摆放在陶母眼前，渊明是想给母亲一个惊喜，也让母亲看看儿子的能耐。可母亲却异常平淡，她抬眼看了看儿子兴奋的神情，疑虑地言道：“这钱来得太容易了……”

“娘，这是儿子半年的俸禄，是正当所得。娘，您放心收下吧！”渊明将钱推到母亲面前。

“娘先收下。记住，娘不会动它，先放着。”陶母起身，将钱用布巾包起，放入柜子里。

“娘，儿子公务在身，明日就要启程，您多保重。”渊明不舍地说。

“娘知道，娘不留你。给你叔带的东西，都备好了。今日刚回，明日又要走，够辛苦的，你就早些歇息吧！”陶母爱怜地看了看儿子，催促道。

蕙兰在灯下做鞋。渊明进了卧房，他先到床边看着熟睡中的四个儿子，脸上露出慈爱的微笑。他来到蕙兰身后，也不言语，轻轻地为妻子捏揉双肩。这一举动，让蕙兰激动得眼圈都湿润了。这是夫君对辛勤付出的自己，最贴心的宽慰与关爱，比什么语言都温存。

“这是为我做鞋呢？”渊明问。“你的鞋早做好了。”蕙兰说着扬起手中的鞋，兴奋地说道：“这是为我京城的家叔做的鞋，他年纪大了，穿布鞋一定舒适。”听着蕙兰的话，看着她那双清澈的眼睛，渊明为有这样一位贤惠的妻子而欣慰。

“钱都放在娘那里，你不埋怨我吧？”渊明不想有事瞒着妻子。

“娘当家，当然该给娘，我乐得少操一份心呐！”蕙兰爽快地说，“夫君，钱是挣不尽的。你一人在外，风里来雨里去的，保重身体要紧，晓得呗！”蕙兰叮嘱道。

渊明点头，双手在妻子肩上拿捏得更为柔和。

四十一

船顺江而下，不日到达京城建康。渊明先去皇宫呈递桓玄奏章。皇家宫殿，渊明头一次得见，那黄森森金瓦飞龙，檐牙高啄；明晃晃白玉麒麟，廊腰缦回。东一行，五步一楼；西一行，十步一阁。尽都是蕊宫珠阙，看不了宝阁珍楼。不是宫中太监引路，渊明几乎走不出来。奏章呈上，单等圣上御批了。

渊明与叶舟带上家乡土特产来到家叔陶夔府上。那已是一座老宅院，墙柱斑驳，殿堂陈旧。渊明儿时来京城求学，家叔新入居这栋府第，虽比不上豪宅大院，倒也清新幽雅。如今虽已风光不再，却证明了陶家人的清廉。那棵从家乡栗里带来的香樟树，栽种时只有儿时的渊明高，如今已是郁郁葱葱，枝繁叶茂的参天大树了。

管家开了门，渊明一眼就认出，正是小时候常陪自己玩耍的叫方圆的仆人。可对方认不出来客，他驼着背，佝偻着身子，歪着头站在那里。他想了半天，终于想起来了，就是掉进后花园潭水中的小渊明。他赶紧请渊明、叶舟进屋，一边走一边念叨："你瞧瞧，这日子过得多快，这棵树，这孩子，当年都是幼苗，可现如今都长高了，长大了，成才了。我们老了，就是让你们催的。"进了屋，他边上茶边说道："你家叔也老了，是圣上身边的老臣了。往日这个时辰该退朝了。今日怕是朝廷有事要议。陶大人老成持重，又清正廉洁，圣上倚重他，有事常与他商议。他是好人，我们俩几十年主仆交情，他从未把我当外人，好人！你们先歇着，我去让后厨多添几道菜，陶大人的宝贝侄儿来啦！"管家说完，乐呵呵地走了。

午饭前，家叔回来了。他一看见渊明叶舟，便兴奋地嚷嚷起来："有家乡的亲人贵客到啦！"他看着渊明分外高兴，与侄儿比了比身高，见比自己高出一截儿，连声赞叹：长高了，成人了。他又看见亲人们带来的东西，笑得合不拢嘴。他穿上蕙兰为他做的新布鞋，在厅堂走了几步，连声称好，夸侄媳妇手巧。这位须发斑白的老人，此时高兴得像个孩子。席间，陶夔与侄儿畅饮了一杯，又与叶舟共饮了一杯。说是自己已多年未端酒杯，今日破例了。老管家一旁劝阻，陶夔还是又与渊明、叶舟共饮一杯。“好，三杯为限，你们喝好，尽兴！”陶夔不再喝酒，可红扑扑的脸上兴致未减。他说今天侄儿与家乡来客是高兴的事；朝廷还有一件高兴的事，就是刘牢之大破孙恩贼兵，保证了京城的平安。孙恩，不就是攻破会稽城，杀了王凝之，谢道韫也险遭他毒手的起事头领？渊明想起来了。刘牢之，当年淝水大战的英雄，如今又立大功，也算为夫人报了仇。

“牢之手下有一员大将，名为刘裕，智勇过人！”陶夔绘声绘色地向渊明叶舟讲叙着：“一日，刘裕奉牢之之命，率数十人，去探察敌情。途中遭遇贼兵数千人，刘裕挺身拼杀，自家兵将已多战死，刘裕也被逼坠崖。贼兵欲下崖刺杀刘裕，刘裕手执长刀，仰面砍杀数人，复一跃登上山崖，大呼杀贼，贼兵畏惧，无人敢敌。正在孙恩组织弓箭手，准备射杀刘裕之时，牢之之子刘敬宣领兵赶来。敬宣见刘裕久出不归，恐他遇险，急引兵寻找。只见刘裕孤身杀贼，那贼兵弓箭手已调阵前，万分危急之际，敬宣即刻挥师进击，斩获贼兵千余人，救得刘裕回营。”

渊明被家叔所叙战事吸引，为刘裕捏了一把汗。当听到刘裕被刘敬宣解救，他长长松了一口气。刘裕、刘敬宣的名字又印在了他的脑海之中。

饭后，陶夔问及渊明近况，渊明一一相告。当听说渊明现在桓玄帐下任幕僚，此次上京是为桓玄呈送奏章，陶夔脸上收起笑容，神色沉郁起来。

这几日，渊明叶舟游览京城。这座帝王都城，那可非浔阳城、江州城可比。凤台沁苑，玉宇琼楼，暮宴朝欢，缓歌妖丽，一派歌舞升平的景象。渊明来到长江岸边，烟波满目。他凭栏远眺，关河萧索，千里苍茫。他想到山河破碎，战乱不息，百姓流离；再看看达官贵人，醉生梦死，寻欢作乐；又想起孝武帝等帝王将相在皇宫里的那些事。渊明不禁心意沉沉。然而，更让他沉郁的事还在后头。

这天上午，家叔下朝回来，心情不快。饭后，他让渊明陪他走走。他们一同来到后花园，在池潭边坐下。“渊明，这池潭你还记得吗？”陶夔问道。渊明怎会不记得，儿时他偷着下到池潭浮水，结果水没头顶，不是管家来救，险些丢了性命。“记得！”渊明道。“渊明哪，你看看这水里有些什么？”陶夔让渊明看潭水。与儿时的池潭一样，“睡莲、青蛙、假山……”渊明只看到了这些，指指点点地说道。陶夔叹了口气道：“你看到的只是浮面上的东西。那水底深不可测，暗藏杀机，你是看不见的。”

陶夔看着有所警觉的渊明，话入正题，“你是何时到桓玄帐下的？”“今年春上。”渊明听到家叔问及此事，心里轻松起来。“你是来京城替他呈送奏章的？”陶夔已知又问。“是。是桓将军好意，派我来京城办公务，还能与家叔相见。”渊明没感觉有何不妥。“你中了桓玄算计了！”家叔这句话分量不轻，渊明有些懵了。“你知道他奏章里都写了什么？”陶夔又问。“刁逵、郭昶之任用之事，他另有安排，奏请圣上恩准。”渊明将知道的如实相告。“他另有安排？圣旨不遵，岂不抗命！”陶夔加重了语气，接着说道：“你只知其一，不知其二、其三。奏章请旨，命桓伟为江州刺史，镇守夏口；司马刁畅为辅国将军，监督八郡军事，镇守襄阳；且遣部将桓振、皇甫敷、冯该同守湓口；更招集流民万人，立绥安郡，以充兵源。桓玄任用亲信、招兵买马、排兵布阵。他想干什么？你想过没有？”“是啊，他这是想干什么呢？”渊明想到桓玄多次提起的共建大业，“这大业……难道他想——”渊明突然意识到：这不是桓玄用词不妥，而是他用心不良。他不敢往下想，不觉惊出了一身冷汗。

陶夔站起身子，走了几步以缓解情绪，又回身道：“桓玄在奏章中还要求东进扬州，剿杀孙恩！”“剿杀乱贼，岂不是好？”渊明不解地问。“侄儿呀！你又只看到荷叶青蛙表面现象。你想，桓玄势力已遍布荆、江两州。晋廷的大半江山已在他的掌握之中。所剩唯有扬州。孙恩贼寇在扬州一带作乱，如果朝廷准了桓玄入扬州，即使他剿灭了孙恩，那整个东晋江山岂不尽在桓玄的股掌之中。到那时他翻云覆雨，谁能节制？”

渊明被家叔一番话说得心惊肉跳。他做梦也未想到桓玄让他呈送的是这样一份奏章。他岂不是无意间被桓玄利用，甚至成了他的帮凶？这位表面上和善，口中称兄道弟的少将军，内心竟然如此阴险狡诈。此时的渊明思绪烦乱，六神无主。他想着该怎样挽回自己的过失。奏章是自己亲手呈上，圣上已然御览，是无法收回了。他脑子一闪，说道：“朝廷可以不准所奏！”他想，这样桓玄的阴谋不就落空了。

陶夔苦笑着摇了摇头，长叹道：“桓玄地广兵强，势压朝廷，晋廷又临孙恩起事，无暇西顾。圣上无奈，除暂缓东进一节外，其余照准！”陶夔看着沮丧的渊明，继续说起，“侄儿啊，你不该呈送这本奏章啊。圣上问明呈送奏章的人是我侄儿，还怀疑桓玄之奏，我知晓内情，你我为桓玄一党。好在家叔在朝为官，几十年忠肝义胆，圣上才相信了老臣的真言，免去了一场祸灾。侄儿啊！桓玄是在利用你陶渊明及陶家的声望，达到自己不可告人的目的。这潭浑水深不可测，危机四伏呀。如今你在此人帐下，料难脱身。你每走一步都要如履冰临渊，慎之又慎啊！”渊明此时已如跌落冰窟，心寒彻骨。

这些天，渊明所想的事，是如何尽快从桓玄帐下脱身。思来想去，无计可施。御批发下，这暗藏祸心，势压圣意的奏章，渊明真想将它扯碎。家叔制止了他，让他千万不能莽撞，要从长计议。

次日，渊明告别了家叔，叔侄俩心情都沉甸甸的。他们都置身于山雨欲来的前夜啊。

四十二

这心气不顺，行船也不顺。这个季节该有的东风，却一忽儿南风，一忽儿西风，要不干脆无风。叶舟一会儿张帆，一会儿落帆。风来了启锚，风变了向又抛锚。船行行停停，两个月后才到鄱阳湖畔的规林。渊明本来郁闷，加之一路航行不顺，更添烦恼，人已显出消瘦憔悴。快到家了，人在失意时，最想见到的就是家人亲友，只有他们能给失意的亲人温暖与安慰。可此时他又最怕见到他们。因为他不能以实情相告，他不能真心倾吐，他不能让家人亲友为他的处境担忧。当然他也不愿听到对他处事草率和轻信的哀叹。回到家他该怎么做？在亲人面前装出一副若无其事的样子，成天乐呵呵的？这可真太为难了。渊明最做不得假，做假就心虚，就脸红，就出汗……他自己做不了假，也不愿与做假的人交往。他该怎样做呢？他遥望着远天浮起的乌云，心中的愁云也在涌动……

乌云很快遮住了太阳。此时船行大湖中间，湖水泱泱，叶舟暗自叫苦。一阵风来，水面上骤起一层细碎的浪花，跟随而来的便是狂风呼啸，水面再也不平静了。一浪高过一浪的浪潮向一叶轻舟疯狂扑来，“咔嚓”桅杆有爆裂声，船猛地左倾，又猛地右侧……叶舟奔向桅杆下，迅速落帆。渊明水性不好，叶舟让渊明抱紧桅杆，自己摇晃着转奔舵舱。突然他又返回，拣起一段棕绳，一头拴在渊明腰间，另一头系在自己腰上。他这才回去掌舵。乌云密布的天空闪出一道裂光，紧接着一声炸雷，雨助风威，一起狠狠地扫落下来。狂风骤雨，浊浪翻腾，大有要将这叶孤舟颠翻吞噬之势……叶舟将船头迎向风浪，小船一下子被抛上浪尖，一下子又被摁入谷底，叶舟把准航向，稳操舵柄。这叶小舟就像一张铁犁，划开巨浪，冲破风雨，终于迎来了雨后彩虹。

渊明、叶舟这两位患难兄弟，紧紧地抱在一起。渊明解开腰间的绳索，攥在手中，他的眼睛湿润了，深情地说：“这绳索我要留起来！这是我们生死之交的见证啊！”

夕阳下，船又扬起了风帆，向前行驶。叶舟把着舵，悠然地唱起了渔歌：“五里滩头风欲平哎，张帆举棹觉船轻，柔橹不施停却棹喂，是船行呀喂；满眼波光多闪烁哎，看山恰似走来迎，仔细看山山不动喂，是船行呀喂！”

渊明有些疲惫，他靠在舱壁上，听着叶舟舒畅的歌声，有些入神。他轻声默念着歌词，颇有兴致地赞叹道：“这渔歌好听，这歌词也好，是写渔家生活的，像一幅流畅的山水画卷。”

“这首渔歌，可是我们渔家世代相传的!”受到鼓励的叶舟，少有的扬扬自得起来。他放开歌喉，纵情高唱，歌声在春水碧湖中荡漾。

夜，船泊规林，叶舟上岸置办酒菜。月亮升起来了。经过风雨洗礼的山川，披上了素洁的轻纱，娴雅而清静。从官场险恶中还未挣脱的渊明，又经历了九死一生的狂风恶浪，面对此情此景，深感人生艰险。他已酝酿了一首诗，诗名就为《庚子岁五月中从都还阻风于规林》，他吟道：

自古叹行役，我今始知之。
山川一何旷，巽坎难与期。
崩浪聒天响，长风无息时。
久游恋所生，如何淹在兹?
静念园林好，人间良可辞。
当年讵有几?纵心复何疑!

大风大浪咱闯过来了。还有什么艰难险阻越不过去?渊明想起母亲说过的话：“你遇上了就不能软弱，不能倒下。要横下一条心，硬着头皮站起来，迎上去!”渊明似乎有了力量。

酒菜买来了。渊明先敬叶舟，这位任凭风浪起，稳坐打鱼船，处惊不乱的渔人兄弟，令渊明敬佩；同时他更要感谢叶舟在生死关头，用一根绳索系起的、同生共死的友情。

四十三

到家了，渊明什么假也不用装，他病倒了，是叶舟背着他回的家。一到家，他便倒在床上昏昏睡去。一家人忙开了，请郎中为渊明诊治，抓药熬药喂药。渊明一病半月未起，亲朋好友多来探望。敬远索性住了下来，与婶娘、嫂子轮换照顾渊明。

州府里庞通之、殷仲文来了，带来桓玄的问候和钱物。渊明强撑起来，将御批奏章转交仲文，并让他转报少将军，自己一病不起，康复无期，特请辞归，万望恩准。仲文点头应承，嘱咐渊明安心养病，静候回音。渊明悬着的心稍稍放下，他想，这一病也许因祸得福，就此脱身。然而他高兴得太早了。不久，殷仲文带着郎中，还有两名卫兵，再到陶家。他说少将军为渊明此次上京大功告成，大加赞赏，他要遍访江州名医为先生治病，为确保先生安全，特派来少将军贴身卫兵日夜守护先生。此为少将军美意，望勿推辞。仲文在为渊明高兴。渊明一见此情，想起家叔“你在此人帐下，料难脱身”之言。他心中一急，又病倒了。仲文不知渊明内心的苦衷，见此情景，忙令郎中诊察。至此，郎中天天为渊明治疗。两位铁塔似的卫兵，则天天戳在陶家门前把守。亲友乡邻见此阵势，都远远地避开。这把守大门的卫兵，渊明倒觉得是监视自己的看守。

自打渊明一到家就病倒了，到渊明辞归未准不说，桓玄还送来钱物，请来郎中，派来卫兵。陶母心生疑惑。她几次问渊明京城之事，渊明支吾搪塞，陶母感到儿子一定有难言之隐。

新更换的这位郎中，医术确实高明，渊明身体渐渐好了起来。他也想早一些病好早一些离家，还家人一份安宁，还亲友乡邻一份自在。可他此时又多么恋家，多么需要亲情友情，这是一个多么折磨人的选择。他恨自己怎么如此盲目，误上了桓玄贼船。可是这个年月，又有谁能知道，前面路上等待你的将会是什么命运。

七月，渊明离开了家，母亲妻儿相送。越送，渊明心里越难受，他劝亲人们回去，独自一人踏上了旅途。望着远去的儿子，陶母心中越发不是滋味，那卫兵哪里是卫护，更像是押解。她胸中的疑团越来越大。她让敬远去把叶舟找来。

叶舟来了。陶母向他询问京城之事，叶舟说不知详情。他只说渊明去时有说有笑，归来时愁眉苦脸。陶母心想，这其中定有隐情，而且绝非小事。此时，陶母多么想知道真相，能帮儿子一把。可栗里远离京城，渊明又没有实言相告，她怎么能得到实情呢？她焦虑得坐立不安。“婶娘莫急，侄儿去陶夔叔家一问便知。”敬远说。是个好主意，可陶母看着敬远，又放心不下。“我都二十多岁了，婶娘放心吧。京城我还没去过，我更想见家叔。婶娘，让我去吧。”敬远宽慰恳求陶母。陶母仍未松口。“伯母，我送敬远去，您总该放心了吧。”叶舟说道。“太好了，叶舟哥去过京城，到时带我好好逛逛。”敬远欣喜地拍起手来。“贤侄啊，”陶母拉着叶舟的手，“又让你受累了。”有叶舟同往，陶母放心了。她叮嘱敬远道：“别光想着玩，记住正事。你去也好，去看看外面的世界，你娘那儿我去说。”转而，她又嘱咐叶舟：“贤侄呀，你们行船可要小心哪。你和渊明规林遇险，我听后做了一夜噩梦，可不能再有了。亲人们都盼望你们平安顺利，晓得啵？”叶舟憨憨一笑，连连点头。陶母说完取出船资旅费，叶舟说伯母见外了，婉言拒绝，便去备船。陶母让敬远把钱交与叶舟。

四十四

渊明到达江陵，桓玄设宴款待，亲自敬酒，渊明强颜欢笑，勉强应酬。

次日，桓玄带领众将官视察水军操练。长江之上，一只大战船驶了过来，桓玄坐在战船中央，上悬“桓”字旗号，左右侍卫皆锦衣铠甲，荷戈执戟。文武众官，依次而坐，桓玄下令，演练开始。水军寨中发擂三通，各类战船，分门而出。此时江风骤起，战船拉起风帆，百舸竞发，冲波激浪，势不可当。桓玄心中大喜，他东视晋廷之境，脸上露出难以察觉的阴笑。

渊明看了水军阵势。他又见到了陆军排兵布阵：战鼓擂响，令旗挥舞，千军万马，气势如虹。桓玄兵强马壮，着实让渊明担忧。近几夜，他一闭上眼睛，那兵阵，那阴笑就浮现出来。有几次他从噩梦中惊醒。这一切更加证实了家叔的判定。要想阻止桓玄野心，渊明实实无奈。但他绝不能与之为伍，背上反叛的恶名。可眼下如何脱身，他一点办法也没有。

秋冬时节，桓玄继续招兵买马，扩军备战。他几次召见卞范之、殷仲文、陶渊明等幕僚，商议粮草储备，军械打造等事宜。渊明总以身体不适等借口，拒之不见。后来竟不来打扰，渊明落得清闲。

年关将近。渊明要回家与亲人团聚，桓玄又派出卫兵保护。渊明找到殷仲文，让他向桓玄说明，他陶渊明不欺男霸女，不谋财害命，没有人会伤害他。卫兵挎刀持戟，凶神恶煞地往门前一站，这年能过得好吗？仲文点头，便去找桓玄，其实他已猜到桓玄此举的另一层意思。在桓玄面前，殷仲文拍着胸脯保证，陶渊明是他请来的，若是陶渊明一去不返，他以项上的人头担保。

四十五

渊明终于可以轻松自在地回家了，尽管归鸟的一只脚绑上了绳索，还攥在别人手中，但总比关在樊笼里要快活得多。渊明从平湖上岸，已是除夕。母亲一定制作了许多自已喜欢吃的腊肉、风鸡、熏鹅、糟鱼……此时一家人正忙碌着，正在盼望自己的归来呐。渊明边走边想着一家人团聚的情景。黄昏时，天上飘下雪花，渊明冒着风雪走近村口。此时陶母早已在村口等候，眼巴巴地盼望儿子归来。每当前面出现一个人影，她心就一热！待看清楚了不是儿子，心里又凉了……从下午到黄昏，就这样热一阵凉一阵，雪花落在她头上身上，人都要冻僵了，可她仍在等。终于，村口的这个人影，她认准了，是她日盼夜想的儿子回来了！"明儿啊！"她呼唤着，跌跌撞撞奔向前去。渊明听见母亲的呼唤，叫了一声"娘"急步向前，他万万没有想到母亲会在风雪里等待着他，当他握住母亲冻僵的手时，热泪簌簌流下。

除夕夜的团圆饭，蕙兰忙了一桌子菜。吃饭前一家人换上了新衣裳，渊明夫妻请母亲坐上位。夫妻俩给母亲斟上酒，自已也倒上酒。老娘今晚高兴啊，把压箱底的新衣裳都穿上了。渊明夫妻敬了母亲酒，孙子辈也纷纷敬奶奶酒，祝奶奶长寿。母亲乐得合不拢嘴，连着喝了几杯。过年了，团圆了，一家人相敬相亲，其乐融融。大家口里不说，心里明白，这个团圆年尤为珍贵。亲人们纷纷向渊明祝酒，渊明脸上露出欢欣的笑容。此时的渊明怎么也不会想到，这除夕酒是母亲最后一次喝，这桌团圆饭是母亲在人世间与儿孙们最后一个团圆饭。多少年后，每当渊明想起在这桌团圆饭上母亲看着儿孙们，那慈爱仁厚的微笑，都让他内心充满无限的温暖和怀念。

夜，蕙兰告诉渊明，她又怀上了，这样一来，渊明就是五个孩子的爹了。他自然高兴。

母亲病倒了，是正月十二。敬远把去京城家叔府上的事，告诉了渊明。原来母亲什么都知道了，可她又好像什么都不知道，在亲友面前照样喜乐。渊明明白了，母亲是将忧愁压在心底，不想扫了众人过年的喜庆。年过了，她硬撑不住了。卧床的母亲看到儿子没有埋怨，没有责怪，脸上仍挂着微笑。那是饱经磨难的人一种淡定的笑。

春末夏初，陶母的病未见好转。桓玄派人来探望了几次，有催促渊明到职的意思。渊明提笔，写了一封辞职函。正巧殷仲文前来陶家，渊明将辞职信函交仲文转呈桓玄，仲文面有难色。这时陶母从卧床上勉强起身，来到柜子前，取出柜内布包，放到仲文面前，正色道：“殷先生，渊明是你劝他去桓玄帐下，如今他老娘重病在身，做儿子的能不尽孝？桓将军也是个孝子，他应该通情达理吧!”说着，她打开布包，露出白花花钱币、礼物，老人神色冷峻地言道：“这是渊明的俸禄和你们的礼品，老身分文未动，请你带给少将军。咱陶家无功不受禄，谢谢啦!”说完，陶母颤巍巍端坐堂上。

殷仲文听出陶母有责怪的意思，尴尬地回话：“那行，少将军处我去说，这信函我转交，您老安心养病。这钱是渊明该得的辛苦钱，收着，收着。”他也坐不下去了，起身告辞。

渊明送仲文到湖边，仲文一路数落自己，说自己不该劝渊明投奔桓玄。他说桓玄不肯放渊明辞归，让他很是为难，他感到对不住朋友。他让渊明放心，这一次他一定要说服桓玄放行。渊明看着仲文愧疚难当的模样，并未多言。他目送仲文登船离去，其实，渊明心里并不那么埋怨仲文，仲文和自己一样也是文人，官场险恶未必知晓。自己要不是家叔点拨，不也是蒙在鼓里？好心办不成好事也是常有的。

半月后，陶家又来人了，原先是两个护卫，这次又加了两个，一共四个，日夜轮班。又来了一位须发花白的郎中，自称是荆楚大地的名医，说他是桓将军特意为陶老夫人聘请的。这四大金刚把门，陶家门前别说人来，连狗都躲得远远的。家叔说："料难脱身。"渊明再次体会到了这一"难"字，或许根本就脱不了身。渊明仰天叹息。陶母见这情势，看透了桓玄的阴险与狡诈。但她仍然淡定地微笑，这对整个陶家是莫大的安慰。

七月，陶母的病情稍有好转，渊明又踏上了征途。病弱的母亲，怀孕的妻子和亲友们，将渊明送到了平湖边，一艘官船在岸边等候。渊明向大家告别，将要上船又返身回到母亲妻子身边。他再三叮嘱蕙兰要好好照护老母亲，照顾好自己的身子。蕙兰含泪默默点头。在母亲面前，渊明双膝跪地，满怀愧疚地给母亲磕头，是自己这位不孝之子，做出错误选择，让母亲担心牵挂，我这做儿子的何时才能让老娘省心啊。陶母将渊明搀起，知子莫如母，她何尝不知儿子心里的愧疚和痛楚。她拉住儿子的手，温情说道："明儿啊，记住娘说的话，娘会帮你！"渊明看着娘从容淡定的笑容，心中有了力量。他抹干泪水，再次深情地看了看老娘，转身上了船。船离岸而去，渐渐走远。此时此刻，此情此景，他多想再多看一眼亲友，多看一眼为儿孙任劳任怨的娘亲。渊明视线又一次被泪水所模糊。

四十六

夜，船泊涂口，渊明坐在船头，面对江月，思绪涌动，他想到自己的身世、处境以及与亲友别离的伤感，叹息地吟道：

闲居三十载，遂与尘事冥。
诗书敦夙好，园林无世情。
如何舍此去，遥遥至西荆！
叩枻新秋月，临流别友生。
凉风起将夕，夜景湛虚明。
昭昭天宇阔，皛皛川上平。
怀役不遑寐，中宵尚孤征。
商歌非吾事，依依在耦耕。
投冠旋旧墟，不为好爵萦。
养真衡茅下，庶以善自名。

在这恬淡的月夜，诗人作了这首《辛丑岁七月赴假还江陵夜行涂口》的诗篇。诗中流露出诗人悲凉孤寂之情。“养真衡茅下，庶以善自名。”是陶渊明为人的底线。在任何逆境中，都要保持自己的名节，他未明说的是，绝不与乱臣贼子同流合污，哪怕是舍生取义。

渊明到了江陵见过桓玄，桓玄已无往日热情，他的热情全部投入在扩兵备战上。殷仲文见到渊明时，因失信而羞愧，渊明仍以礼相待。

中秋之夜，渊明独居楼阁，望月思乡。家里可好？母亲可病愈？妻儿可平安？渊明正想着，卞范之来了。他带来一位妙龄少女，说渊明孤身在外，佳节思亲，为解乡愁，少将军特赐美人作伴，还望先生不弃。渊明婉言推辞，卞范之只说是少将军美意不好辜负。说完，他拜别而去。

渊明看了一眼面前这位名叫玉莲的姑娘，她长了一双含情脉脉的黑亮眼睛；她的嘴，两片薄薄的嘴唇泛着鲜红色；鼻梁很正，一张白皙的脸庞，清纯迷人。渊明不禁感叹桓玄的良苦用心。

“陶先生，我能为您弹奏一曲吗？”姑娘温情地问。“弹奏一曲《思乡曲》吧！”渊明说。少顷，随着姑娘的手指在琴弦上轻拢慢揉，平抹细挑，如怨如诉的乐曲在月空中荡漾回旋。这首《思乡曲》，渊明已多年未闻，那年瑞雪飘舞，长江边素波亭内，有一位窈窕淑女，弹奏的就是《思乡曲》，渊明不由得想起了思荻，遗憾的是，眼前已曲是人非了。渊明站起身来，走到窗前，吟诵起他与思荻作的那首诗：“日暮天无云，春风扇微和。佳人美清夜，达曙酣且歌。歌竟长叹息，持此感人多。皎皎云间月，灼灼叶中华。岂无一时好，不久当如何？”乐曲伴着诗情，诗情和着乐曲，将渊明带到了悠远的素波亭……

“这首诗是先生作的吗？”姑娘显然被诗情感动。渊明点头，继而又摇头道：“是我与一位佳人共作的。姑娘会作诗吗？”渊明问道。玉莲姑娘微微一笑，摇了摇头。是啊，渊明心想，世上能有几位像思荻一样冰雪聪明的姑娘。他遥望着浩浩夜空和那轮圆圆明月，无限感念。少顷，渊明意识到时辰不早了，便取出钱付上道："玉莲姑娘，佳节良宵，耽误了你与家人团聚，抱歉！"玉莲意识到主人有逐客之意，便起身将钱放回在案头，道："先生听我一支曲，我听先生一首诗，高情雅意。先生保重，玉莲告辞。"说完，姑娘施礼而去。

这一夜，渊明在梦中听见了母亲的呼唤，惊醒后，再也无法入眠。于是他提笔再次写下辞呈。次日，他亲自呈交桓玄。

桓玄见了渊明辞呈，气愤不已，他强忍着未给渊明任何回答。待渊明一走，他立即召来卞范之、殷仲文商讨对策。他先让二位观看辞呈内容。此时，他心中怒火实在按捺不住，愤愤道："我待他陶渊明不薄，金钱美女，好酒好肉供着；他病了，他母亲病了，我是求医问药，劳神费力。可他陶渊明，一副徐庶进曹营的德行，一个主意也不给我出！不出就不出吧，还今天一个辞呈、明天一封信函的要走，这究竟是何道理?!"桓玄说这番话时脸色铁青。

"古人云：父母在，不远游。何况陶老夫人重病在身，做儿子的想尽孝心也在情理之中。"殷仲文低声替陶渊明辩解。

"我请了荆楚之地最好的郎中替他母亲治病，他陶渊明请得到吗？我对我自己的母亲也不过如此，你还让我怎么样?"桓玄瞪圆眼睛看着殷仲文。

殷仲文低眉扫了桓玄一眼："母亲患病，最需要儿子在身边照护。这也是为人子应尽的义务。要不，就让他回去尽孝，免得他心中牵挂。若强留，留住人也留不住心哪。"

"这……"桓玄感到姐夫的话也有道理，心有松动，但没想好，没有马上回话。

“不可！”卞范之接上了话，“就是养，也要把陶渊明养在营中。一来，他已熟知我方内情，放走他难免走漏风声；二来，陶渊明在，必要时就可逼陶夔就范；三来，陶渊明在，陶家声望就在，文人雅士便心有所向。到时候让他起草征讨檄文，岂不一呼百应。”

“可留得住人留不住心哪！”桓玄显得无奈。

“那要看少将军如何留。”卞范之阴冷地言道，“大战在即，咱不能总是让三心二意的人吃敬酒吧。”

桓玄盯着卞范之看，体味他话中的意思。少顷，桓玄脸上又露出了难以察觉的阴笑。

夜，正在灯下观书的渊明，突然听到“嗖”的一声响。他抬眼一看，一只飞镖插着一张纸条，正钉在他背后的柱子上。渊明心中一惊，忙取下飞镖。他展开纸条看时，上写一个“陶”字，正被飞镖刺穿。

清晨，渊明找到了殷仲文，叙说昨夜之事。仲文接过飞镖纸条一看，他心里立即明白这是桓玄所为，仲文大叫道：“不好！”他知道桓玄动了杀机，疾步奔向将军府。

“这是你派人干的？”殷仲文将飞镖纸条放在桓玄面前。

“他不仁，休怪我不义！想负我，拿命来！”桓玄歇斯底里地咆哮道。说时，他举起飞镖，插立案头。

仲文一见此状，一下子想起桓玄当年在堂兄殷仲堪面前耀武扬威的神态。他还以为这些年他变好了，今天看来，真应了那句话：江山易改，本性难移。仲文想到渊明病中的老母，怀孕的妻子，幼年的孩子；想到陶渊明身陷困境，却从未埋怨自己的君子风度。他是因为相信自己才到桓玄帐下。要是因为自己的误导，而害了陶渊明的性命，别说无颜见渊明亲友，今后在人世间还有谁能相信他殷仲文？谁又敢相信他殷仲文？失去了诚信，他岂不是生不如死。想到此，他爆发了，一改摧眉折腰的情态，突然怒吼起来："桓玄，不怕你横，我警告你！"殷仲文手指桓玄脑门，正告道，"你敢动陶渊明一根毫毛，我就撞死在你面前！让你姐守活寡！"桓玄的老姐可不是好惹的。

桓玄只见过顺从的殷仲文，从未见过暴怒的殷仲文。仲文一阵怒吼，铺天盖地，他要以死相拼，还把桓玄老姐搬了出来，倒把桓玄镇住了，半晌没回过神来。到底硬的怕横的，横的怕不要命的。桓玄皱了皱眉头，只好作罢。

冬，桓玄兵进江州，天寒地冻，仍在鄱阳湖调练水军。待春天一到，兵发建康。

这一天，雪花纷飞。少将军升帐，众将官位列两厢。桓玄见瑞雪飘洒，以为天降祯祥。他正赏雪歌功，隐讽朝政，这时门官来报：陶渊明大人有亲人求见。桓玄准见。

站立大堂的渊明听了此报，心有不祥之感。果然，进来的是两位戴孝之人，渊明认出是敬远、叶舟。

敬远、叶舟跪地道："禀少将军，陶渊明母亲孟氏病故。孝子当归！"渊明闻言，顿时天旋地转，他高呼一声"娘！"便要冲出大堂，卫兵上前拦住。

殷仲文出列道："儿送母终，天理人伦。将军不遵，何以服众！"

桓玄犹豫再三，最后无奈一挥手，示意放行。

此时敬远取下背上布包，对渊明道："哥，婶娘遗嘱，非分之财，分文不取！”他将装钱和所收礼物的布包递到渊明手中。渊明手捧布包走到桓玄面前，只看了他一眼，便将布包放置在他案头上，转身而去。

殷仲文赶到江边时，船已离去。望着远去的渔船，他一颗悬着的心终于放下了。

四十七

“娘……”一到村口，渊明便撕心裂肺地呼喊，仿佛母亲又站在风雪中守望着他，可他再也看不见那一幕了……他看到的是母亲已安详地淡定地睡去了，永远地睡去了……“娘啊——”渊明扑通跪地，膝行至母亲身旁。他扑在母亲身上，抱着母亲的身子，千呼万唤，号啕恸哭……他哭得悲哀凄凉，哭得天昏地暗，哭得整个山村都为之动容。“是做儿子的不孝，没让老母安享天年，反让老母担心患病……病时儿不能尽孝，走时儿不能送终，儿好悔呀！！”渊明哭诉着，忏悔着，他捶胸撞头，痛不欲生……蕙兰伴着夫君，哀痛不已。婶娘、敬远、亲友们含着热泪劝慰渊明夫妻，人死不能复生，再哭，母亲也回不来了。

夜，渊明、蕙兰为母亲守灵。渊明问蕙兰，母亲最后说了什么。蕙兰告诉渊明，母亲只说了一句话：我儿有救了！便闭上了眼睛。“我儿有救了……”渊明体味着母亲最后的话，又回想起母亲生前几次说到的“娘会帮你”，渊明感到其中定有为娘的一番良苦用心。渊明又问蕙兰道：“我走时娘的病情已见好转，怎么说走就走了呢？”“娘一听说桓玄兵进江州，欲攻建康，她就不吃不喝，谁劝也不听，就这样……”蕙兰啜泣得哽咽住了。渊明突然顿悟：母逝儿尽孝，桓玄无法阻拦。在桓玄就要起兵反叛的节骨眼上，在战事就要一触即发的生死关头，母亲是用自己的生命换他脱险，是以她的死换回儿子的生；母亲无私无畏以生命的代价帮了儿子，救了儿子，保全了儿子的名节。这该是多么深切的爱子之情啊。“娘……”渊明面对母亲的遗容，面对着无以替代的亲人，深情地呼唤着，热泪又一次如泉水般涌出。夫妻俩又呜呜咽咽地哭泣起来，脸偎着脸，泪和着泪。

渊秀一家赶来了，渊秀几次哭晕过去。她对陶母的感情，犹如生母。舅舅一家从江夏赶来了，来见姐姐最后一面。

出殡那天，白雪皑皑，整个山村的亲友乡邻都来为陶老夫人送行；周续之、刘程之、宗炳来了；殷仲文来了；慧远法师带领一班僧侣从东林寺来了，这位老法师亲自为陶母超度亡灵。黯黯高云，萧萧冬月，白云掩晨，长风悲节，呜呼哀哉！老人入土，安葬完毕，人们依依而别。婶娘、敬远要走了，婶娘说敬远爹也病了，在家躺着呢。她让舅舅一家去南村看看，舅舅答应了。渊秀不愿离去，要陪渊明为母亲守孝，渊明劝她回家，他会替她守孝。他让叶舟送渊秀一家回武昌，年关将近，家中还有老人孩子。渊秀在母亲墓前又哭了好一阵，才一步一回头地离去。茂林和几位田父在陶母墓边搭建孝棚。蕙兰说把家里安顿好了，就上山来陪渊明。渊明让她在家料理，小儿子还在哺乳期，只要给他送饭就成。“爹，您为奶奶守孝，我给您送饭！”俨儿站到父亲面前，渊明这才发现儿子长大了，知道为大人分忧了。“不耽误你去学馆?”“不耽误，顺路！”俨儿在殷之的学馆里读书，不能因家事荒废了儿子学业，渊明想。

孝棚搭好了，又结实又暖和。比那年开荒搭的草棚可牢固多了，可以经历三年风雨。渊明感谢田父们冒雪劳作，让他们早些下山歇息，剩下的事自己收拾。可田父们似有心事想诉，渊明看出来了，问他们有何为难之事，自己一定相助。可他们又摇头，还是茂林开了口："陶先生，是这样，大家是想问问您，这桓玄会与朝廷打起来吗?"渊明听说这事，他了解内情，便如实相告，"桓玄野心勃勃，如今又兵强马壮，此一战迟早的事。""那他会不会来祸害咱栗里?"仁山担心地问。"眼下他一心要攻打建康，至于往后，谁也说不准啊!"渊明叹息道。"唉！要打仗了，我树儿在军营不知能否躲过这一劫啊!"茂水望天而叹。"我虎儿就在桓玄军中，这可怎么好哇!"万山焦虑地哭丧着脸。"听天由命吧，咱老百姓又能怎样呢?"茂林无奈道，他向渊明招呼一声，便一拐一拐下山去了。田父们也都心事重重地告辞离去。

雪山之上只有渊明一人，他像一只孤鸟，一只挣脱樊笼的孤鸟。如今脚上的绳索也挣断了，他自由了。可就为能重获自由，他失去了最亲的亲人。他来到母亲的墓前，想起母亲的恩德，那一幕幕往事在眼前闪现：年轻时的母亲带着幼年的他，在父亲的新坟前祭奠。母亲在田间劳作，汗流满面。母亲送儿子去学馆读书。母亲端上一碗面，渊明为他与思荻的爱情获母亲赞同，而扑在母亲怀中哭泣。母亲说道："你遇上了就不能软弱，不能倒下。要横下一条心，硬着头皮站起来，迎上去!"母亲说道："儿呀!娘会帮你!"风雪中，母亲在村口守望。湖边，渊明跪地，母亲搀起，再次说："娘会帮你!"临终前，母亲淡定地笑道："我儿有救了!"说完，安详地闭上了眼睛……几多往事，几多怀念。想着想着，渊明的眼泪又掉落下来。突然他抬起头，抹去泪水。

他怒目远眺如练的长江，和长江一侧的鄱阳湖。桓玄不正在那里调练水军？这个乱臣贼子，将又要让多少生灵涂炭。他逼迫自己与他一道谋反，用了多少心机，使了多少手段，不让自己脱身，还险些害了自己性命，最终让老娘付出了生命的代价。渊明越想越恼，他指向桓玄一方，怒吼道："桓玄！你不得好死！"他相信，多行不义必自毙。

四十八

元兴元年（402）元旦，晋廷颁诏，列举桓玄罪状。即授司马元显为骠骑大将军，征讨大都督，加黄钺，节制十八郡军马。使刘牢之为前锋，谯王尚之为后应，克日出发，前往讨伐桓玄。渊明终于听到了好消息。不过，司马元显在朝廷声望不佳，他能战胜桓玄？不久，渊明就失望了。使他失望的不是元显，而是他心中的英雄刘牢之。

作为前锋的刘牢之不思进剿逆贼，却驻足观望，打起了自己的主意。先前他背叛王恭，投奔司马道子父子后，并不如意。此次，他想利用桓玄，除去道子、元显父子。再伺机翦除桓玄，然后好执掌大权，为所欲为。所以牢之虽为前锋，始终未肯效力。下邳太守刘裕，此时也奉调从军，为牢之参谋，恳请牢之攻击桓玄。牢之摇首不答。可巧牢之的族舅何穆，暗受桓玄嘱托，来到牢之大营，游说牢之道："从古以来，功高必危，试看越国文种，秦国白起、汉朝韩信、俱身事明主，尽忠尽力，功成以后，且不免诛杀，何况为暗主效命呢？君如今战胜，亦必灭宗，战败当然夷族。胜败俱不能自保，何不改换门庭，尚得长保富贵。古人射钩斩祛，君王还重用不疑。今君与桓玄，素无嫌怨，难道不好相亲么？”牢之正有此意，便令何穆报与桓玄，愿与相通。

刘裕再谏不从，牢之外甥何无忌，为东海中尉，也极力劝谏牢之攻打桓玄。牢之始终不听。刘裕又使牢之子刘敬宣入谏，敬宣以汉董卓比桓玄，请父亲勿失战机。牢之反怒叱道：“我也知桓玄易取，但扫平桓玄以后，试问元显能容我吗？”敬宣不好违抗父命，只得唯唯听受。牢之遂派遣敬宣夜间潜入桓玄营中，向桓玄奉上降书。桓玄大喜，授任敬宣谘议参军，趁势进兵建康。渊明听通之讲完，仰天长叹，晋廷在劫难逃了。

果然，桓玄以“清君侧”之名，很快攻入建康城。他自为丞相，总掌百揆，都督中外诸军，录尚书事，领扬州牧。令桓伟为荆州刺史，桓谦为尚书左仆射，桓修为徐兖二州刺史，桓石生为江州刺史，卞范之为丹阳尹，王谧为中书令，殷仲文为谘议参军。晋安帝本同木偶，未晓国事，内政一切，统由琅琊王德文代理。德文又无兵权，如何能制服桓玄？

桓玄得以独断独行，不时借着天子的名目，号令四方，当下将司马元显等牵出狱外，先将元显开了头刀，次及谯王尚之等，再搜捕元显家属，得元显儿子六人，一并处死。只因司马道子为安帝叔父，桓玄不得不欺人耳目，先行上奏，然后处置。奏章中有“道子酣纵不孝，罪应斩首”等语。复下诏，依照皇家亲故先例，免道子死，迁居安成郡，使御史杜竹林，前往管束。道子不死，桓玄难消当年道子酒宴上当众侮辱戏弄之恨。他密令竹林，用毒酒害死道子。至此道子父子代握政权，威吓朝野已告结束。这叫作自作孽，不可活。

刘牢之驻军溧州，静待好音，好几日才见朝命，但授为会稽内史。牢之惊叹道："今日便夺我兵权，祸在目前了。"敬宣自建康奔来父亲营地，他是假意对桓玄说，回去宽慰父亲，才得脱身。他来至父亲面前，劝父进袭桓玄。牢之迟疑未决，召入刘裕商议道："我悔不用卿言，致为桓玄所卖。今欲北上广陵，联结高雅之等，起兵讨逆，卿可从我去否？"刘裕答道："将军率劲兵数万，望风而降桓玄。今桓玄已得志，威震天下。朝野人士，已对将军失望，将军能再度振兴么？刘裕只有弃官归里，不敢再从将军。"言毕即退，出外遇着何无忌。无忌问道："汝将何往？"刘裕道："我观刘将军前途渺茫，卿不若随我至京口，桓玄若守臣节，我与卿不妨依从桓玄，否则，与卿共讨逆贼便了。"无忌依议，也不向牢之告辞，竟与刘裕往京口去了。

刘牢之召集部下，准备据守江北，进而讨伐桓玄。参军刘袭进言道："天下唯一反字，最违背情理。将军前反王恭投元显，后反司马元显投桓玄，今又欲反桓玄。一人三反，反复无常，如何自立？"这数句话说得牢之瞠目结舌，无言可答。刘袭退出，飘然自去。部下亦多半散走。牢之惊惧，让刘敬宣速到京口去接家眷。敬宣去后，迟迟未还，牢之疑神疑鬼，以为是机谋已泄，敬宣被桓玄所杀，急率余部向北逃走。到了新洲，部众散尽，牢之悔恨已极，心如死灰。此时他只身一人，且恐桓玄追兵，实在走投无路，他竟解带悬林，自缢而死。等到敬宣奔至，惊悉父死，无暇举哀，草草埋葬，便匆匆渡江逃往广陵。桓玄闻报，命将牢之开棺枭首，暴尸市中。刘牢之，淝水之战的英雄，骁勇过人，战功赫赫，当时推为健将，末了竟落得此等下场。当年故太傅谢安，曾说牢之器量小，不可独担大任，独任必败，今日果如谢安所言。渊明叹惋之余，更有一层感慨：见利忘义，众叛亲离！后来，渊明即把刘牢之故事讲给后辈们听，做人要以此为鉴。

桓玄初入建康，黜奸佞，揽贤才，京都人民欣然有望。过了月余，桓玄即奢侈无度，政令失常，朋党互起，凌侮朝廷。甚至皇宫中的供奉，他亦敢暗加克扣，安帝以下宫中人，不免饥寒。此时三吴闹饥荒，民众多有饿死；加之孙恩、卢循等侵害掠夺，十室九空，百姓流离死亡，苦不胜言。桓玄对此不闻不问，百姓寒心。

散骑常侍卞范之等，为桓玄心腹，劝桓玄早日受禅，桓玄认为不可操之过急。他命殷仲文起草，代皇帝写九锡文及册命。朝中大臣，统是桓玄一党，便即逼迫安帝，按桓玄授意的文本下诏，册命桓玄为相国，总百揆，晋封楚王，领南郡等十郡，加九锡典礼，有权任命丞相以下官属。桓谦进任卫将军，录尚书事。王谧为中书监，领司徒。桓胤为中书令，桓修为抚军大将军。桓氏一门加官晋级。

渊明得此消息已是次年四月。桓玄得加九锡典礼，其父桓温至死都未实现的愿望，他做儿子的桓玄实现了。渊明可以想见，此时的桓玄该是何等的得意。然而，他能就此止步吗？未必。

桓修召见彭城内史刘裕问道："楚王桓玄勋德崇隆，中外仰望，闻朝廷将顺应民心，效仿帝王禅让故事，卿意以为如何?"刘裕应声道："楚王为宣武令郎，勋德盖世，宜登大驾。何况晋室衰弱，民望丧失，乘运禅代，有何不可?"桓修欣然道："卿以为可，还有何人敢云不可呢?"刘裕暗笑而退。桓修哪里知道，这是刘裕请君入瓮。

此后，京城传言，钱塘临平湖忽开，江州有甘露下降。桓玄召集百官庙堂贺喜，假托安帝下诏，谓“相国至德，感动神灵，所以有此祥瑞”云云。渊明就在江州，未尝见到什么甘露下降。他意识到，这是桓玄为篡逆造势。

桓玄想到前代登基，多得隐士出山，以显天下有道。无奈陶渊明守孝，不能前来。亏他还想着陶渊明，他就不想想，即使陶渊明不守孝，能否再上他的贼船？桓玄又想起前朝高隐皇甫谧六世孙皇甫希之，特征召为著作郎，又让皇甫希之假意推辞不就，然后朝廷下诏礼遇，号为高士，借以表达桓玄求贤若渴，礼贤下士。时人讥讽皇甫希之为充隐。渊明听此闹剧，哑然失笑。

桓玄还有下作之事：京都人士有书画名作的，有佳园美宅的，必为桓玄所垂涎。他不好明抢，便诱令持有者赌博，将书画园宅等使作赌注，设局得胜后，便据为己有。眼看桓玄逆谋已成，他又假传内旨，加桓玄冕十有二旒，建天子旌旗，出警入跸，车驾六马，乐舞八佾，妃得称王后，世子得称太子。卞范之便代草禅位诏书，迫令临川王司马宝，持入宫中，胁迫安帝照文抄录，盖上御印，当即发出。次日，卞范之等逼迫安帝上朝，交出玉玺绶带，司徒王谧接过玺绶献给楚王桓玄，随即让安帝离开永安宫。又过了一天，将晋太庙神主移至琅琊庙，逼何皇后及琅琊王德文，离开司徒府。何皇后经过太庙，停车恸哭，哀感路人。桓玄闻听后，勃然怒道：“天下禅代，不是从我开始，与何氏妇女有何相干，她为何要无端妄哭呢？”桓玄说这话时，哪里知道，不久就轮到他哭泣了。

王谧既将玺绶献与桓玄，百官联名劝进。桓玄大喜，命在九井山北，筑起受禅台来，便于元兴二年（403）十二月初一，僭即帝位，改国号楚，纪元永始。废安帝为平固王，皇后为平固王妃。降何皇后为零陵县君，琅琊王司马德文为石阳公，武陵王司马遵为彭泽县侯。追尊父桓温为宣武皇帝，母亲南康公主为皇后，封儿子桓昇为豫章王。其余桓氏子弟族党，一律封赏，大为王，次为公，又次为侯，真乃一人得道，鸡犬升天。陶渊明心中疑惑，如桓玄这般德行的人，真能坐稳帝位？当他听到桓玄乘銮驾，驰入建康宫时，途中突遇逆风，旌旗皆倒；桓玄登殿升座，猛听得豁喇一声，御座陷落，好似有人在后推他，险些儿跌将下来。渊明心想，这应是桓玄的不祥之兆。

四十九

果然。元兴三年（404）二月，徐州刺史刘裕等起兵讨伐桓玄。桓玄乃请顿邱太守吴甫之，右卫将军皇甫敷，向北迎击刘裕来兵。各军陆续出发，桓玄心下还带着惊慌。他绕行营中，彷徨不定。左右官宦从旁劝慰道："刘裕等不过乌合之众，势必无成，至尊何必多虑?"桓玄摇首道："刘裕乃当世英雄，刘毅家无担粮，玩色子且一掷百万，何无忌酷似其舅刘牢之。这班人共举大事，何谓无成?"说至此，他又回忆起从前不听妻言，懊怅不已。原来刘裕为彭城内史，曾是桓修部下，兼充中书参军。桓修曾入京都进见桓玄，刘裕从行。桓玄见到刘裕风骨不凡，称为奇杰，待遇甚优，每值宴会，必召刘裕入座。桓玄妻刘氏，从屏风后窥见刘裕相貌，谓刘裕龙行虎步，举止非凡，将来必不可制，因劝桓玄趁早除掉刘裕，桓玄想要刘裕为己所用，故终未下手。谁知刘裕一回京口，断然纠众发难，做了桓玄的对头。此时桓玄怎得不悔？怎得不恨？但已是鞭长莫及了。

陶渊明闻此振奋人心的消息，夜不能寐，挥笔写下《荣木》诗文，其中有这样的诗句："先师遗训，余岂云坠？四十无闻，斯不足畏。脂我名车，策我名骥。千里虽遥，孰敢不至！"他已作好了准备，要为这场平逆之战出征了。

桓玄惊闻吴甫之、皇甫敷均被刘裕斩杀，越觉惊心，忙召诸术士推算凶吉，并问及群臣道："朕难道就此败亡么？"群臣皆不敢发言。独吏部郎曹靖之抗声道："民怨神怒，臣实寒心。"桓玄疑惑道："民或生怨，神有何怒？"靖之道："晋氏宗庙，飘泊江滨。大楚祭祀，不祭拜祖上，怎得不怒？"原本桓玄祖上皆晋朝忠臣，桓玄怎好在逆臣宗庙中列位。桓玄又道："卿何不早谏？"靖之道："臣子百官，统说是时逢尧舜，臣何敢多言。"桓玄无词可答，只长叹了好几声。

覆舟山一战，刘裕与刘毅俱身先士卒，拼死直前，将士们亦踊跃随上，喊声动地。适有大风从东北方向吹来，刘裕大军正在上风，便放起一把火来，火随风势，风助火威，烧得桓谦部下，都变成了焦头烂额的活鬼，哪里还敢恋战，纷纷溃逃。桓谦与卞范之也一溜烟似的逃去，苟延性命。

桓玄闻报，一面派兵支援桓谦，暗中却令领军将军殷仲文，至石头城预备船只，以便逃走。忽有探马踉跄入报，说是桓谦、卞范之两军，俱已败溃。刘裕大军正向这边杀来。桓玄忙召集亲信数千人，仓皇出奔，口中还扬言去奔赴战场。他带领儿子桓昇及兄子桓睿，出南掖门，正巧遇上前相国参军胡藩，叩拜谏阻道："今羽林射手，尚有八百，非亲即故，受陛下累世厚恩，应肯效力。何不下令一战。偏舍此他去，究竟何处可以安身？”桓玄无暇对答，用马鞭向天上一指，大概意思是天命难违，便即策马向西奔走。一路赶到石头城，见仲文备齐船只，即挟持安帝兄弟，及何王二后，上船向西行驶。船中未曾备粮，行至百里外，方从岸上找些粗粮，割些芦苇为柴，大众才得一饱。桓玄勉强进食，咽不下去，由儿子桓昇代为抚胸，惹得桓玄涕泪俱下。当日他怒斥何皇后哭迁太庙，这才几日，就轮到他自己哭天抹泪了。卞范之提醒：此地不可久留，恐追兵来到。桓玄一惊，哭声顿止，忙令众人上船，携同安帝等，驶往浔阳而来。

这日，张野、殷之、荀之急找渊明。渊明见好友来到，便让蕙兰备下酒菜，这几日他心情舒畅，正想饮上几杯。可张野等人却都满面愁容。“渊明兄，桓玄逆贼退至浔阳，气急败坏，不会大开杀戒吧？”张野神情忧虑地问道。“看来咱浔阳百姓要遭难了！”殷之很是担心。渊明想了想，摇头道：“桓玄此次是逃奔浔阳，只顾保命，无心他顾了。”“那桓玄在浔阳是路过呢？还是久居呢？”荀之问渊明。渊明顿了顿，对当前的战事稍作分析后，断言道：“朝廷大军正逼近浔阳，桓玄是不会轻易认输的。我想，他会在此地与朝廷大军决一死战，胜，再进建康；败，退回荆楚。他在浔阳的根基太浅，是站不稳脚跟的。而荆楚才是他的老巢。”渊明的推断，让大家紧张的心绪稍稍松弛了一些。

这时通之来到，告诉大家一则消息，桓玄将安帝一行软禁在城区内的一座寺庙里。

夜静更深。陶渊明、庞通之身着便装，潜入浔阳城内，打探桓玄沿江水兵部署，探明安帝一行的居地，并一一在草图上标明。渊明将图装入内衣衣袋，接过通之手中的快马，连夜送往京城。

刘裕，字德舆，小字叫作寄奴，江南丹徒人氏。他的远祖乃是汉高帝弟楚元王刘交。刘裕此时在将军帐中，听得陶渊明来到，有要事禀报，特出帐迎接。那年家叔说到刘裕孤身杀贼，渊明就一直想见见这位豪杰，可惜无有机缘。今日渊明头一次看到刘裕，只见其人身材长大，状貌魁梧，美须飘然，只是目光深沉。此时的渊明是心怀崇敬之情的。刘裕看完渊明所献草图，抚须大笑，随即升帐，派刘毅等追剿桓玄，并交草图让刘毅带上。为震慑桓玄，刘裕特命将留居建康的所有桓氏族党，尽行捕杀。当日鸡犬升天，此时人头落地，报应不谓不快。只是京城之内，又是一遭血腥屠杀，暴尸街头。虽为桓玄族党，有些只为桓氏一姓，并非至亲，也未沾到桓玄什么光。可不分青红皂白、罪责轻重，男女老幼，一概处死。渊明内心总觉得过于残忍，过于草菅人命。无奈刘将军之命，谁敢不从。此时刘裕为镇军将军，任命陶渊明为镇军参军。

桓玄在浔阳，刺史郭昶之，供其车驾宫室。忽报刘毅等率军追来，桓玄急遣部将庾雅祖、何澹之前往桑落洲、湓口顽抗，自挟安帝皇后，向西退走江陵。刘毅、何无忌等诸将与何澹之水军在桑落洲大战，大破何澹之水军，继而夺湓口、拔浔阳、捷报频传。战事的发展，正如渊明所料。

桓玄至江陵，收集荆州兵，有二万余人，复挟安帝东下再战。行抵峥嵘洲，正值刘毅各军，扬帆前来。此时正是仲夏天气，偏南风吹得甚劲，刘毅等乘风纵火，烧得长江上下，烟雾迷蒙。桓玄所督领的战舰，多半被焚，部卒大乱。桓玄慌忙改乘小舟，挟安帝逃还江陵。

殷仲文收集散卒，背离桓玄，保护二位皇后奔往夏口，随即东入建康。陶渊明闻听殷仲文弃暗投明，前往迎接。二人相见，感慨万千。

唯桓玄挟住安帝，再返江陵，部将冯该请再整兵应战，无奈军心涣散，号令不行。桓玄不得已趁夜出走，欲奔汉中，依仗梁州刺史桓希。忽然暗中有数人闪出，持刀砍向桓玄，桓玄手下尚有心腹百余人，慌忙挡住，桓玄才得幸免一死。彼此互相刺击，天又昏黑，不能细辨，乱杀一回，肝脑涂地。桓玄单骑逃出，奔向江边，上了船，待了片刻，卞范之踉跄奔来，还有桓玄宠爱之人丁仙期、万盖等，也随后赶到。此时的桓玄只顾自己逃生，安帝免去挟持，由荆州别驾王康产，奉帝入南郡府舍。

益州刺史毛璩，有侄儿毛修之，为汉中屯骑校尉，修之听说桓玄战败西奔，正好设法除奸，便亲自拜见桓玄，诈言蜀地安全，不妨前往。桓玄已如漏网鱼，脱笼鸟，但凡有路可奔，无不愿行，此时子侄辈陆续聚集，船中也有数十人，都乐意一同西往，寻找一个安身窝。于是桓玄大船备上粮食，逆水向西行去。

恰巧宁州刺史毛播，在任上病故，毛播系毛璩弟，修之父亲。由毛璩派遣从孙毛佑之及参军费恬，督护冯迁等，与毛修之一道，护送毛播灵柩回归江陵。这日，船出枚回洲，正与桓玄大船相遇。两边船行将近，毛佑之眼快，看见桓玄坐在舟中，便遥问道："逆贼何往?"说话时他弯弓放箭，射向桓玄。桓玄惊慌失措，嬖人丁仙期、万盖，挺身蔽护，俱被射死。益州督护冯迁，见两船靠近，令抛出钩索，钩牢大船，随即带领兵士，跃上桓玄舟船，持刀杀人。桓玄颤抖道："汝、汝何人？敢杀天子?"冯迁应声道："我来杀天子的贼臣。"说罢，刀光一闪，已将桓玄首级劈下。桓玄儿子桓昇忙来救护，已来不及，反被冯迁等打倒，捆绑起来。毛修之、毛佑之、费恬等，一齐跃到桓玄舟中，劈死桓石康、桓睿等人。唯卞范之浮水逃去，后被刘毅在江陵城斩杀。毛修之持了桓玄首级，毛佑之押解桓昇，同赴江陵。当即派人迎入安帝，暂借江陵为行宫，安帝下诏大赦，唯桓氏一门，除桓冲一家独下赦书外，一律不赦，斩尽杀绝。命将桓昇牵出市曹，一刀斩首，并封赏毛修之等有功官员。

陶渊明闻听此讯，跪拜江岸，遥望故乡，疾呼道："娘，逆贼桓玄已死，娘当含笑九泉了！"渊明以为，逆贼已除，天下太平了。然而，后来发生的事却让人匪夷所思。

五十

安帝仍在江陵，唯建康城内，暂无主子。司徒王谧等，当然背离桓玄，迎刘裕入都。王谧本系桓玄爪牙，百般逢迎。桓玄篡位时，他曾亲解安帝玺绶，献与桓玄。此时多数官员视王谧为罪魁，劝刘裕诛杀王谧。刘裕置众怒于不顾，非但不杀，反重用王谧，令其为侍中，领扬州刺史，录尚书事；王谧更推举刘裕都督扬徐兖豫青冀幽并八州，兼徐州刺史，刘裕受任不辞。

黑汉刁逵就没有那样幸运。那年桓玄抗旨，他未能脱离桓玄，任历阳刺史。桓玄败走，历阳军民乘机起事，围攻刺史刁逵。刁逵弃城出走，正与刘裕部将诸葛长民相遇，前路被拦；后面城中军民追来，前后夹击。他见无从逃避，只好下马就擒，由诸葛长民解送石头城。刘裕即命将刁逵处死，子侄等刁氏一族亦皆死罪。行刑那天，陶渊明、殷仲文奉命到刑场助威。只听得一声开斩令下，刁家百十口男女老幼，如切瓜剁菜，顷刻间人头落地。京城内又一番血雨腥风。那血淋淋的场面，惨不忍睹。特别是刁逵那颗豹头环眼、燕颔虎须的人头，在地上滚了几滚，始终怒目圆睁。那是一腔冲天的怒气。这一幕深深烙入渊明脑海中。想当年，如果不是桓玄违旨，强留刁逵，哪有今日刁氏灭门。然而，王谧同为叛逆，不诛反升，这是何道理？渊明百思不得其解。

傍晚，仲文邀请渊明来到一家小酒馆。两位老友，患难相交，战祸中得以幸免，百感交集，开怀畅饮。酒意渐浓，渊明道出心中郁闷之事。仲文见四下无人，便讲了其中缘由："刘裕少年贫贱，轻狂放纵，名流多不与他往来，唯王谧素来重视刘裕，曾对刘裕道：'卿当为一代英雄。'刘裕亦因此自高自大。有一次刘裕与刁逵赌博，输钱不还，被刁逵捆绑在树上，责令还债。这时王谧赶到，代刘裕偿还了赌债，方得解脱。至此，刘裕对王谧的感情更深，对刁逵则恨之入骨。今日酬恩报怨，总算是称心如愿了。"渊明听得明白，心中却泛起了疑虑：那位平逆英雄，晋朝栋梁，竟然会目无纲纪，挟私秉政？仲文直言叹道："只知有私，不知有晋矣！"

这日，渊明站立在行驶于江面的舟船上，郁郁寡言。他思绪纷乱，情绪低沉，在途经曲阿时，低声吟诵道：

弱龄寄事外，委怀在琴书。
被褐欣自得，屡空常晏如。
时来苟冥会，宛辔憩通衢。
投策命晨装，暂与园田疏。

眇眇孤舟逝，绵绵归思纡。
我行岂不遥？登降千里余。
目倦川途异，心念山泽居。
望云惭高鸟，临水愧游鱼。
真想初在襟，谁谓形迹拘？
聊且凭化迁，终返班生庐。

这首《始作镇军参军经曲阿作》的诗文，表达了平逆后兴奋的陶渊明，又为朝廷的现状、刘裕的作为所困惑。这官场仕途竟是这般阴暗险恶。他对官场仕途再次失去信心。此时，他是多么向往生他养他的那片厚土，多么想念他那些和善率真的亲友乡邻啊！

这一夜，渊明做了个噩梦：刁逵那颗滚动的人头，滚到他面前时，突然竖了起来，瞪着眼珠道："刘裕歹毒，狼子野心！"渊明"啊"地一声从梦中惊醒，浑身冷汗津津。之后，他再也无法入睡。他想着梦中刁逵的话；想到仲文进述的刘裕"只知有私，不知有晋"的往事；想到他第一次见到刘裕时，他那深不可测的目光；再想到刘裕进京，杀人成性。他一声令下，刁家一门百颗人头落地的惨景。刘裕歹毒，狼子野心，渊明重复着梦中刁逵的话，眼前刘裕的面目越来越清晰。他突然决定：要走，要离开刘裕。这人心狠手辣，为所欲为，不是善类。我陶渊明岂能辅佐这等人，岂能为虎作伥，助纣为虐！不，绝不！要走，可怎样脱身呢？想当初在桓玄处脱身，是母亲用性命换得的。母亲去了，如今还有谁能帮自己脱离这虎狼之地？渊明焦虑地辗转难眠，天快亮了，仍然束手无策。

早饭后，卫士来到渊明船上，传刘裕召见。渊明跟随卫士向刘裕大船走去。一路上，他心中忐忑，不知是福是祸。他来到刘裕面前，只见刘裕身边已有一人。刘裕道："陶参军，这位是建威将军，新任江州刺史刘敬宣。""拜见家乡父母刘将军！"渊明施礼道。渊明听说过他，见面是第一次。刘敬宣眉目英秀、仪表堂堂，渊明想起：此人就是刘牢之之子。他曾救过刘裕性命。他被桓玄逼逃南燕，听说刘裕起兵讨逆，便自南燕投奔刘裕，一同伐贼。先为晋陵太守，现已升任建威将军、江州刺史了。

"刘刺史要到江州赴任，点着名要你陶参军助他。"刘裕的话，打断了渊明的思路，"陶参军，不知你意下如何？"

渊明简直不敢相信自己的耳朵，这真乃踏破铁鞋无觅处，得来全不费工夫。然而他却淡然道："只怕渊明会让刺史大人失望了！"

"陶参军不必过谦。陶参军是江州人氏，曾任江州祭酒，又是江南才俊，名门之后。有陶参军相助，敬宣这个刺史才有底气。"刘敬宣出语诚恳。

"好，就这样定了。敬宣兄，我这也是忍痛割爱呀！"刘裕说完，二人大笑。渊明一颗悬着的心终于放下了。随后，渊明登上刘敬宣大船，驶往江州。只是这一回他无暇去看望家叔了，劫难后的家叔，现在怎样？他可真想念他老人家啊！

五十一

江州城，凄凉凋敝，已然找不到半点江南鱼米之乡的踪影。成批的流民，无业的"浮浪人"，在城中东游西窜，有乞讨的、有偷盗的，甚至还有抢劫的。城中居民提心吊胆，许多商铺都关门歇业。刘敬宣、陶渊明一行看在眼里，急在心中。

他们一回府衙，刘刺史便召集属员议事。陶渊明谏议，江州经过战乱，百废待兴。当务之急是整顿治安，以定民心。各属员赞同。“那从何入手呢?”刘刺史问。“就从整理登记户籍开始。”渊明回道。刘刺史即命分管治安、户籍的官员，交由陶渊明统领，开始户籍登记造册，在一年内推行“土断”。户籍登记，就是将城中各类人的身份籍贯等登记备案。然后推行“土断”，即把老侨民、流民和“浮浪人”实行编户，落户各乡村，划出土地，使之耕种。土断入籍，把这些劳动人手束缚在土地上。这样既为朝廷提供了租税赋役，又防止了游手好闲之人聚众滋事，甚至沦落为匪。江州这些年战乱不断，刺史等官吏走马灯似的调换，“土断”之策，根本无法实施。这次刘敬宣下了决心整治，陶渊明也责无旁贷。他将江州城划为东南西北四方，各方派官员坐镇，调士兵维护。

从元兴三年（404）四月至义熙元年（405）正月，仅九个月时间，户籍登记造册总算基本完成。治标还要治本。陶渊明又向刘敬宣谏议，设置“侨置郡县”，安置流亡人口，让侨民推举首领参加政权管理，并划出一些土地，集中耕种。对鸡鸣狗盗之徒，要严加打击，对“浮浪人”一律归还原籍，耕种原属土地。同时兴办学馆，注重教化。刘敬宣依从渊明所谏，命由渊明一一落实。至此，江州城人心初定。

陶渊明又想看一看乡村情形。他回到栗里，山村人烟更加稀少，境况更加凄凉。家中，蕙兰带着五个儿子艰难度日。仆人们全辞去了。蕙兰告诉渊明，家里的田地荒芜了许多；南山开出的荒地，也无人耕种。茂林腿疾更重了。仁山病逝了。茂水、万山出去寻找儿子，两年过去了，至今未归。渊明听后，一声长叹。

这日，渊明、敬远带着伢仔们去到南山荒地探望。走到一片荆棘丛生，坟堆累累的废墟上，他们看到水井、炉灶的遗迹和桑树、竹子的朽株，可以想见，这里过去是个村庄。也许人气旺盛。现在已荒无人烟，野草萋萋，成了樵夫伐薪之所了。一个村庄毁灭了，是人祸还是天灾？或是人祸加上天灾？渊明无法知晓。但在这个年头，都有可能。其实被毁掉的村庄岂止一个，灾祸又何时得了。想到此，渊明内心沉甸甸的。去南山荒地的山道已被荒草掩塞，渊明一行人只好回头。家人已走去很远，渊明一人仍在遗迹上徘徊，他不胜感慨地吟诵道：

久去山泽游，浪莽林野娱。
试携子侄辈，披榛步荒墟。
徘徊丘垄间，依依昔人居。
井灶有遗处，桑竹残朽株。
借问采薪者，此人皆焉如？
薪者向我言，死殁无复余。
一世异朝市，此语真不虚。
人生似幻化，终当归空无。

渊明最后两句，道出生于乱世的人们，无奈哀叹和自我宽慰。

桑落洲，渊明曾经来到这里劝农春耕。临别时，他希望这里的百姓，日子越过越好。如今又是一个春天，这个经历了战乱，又遭受了洪灾的孤洲，如今是个什么景况？百姓的日子过得怎样？渊明很想看到。船还在江中，就看见洲上堤坝的决口，渊明心里一凉，这样大的决口竟然无人堵上？桃花汛到来，如何抵御？

船一拢岸，他疾步登上大堤，映入眼帘的除了一堆堆沙丘，便是一片片水洼荒草。原先的芦棚不见了，一望无际的良田不见了，一片荒凉死寂。他们走了一段路，好不容易见到一户人家，芦苇编的篱笆又稀疏又破烂。院中有一老叟，衣衫褴褛。他怀抱孙儿，正在为两只草鸡喂些野麦。一口破锅里剩有野麦糊糊……停在水洼中有一条破旧的小船，船舱上盖着芦苇，想必就是这一老一小的安身之所了。船里船外，除了一根断缆绳，像孤鸟儿翘着尾巴似的在船头翘着，其余空无一物。不知洪水从何处冲来一根树桩，成了老人的座凳。一双无助的老幼，在这里挣扎着熬日子。陶渊明看到此情此景，一阵心寒。

“老人家，这洲上的人都到何处去了？”渊明走近老人问道。老人木讷地转过头来，看了渊明等人，好一会，摇摇头。看样子，老人已很久未见到陌生人了，也很久未与人说话了。

“这是您孙子吗？”渊明又问。老人嘴角似乎泛出一丝笑意，爱怜地看着怀中的宝宝。转而，两颗浑黄的泪水滴了下来，落在孙子稚嫩的脸蛋上。

“您的儿子呢？”渊明想知道老人其他亲人的下落。“抓丁了……”老人沙哑的声音透着凄惨，他抬起头，看着遥远的地方……好一阵沉默后，渊明又问道：“那您儿媳妇呢？”老人垂下了头，声音有些颤抖，“冲走了……”渊明闻言心里一酸，眼圈红了。他不用再问，洲上其他人的命运都好不了。渊明本想带着这一老一幼回城安置。可老人不走，他要等待儿子儿媳归来。渊明无奈，他摸出身上仅有的几个钱，放在树桩上，转身要走。老人突然仰天哀求道：“老天哪，给我孙子一个安身的地方吧！不打仗，不纳税，过上太平日子！”天空中，只有白云悠悠飘过。

不打仗，不纳税，这是多少人向往的太平日子。可这世间有吗？在哪里？渊明不知道。谁又能知道？噢，远古时期无怀氏、葛天氏之民才有福分过这样的日子。可今人怎么反不如古人了呢？渊明不解。

回程的船上，渊明有了一个想法。他要向刘刺史谏言，将难民移往桑落洲，筑堤垦荒，重建家园。那是一片多么肥沃的土地。

让他料想不到的是，刺史刘敬宣要解职了。先前，刘毅曾为刘敬宣宁朔参军，有人称颂刘毅为雄杰，独敬宣说他“内宽外忌，夸己轻人，将来得志，必将犯上而惹祸”云云。刘敬宣所言，后来一一应验。刘毅当时得闻此言，含恨甚深。等到敬宣因功加赏，提升江洲刺史，刘毅让人对刘裕道：“敬宣未谋划平逆，授为太守，已属高就，今超任至江洲刺史，岂不令人惊疑么？”刘裕却未依刘毅。刘敬宣已有所耳闻，自请解职。刘敬宣曾替父刘牢之向桓玄献过降书，任过叛臣，尽管是父命难违，但也许这一污点，让他愧疚。听到此情，渊明一腔热情遇着一盆冷水。这官场钩心斗角，尔虞我诈，让人防不胜防。只可惜江州政务民生刚有起色，又要更换刺史。下一任刺史会怎样？天知道。刘敬宣的刺史、建威将军自请解职，陶渊明这个建威参军也就空有其名了。于是，渊明也写了辞呈，奉命与刘敬宣辞呈一并送往京都。

三月，春雨绵绵，树木吐秀，万物勃发。而渊明却心中忧郁压抑，他还在为江州一年来的辛劳付诸东流而叹惜。在船过钱溪时，他心中块垒有不吐不畅之感，因作《乙巳岁三月为建威参军使都经钱溪》一诗，他吟道：

我不践斯境，岁月好已积。
晨夕看山川，事事悉如昔。
微雨洗高林，清飙矫云翮。
眷彼品物存，义风都未隔。
伊余何为者，勉励从兹役？
一形似有制，素襟不可易。
园田日梦想，安得久离析。
终怀在归舟，谅哉宜霜柏。

尽管遇到了种种不幸和逆境，陶渊明以诗言志，他仍然要像霜雪中的松柏：坚定、高洁。

五十二

到了京都，递交了辞呈，渊明便急匆匆地去探望家叔陶夔。门开时，老管家一眼便认出了渊明，“哟，陶大人的贤侄来啦！”说着，乐呵呵地在前面引路，他的背更驼了。渊明上次来府，是在六年前任桓玄幕僚时，叔侄俩六年未见了。在这风雨飘摇的动荡年代，置身政治旋涡中心的家叔，一定过得不容易。老远地，一位手拄拐杖的老人，正站在厅堂门外张望。“叔，叔啊！”渊明呼喊着，快步赶上前去。老人听见呼喊，看到侄儿来了，便拄着拐杖走下台阶。

渊明来到家叔面前，叔侄俩的手紧紧握在了一起。渊明看到老人的头发、胡须已然全白，眉毛也闪着银光；而留在老人身上不变的，却是凛然难犯的尊严。他目光炯炯，淡定而从容。这目光，这神情，渊明似曾见过，是母亲的尊容。这是经过大灾大难磨折后的人所特有的气度。当年桓玄为相国，总百揆，晋封楚王，领十郡；加九锡典礼，百官又劝进，桓玄终登帝位。时任太常卿的陶夔称病不往。桓玄一直耿耿于怀，罢其官职后，仍不解恨，正想伺机陷害，谁料大楚命短，自顾不暇，终归覆灭。陶夔这才保全性命。乱世官场，危机四伏，劫难过后，叔侄重逢，怎不让人感慨落泪。

陶夔拉着侄儿的手走向屋内，边走边说道："明儿啊，当年桓玄那贼，硬框着你不放，好逼我屈从于他，污损我叔侄名节，毁坏咱陶家的声望，用心何等险恶。是你娘以命相争，救你脱险，保全了你我的名节，也保全了咱陶家的世代清名。我的那位嫂夫人，真是让人钦佩敬重啊！这是你外公孟嘉教养的好女儿呀！"家叔一番感叹后，接着说道："你的太祖母、湛太夫人，贫贱不移，教子有方，培养出你曾祖陶侃那样的人杰。明儿，你有这样一位贤德的母亲，一位舍身为子的母亲，一定不要辜负她对你的期望啊！今逢乱世，咱不能为升官发财而失去操守，绝不做违背良心的事！"渊明聆听家叔教诲，又想起母亲和她最后的话语："我儿有救了"，他的眼圈又红了。由母亲他想起了外公，想起自己要为外公立传一事，总会有了此心愿的一天。

逆贼已平，安帝还朝。官复原职的陶夔并无喜色。叔侄俩在谈及朝政时，陶夔引用《黄帝内经》的两句话："不治已病治未病，不治已乱治未乱。"用这两句话，来把脉晋廷当下的时局，是再合适不过了。他叹息道："只是治来治去，能否治本？再说，治到何时是个头哇！"渊明知道这未病、未乱，指的是刘裕。此时刘裕晋封豫章郡公，授荆司梁等十六州都督，晋朝半壁江山尽在股掌之中。能否治得住他，由谁来治住他？谁也说不清。看来朝廷是奈何他不得。叔侄俩口里不说，心里有预感，晋王朝已到了垂暮之年了。

陶夔又听渊明讲述了刘敬宣在江州的作为，感叹像刘敬宣这样尽职尽责的官员少之又少了。他赞同渊明辞职，良臣择主而事嘛。他答应等时局稳定，他会为他谋一个合适的职位。家叔想到敬远已成家立业，也当出来谋个事做。家叔还说了那年敬远来京一事，都无心在京城游玩，急着赶回去向他婶娘禀告。说他年纪不大很懂礼数，很有情意。渊明感谢家叔对晚辈的关心，叔侄俩谈着家常话，直到深夜。

次日，渊明要走了。陶夔送侄儿走下厅堂台阶，叔侄俩来到香樟树下，陶夔手抚树干，思乡之情油然而生。他想念故乡的南山、平湖、鹤问湖……想念故乡的一草一木，更眷念故乡的亲人。他吃力地弯下身子，拣起树根边的一片树叶，凝视片刻，自语道："叶落归根，叶落归根哪……"说话间，眼里含着浑浊的泪花。渊明劝家叔回家乡看看。陶夔叹息道："想啊，做梦都想啊！我走遍江南各地，最美还是咱老家啊！唉，案牍劳形，身不由己啊！但愿有生之年能够如愿。"他顿了顿，又看看树叶，像对自己，又像对渊明，伤感地念道："叶落归根，我这片将落之叶，还不知归往何处……"渊明看出了老人的心结，他接过家叔手中的落叶，揣入怀中："叔，这片叶我带回去。您放心，您老百年之后，明儿一定让您和这片叶一样，回到故乡，与那里的山水、那里的亲人永远相伴！"老人心中的纠结一下子释然了，眼含的泪水流了出来，他抱住渊明，拍着他的背。此时，任何语言都无法表达他内心的激动，他为有这样孝顺的侄儿而庆幸。

渊明走了，他让家叔转回，家叔坚持要目送他一程。他走出很远，仍看见家叔在风中招手，渊明鼻子一酸，泪水模糊了眼睛。

五十三

渊明来向殷仲文辞别。仲文刚回朝，见到渊明喜出望外。他吩咐仆人备下酒菜，他要与渊明畅饮几杯。席前，渊明观看了仲文的府第楼阁，不可谓不气派。席间，渊明告诉仲文自己辞去建威参军一职，并将刘敬宣遭妒解职一事告知仲文，提醒他涉足官场，步步小心。仲文赞成渊明辞归。但说到自己的打算，他言语含混。渊明看出，尽管仲文对时政不满，但真的弃官似有不舍。人各有志，渊明也不强劝。

酒席后，渊明起身告辞，仲文陪伴渊明来到江边。路上，仲文说他很喜欢栗里，山清水秀的，有机会一定去拜访。他还说张野爽直，很对脾胃。船来了，两位患难挚友就要离别。仲文想起“竹林七贤”中嵇康嵇中散的《游仙诗》，他与渊明都敬慕嵇康，爱好嵇康诗文，他高声吟起：“遥望山上松，隆谷郁清葱。自遇一何高，独立迥无双。愿想游其下，蹊路绝不通。王乔弃我去，乘云驾六龙。飘飘戏玄圃，黄老路相逢。”渊明接着吟道：“授我自然道，旷若发童蒙。采药钟山隅，服食改姿容。蝉蜕弃秽累，结友家板桐。临觞奏九韶，雅歌何邕邕。长与俗人别，谁触睹其踪。”何止渊明仲文喜爱嵇康诗文，谢道韫赠送渊明的那首《拟嵇中散咏松》，就是拟的这首《游仙诗》。同为文人，同一爱好，夫人已不知身在何处。今天渊明与仲文又要天各一方了，再想相聚，不知何年。渊明、仲文互致珍重，依依惜别。

船上，渊明心里有一种卸任后的轻松，又有一种责任未尽的遗憾，甚至有一种就此辞归的不甘。难道这一生就这样碌碌无为地终老乡野？当年“丈夫志四海”的豪情就这样烟消云散？这些曾经出现过的疑虑，又一次叩问渊明。他不得不承认，殷仲文不舍辞官，对他多少有些影响。官场是黑暗，没准遇上刘敬宣那样的好官，也能有所作为。他的内心在矛盾中挣扎，思绪左右摇摆，有些乱。家叔说过会为他谋职，他还想一试，想到此，心里稍稍平静了一些。

天，连绵阴雨，此时正是小麦、油菜扬花季节，这老天爷就不能开开颜？这样下去，夏收作物又要减产了。种田人哪！还得要靠天吃饭。陶家生活，依赖祖上留下的几十亩薄田。丰年，佃客交得上租钱，日子就宽裕些；灾年，佃客收少交少，上缴赋税不少，日子就难过了。如今许多田地抛荒，这老天又不帮忙，日子就更难熬了。

五十四

渊明回到栗里，夏粮开镰，因天灾人祸，歉收已成定局。粮食还未晒透，官府的差役已多次上门催缴赋税。今年赋税又有增加，仅口税已涨至八石，半年期满要上交一半。陶家再难，朝廷赋税分文未少。然而交完赋税，瓶中粮食所剩无几。五个儿子嗷嗷待哺，秋粮还在苗期。无奈，蕙兰只好回娘家借粮，她带着四个小儿子前往，让俨儿陪着他爹。俨儿十二岁了，他已会烧火做饭。俨儿将热饭、热菜端到父亲面前，渊明心里一热，儿子能操持家事了，听说还能帮蕙兰做些地里的事。油灯下，看到儿子面黄肌瘦的样子，渊明心中又不免难受。这么小的伢仔，本是无忧无虑、少年不知愁滋味的年龄，却挑起了生活的担子。如果思荻在天有灵，心里会怎样想？唉，怨来怨去，只怨当爹的无能，连养家糊口的本领也没有。渊明将俨儿揽在怀中，摸着伢仔粗糙的小手，深深自责。

饭后，父子俩同桌看书，不一会俨儿喊困，便去睡了。渊明拿过儿子的习字，七歪八扭，看不出有胜过自己当年的地方。想当初，儿子出生，取字求思，对儿子的未来抱有多大的期望，可现如今这等学业，让渊明有些失望。可这能责怪儿子吗？也不能责怪先生。自己这位做父亲的这些年来东奔西走，又尽了多少为父的责任？再一想，自己饱读诗书也不过如此，该怎样怎样，顺其自然吧。他宽慰着自己。

渊明想起另一件事应该做了，他展开纸笺，信手写下：《晋故征西大将军长史孟府君传》。“君讳嘉，字万年，江夏鄂人也……”渊明这一低头疾书，直到五更天才抬起头来。多年的愿望，多少次腹稿，今天一挥而就，了却了一桩心愿。他走出堂前，仰望星空，他终于可以告慰先人了。

天亮了，敬远来了，挑来两袋面粉，还有一坛新酒，累得他满头是汗。这简直就是雪中送炭，渊明又是递布巾，又是递茶水，还拿来蒲扇为堂弟扇凉。敬远将渊明推着坐下，“哥，你歇着，又不是外人。”“兄弟呀，你送来了及时雨，及时雨呀！”“这是我娘特意让我送来的。”敬远擦了一把汗水说。“哟，谢谢婶娘。她身体好哇?”渊明关心地问。“好，嗓门还是那样响!”敬远说着，兄弟俩笑开了。“哎，你从京城来，去看家叔了？他老人家身体可好?”敬远想起远在京城的家叔，问道。“好，只是显老了，想家，也想你呀。”渊明想到家叔的话，又说道，“家叔说，有机遇，给咱俩谋个事做!”渊明说到此，心想敬远一定会高兴，没想到他的反应很淡然。“哥，你谋的事还少哇?”敬远一句话，问得渊明无言以对。

敬远看到案头上有写满文字的纸张，便上前观看。渊明说道:“这是当年咱们去祭拜外公时，我搜集到的有关外公生前事迹，直到今天才为他老人家写完这篇传记。你看看，有不合适的地方我再修改。”敬远仔细观看起来，突然，他扑哧一笑。“怎么，何处不妥?”渊明问道。“不，不，写得好，精妙传神。”敬远笑道:“尤其这一段，惟妙惟肖:好酣饮，逾多不乱，至于任怀得意，融然远寄，傍若无人。温尝问君:‘酒有何好，而卿嗜之?’君笑而答曰:‘明公但不得酒中趣尔’。”敬远绘声绘色地读完这一段，抬头对渊明道:“哥，我想到一个人恰得外公饮酒之趣，你猜此人是谁?”“谁?”渊明心中明白敬远所指，故意问。敬远起身，抱过酒坛，塞进渊明怀中，戏谑道:“就是孟府君的外孙陶渊明呗!”俩人开怀大笑。

敬远告辞回南村。不一会，蕙兰从娘家回来，拖来几袋粮食，岳母跟来了。岳母一进门，把脸一沉，渊明上前招呼也不答理。蕙兰向渊明无奈一笑。渊明递上茶水，一旁侍坐，低首听训。果然，岳母喘了口气，喝了口茶，便数落起来，“陶渊明，你也算这一带叫得响的才子，怎么就当不好官呢？今天出去混几天，不想干了，回来了。明天想干了又出去混几天。三天打鱼，两天晒网。三心二意能当好官？瞧你这官当的，这头尾也有十来年了吧？人家升官发财，你呐，又不干了。再看看你这家，穷得叮当响！仆人全辞了。你媳妇忙里忙外不说，还让她回娘家借粮，亏你想得出来。”

“娘，借粮的事，是我的主意，与夫君无关。”蕙兰上前解围。

“我说你这丫头，被灌了什么迷魂汤了。都穷成这样了，还帮你男人说话。当初富家子弟求婚，你瞧不上。什么喜爱诗赋，非陶渊明不嫁。这诗赋能当饭还是能当衣呀？怎么样，我说中了吧，回娘家哭穷来了吧。不听老人言，吃苦在眼前！”翟母越说越来劲。

突然，蕙兰将一袋粮食搬到厅堂前：“行，这粮食你拖回去，我穷得揭不开锅，也再不踏进娘家半步！”说着，她又要去搬第二袋。翟母见女儿来真的，急忙上前拦住，她拉着蕙兰的手，哭泣道：“你这犟丫头，娘就你这么个女儿，你过成这样，娘心里好受吗？”说着，掏出布巾抹泪。渊明不知该怎样相劝，他递上茶：“岳母，喝口茶再说吧。”翟母斜了渊明一眼，接过茶喝下，然后叹了口气道：“不说了，都一堆伢仔了，认命吧！”这时，一旁玩闹的佟儿摔倒在地，翟母忙上前抱起，口里心肝宝贝地叫。

夏粮歉收秋粮补。这几日渊明在几处山垅转了转，见秧苗长势良好，心里又有了希望。他还披荆斩棘，到南山下开垦的荒地上看了看。虽说已荒，但开垦的地块，痕迹还在，新开的土壤，依稀可见，只要除去杂草，就可耕种。他寻思着，这件事应该去找茂林。

渊明回到家中，心情轻松地坐在院中饮茶，抬眼只见五棵柳树郁郁葱葱。他想起那年仲文来时，那篇《五柳先生传》只开了个头，该续上了。他踱步于五柳树前，想到自己的性情与境遇，文辞出口成章："先生不知何许人也，亦不详其姓字，宅边有五柳树，因以为号焉。闲静少言，不慕荣利。好读书，不求甚解，每有会意，便欣然忘食。性嗜酒，家贫不能常得。亲旧知其如此，或置酒而招之。造饮辄尽，其在必醉，既醉而退，曾不吝情去留。"渊明承认，外公的酒中之趣，他深有感受，任怀得意，融然远寄，其味无穷，这是人生的一大乐趣。只可惜，家贫不能常得。常常是"倾壶绝余沥""杯尽壶自倾"。

他看了看自己的旧屋，接着行文："环堵萧然，不蔽风日，短褐穿结，箪瓢屡空，晏如也。"他是穷，岳母没有说错，他一点也不怨她。他也曾出仕，也在尽力，也想改变。可时运不济，性情不合，他也无奈，只有听天由命了。"常著文章自娱，颇示己志。忘怀得失，以此自终。"渊明默念到此，感觉自己的形象已经跃然而出。

该结尾了，他想到春秋时齐国的黔娄之妻说的话，他很欣赏，他念道："赞曰：黔娄之妻有言：'不戚戚于贫贱，不汲汲于富贵。'味其言，兹若人之俦乎？衔觞赋诗，以乐其志。"这样质性自然、豁达任情的人，现今有吗？只怕是很难寻觅了。于是渊明又想起了远古时期："无怀氏之民欤？葛天氏之民欤？"五柳先生是生活在敦厚淳朴的无怀氏，葛天氏时代的人吧？想到此，渊明为自己能跨越时空，与古人共处，而仰天大笑。

清晨，有人叩门，口里呼喊着先生。渊明听出是茂林的声音，真是想谁谁来。他一阵兴奋，从床上爬起来，拿起衣裳披上就去开门。门开了，是茂林、河林站在门外，一人拎着鸡，一人提着酒，笑眯眯地向渊明问好。渊明赶紧请他们进屋。俩人眼瞅着渊明，笑个不停，渊明感觉到身上哪儿不对劲，一看衣裳，这才发现，因为匆忙，竟将衣裳倒披身上。他忙着重穿，三个人大笑起来。

渊明请两位田父入座。他端上茶水后，询问田父们是否有事需要自己帮助。他想，无事谁会大清早登门。茂林、河林是为南山下那片荒地来找渊明，他们再次感谢陶家不收租钱的往事。接下来，茂林说道，原先租地的几个人死的死，走的走，就剩他和河林。这会儿他们又邀集了几个人，还想租种那片地，想问一下租金该怎么交。渊明手一挥，“照旧，从种时起，三年不要租钱！”渊明说他看着那片地荒芜了也可惜，正要找茂林去哩，今天你们找上门来要种，给你们种就是。茂林不答应，说原先不要租钱，那时陶家丰盈。如今陶家日子也不好过，再不给租钱，良心上不过意。俩人你推我让，最后渊明答应两年以后再说，这件事才算落妥。

午餐有鸡有酒，一上桌，茂林连敬渊明三杯，以表谢意，河林不喝酒，吃饭了。热酒衷肠，茂林的话也多起来了，他看着穿着破旧的渊明，又环顾了旧屋内简陋的陈设，叹言道：“陶先生，像您这样的贤才，不该过这种穷困的日子。”“这样的日子够好了，有酒喝，有鸡吃。还能与田父们举杯共饮，该知足了。来，我敬您一杯。”“能与先生同饮，是我茂林的荣幸，干！”俩人碰杯，一饮而尽。茂林起身为渊明斟酒，道：“您在江州府做官，吃了许多辛苦，百姓说您是清廉爱民的好官。可您为什么老做不长呢？”渊明停下筷子，细听下文。“您与时俗不合。这年头浊污横流，不讲什么清正不清正。您不随波逐流，见风使舵，就无法在官场上混了，也就不能升官发财了。”

渊明听得出来，茂林是酒后真言，而且说到了点子上。谁说百姓是愚民、是贱民？历代帝王家对他们的子民，实行的是“民可使由之，不可使知之”。尽管如此，这世间之事，有谁比他们还看得通透、说得精到？道理渊明听明白了。可让他随波逐流，做违心事，他真的做不到，这就是天生的秉性吧！“茂林叔，谢谢您的箴言，我敬您！”说完，渊明又干了。“咱庄稼人说话直白，说得不好，莫见怪！”茂林说着也饮下了杯中酒。

这时，茂林、河林酒足饭饱，起身告辞，渊明送出堂前。走出老远，茂林仍歉疚地说：“咱庄稼人不会说话，有说得不中听的，您莫见怪呀！”渊明微笑着摆摆手，他目送茂林、河林远去……想到茂林的话，他感慨颇多，便顺口吟出：

清晨闻叩门，倒裳往自开。
问子为谁与？田父有好怀。
壶浆远见候，疑我与时乖。
褴褛茅檐下，未足为高栖。
一世皆尚同，愿君汩其泥。
深感父老言，禀气寡所谐。
纡辔诚可学，违己讵非迷。
且共欢此饮，吾驾不可回。

最后，渊明表明了不肯与邪恶势力同流合污的心声。

就在渊明对谋职一事已不抱希望之时，家叔陶夔来了信函。信中说他已举荐渊明任彭泽县令，敬远去江州府任一小吏。江州现为何无忌节制，他以爱惜人才为美德，欣然接纳家叔的举荐，云云。赴任不赴任，渊明又在斟酌。去吧，几度出仕，几度受挫，他不知道前面等待他的会是什么；不去吧，辜负家叔好意不说，家庭生计也需维持。最后他想了一条说服自己的理由：何无忌是刘敬宣表兄，表弟如此勤政，表兄自然也不会差。渊明以同样的理由说服了敬远。

蕙兰要陪伴渊明去彭泽，回娘家请母亲来照看伢仔们。翟母听说女婿又要外出做官，喜上眉梢，欣然答应。她来到陶家，口气大变，夸自己的女儿有远见。还打招呼说，有朝一日夫显妻贵，别记她的不是，忘记了她的好。渊明笑而不答，心想，岳母真有想象力。

五十五

彭泽去家百里，在江州城下游的长江南岸。叶舟驾船，顺风顺水，一天一夜便到达县城。船靠了岸，只见码头上一派荒凉，岸上坍塌的库房，水中漂浮的污物，几条各式各样千疮百孔的舰船，无不诉说着那场平逆交战的激烈与残酷。他们走过街面，凋敝萧条，哀鸿遍野。渊明第一感觉就是这个县令不好当。

彭泽县衙与柴桑县衙的建筑设计没什么两样，只是更显陈旧。门前倒是干净，是衙役们听说新县令到任，一早打扫的。渊明见衙役们正在衙门前等候，便走上前去。老县丞迎了上来，躬身道："请问，可是陶渊明县令驾到?"渊明微笑点头。"鄙人邱田，乃本县县丞。在此与衙役们翘首以待，恭候大人到来。有失远迎，望大人见谅。"老县丞背书似的说这番话。来一个县令说一遍，他这个年纪，不知道来了多少位县令，已背得滚瓜烂熟了。进了县衙，来到后堂，老县丞等人已打扫干净，只等新县令入住，渊明、蕙兰甚为满意。

午膳时，因新县令到任，有鱼有肉，大家共享。正要入席，一个十三四岁的孩童在门外探出头来，老县丞看见，去、去、去地往外赶。孩童不但不走，反而跨进门来，眨巴着眼睛望着新县令。渊明上前询问缘由，老县丞告知，这是一个父母双亡的逃难孤儿，名叫石锤。前任县令可怜他，就让他在县衙内做些杂事，给口饭吃。这孩子虽未成年，可什么事都能做，田地里的农活他也行。这陶县令来了，有新规章，我们就辞了他。渊明一听急了，“我这陶县令一来，就把伢仔的饭碗给打破了，这新规章也太没人性了吧？石锤，来，盛饭吃！”蕙兰盛了满满一碗饭端了过来，她让伢仔靠在自己身边吃，给他搛鱼搛肉，在场的人都为之感动。

饭后，衙门前来了两顶轿子。老县丞请陶大人陶夫人去公田安排耕种，晚了怕误了农时。渊明要走着去，蕙兰要坐轿子去。渊明与老县丞走着，蕙兰坐上了轿子。她还是结婚时坐的大花轿，这被人抬着的滋味就是好。

三顷公田好广阔的一片。渊明让老县丞全部种秫，秫为杂粮可酿酒。晋朝有明令，主粮酿酒者违法。渊明想为自己日后多备些佳酿，以免饮酒不得足。妻子蕙兰要种秔。酒当不得饭，妻儿是要吃饭的。妻子的正当要求，渊明当然要听。于是他让老县丞使二顷五十亩种秫，五十亩种秔，蕙兰点头，高高兴兴上轿回衙。

夜，渊明在灯下看书。蕙兰可闲不住，一会儿太师椅上靠靠，一会儿雕花床上躺躺，屋内器物全把玩了一遍，新鲜劲儿总算过去了。她来到渊明身边，帮夫君揉着肩，兴奋而悄声地问道："哎，你知道除去公田之利，一天还有多少俸禄吗？"渊明茫然地抬头看着妻子。蕙兰告知道："听老县丞说，一天能有五斗米呢！你想啊，一天五斗，十天五十斗，一百天就能还上我娘家的借粮，到时看我娘还有什么话说！""一百天……"渊明重复道，他显然对这些事没想过。做得顺心，一百天嫌少；做得不顺心，一天都嫌多。如今他还未理事，说不清。

不过，有件事他倒是上了心，他将蕙兰扶着坐下，郑重地言道："借的粮我一定还上，你放心。有件事我要与你商量，你坐下，听我说。"看着渊明煞有介事的样子，蕙兰被弄得一愣一愣的。"你说石锤这伢仔怎么样？"渊明问道。"孤苦伶仃的，可怜！"蕙兰有一颗善心。"你看这样行不行，我想收留这伢仔，他跟俨儿一般大，可以给俨儿做个帮手。这样你就轻松多了，石锤也不再流浪。""这可是添丁加口的事。"蕙兰在斟酌。"你看啊，这样大的伢仔没人关照，现今世道又乱，如果学了坏，这伢仔一辈子就毁了。"渊明不无担心地说。"好，我答应，明天我就带石锤回去。"蕙兰爽快应承。"夫人，好人！"渊明赞叹道，"这样，我给俨儿写封书信，叮嘱一下。"说着，渊明取过纸笔，写道："俨儿，汝旦夕之费，自给为难，今遣此力，助汝薪水之劳。此亦人子也，可善遇之。父字。"写毕，递与蕙兰观看。蕙兰念着最后一句"可善遇之"，抬头对渊明说道："夫君可真有仁爱之心。你放心，我既然答应收留石锤，就不会亏待他。"渊明想起蕙兰对俨儿犹如亲生，他相信妻子一定会善待石锤。当然，这件事还得石锤愿意。

蕙兰清晨起床，收拾完行装，便出了门。不一会，她领着石锤进来，渊明、蕙兰夫妻将自己的想法告诉石锤，问石锤是否愿意。伢仔一时无语，双膝“扑通”跪下，拜谢大恩。渊明夫妻赶忙搀起，一激动，眼圈都红了。

渊明、蕙兰、叶舟、石锤在摊子上用早膳，一只脏兮兮的手伸了过来，渊明递给他一个馒头，那人道了声谢。渊明感觉这声音耳熟，他回顾辨认，这人蓬发垢面，破衣烂衫，仔细一看，渊明认出来了：是茂水！他放下碗筷，走上前，一把握住了茂水的手，欣喜地问道：“茂水，你不认识我啦?”茂水抬起了头，分开蓬散的白发，木讷地看了会，终于认出来了，“陶先生，我可见到家乡的人啦!”他又认出了蕙兰、叶舟。大家赶紧为茂水让坐，蕙兰又添加一份早点。茂水一见故人，禁不住呜呜地哭了起来。他边哭边诉，他从栗里出来到浔阳城，走水路找到了桑落洲，又从桑落洲找到了彭泽县，连树儿的影子也没见到。战事已平息了两年，如果儿子活着一定回家了。他问大家可否见到树儿，渊明等摇头。茂水叹道：“活不见人，死不见尸，成了孤魂野鬼了……”说到此更是伤心。他说他做梦都想回家，可身无分文，无法搭乘车船。此处又人地生疏，告借无门，无奈只好乞讨度日。今日是遇到救星了。他那老泪纵横的脸上，露出了久违的笑容。

渊明一行吃完饭，回到县衙。茂水洗漱干净，换上了渊明衣裳。然后，蕙兰照应这一老一少，一同登上叶舟渔船回栗里。渊明送走了亲友们，开始履行公务。为官一任，能否造福一方他不知道。但吃了朝廷俸禄，总要为朝廷办事。这是再简单不过的道理。

五十六

渊明最先想到的就是朝廷的赋税。赋税是朝廷的命脉，是一级压一级首先要完成的硬数量，是最逼迫人的。渊明在任建威参军时，就听到县令们为赋税叫苦叫难。他们想尽了心思，用尽了手段向百姓征缴，搞得鸡飞狗跳，怨声载道，民不聊生。如今自己坐到了县令的位置，轮到自己受逼迫了。他该怎样做到，既能向上交差，又不至于太逼迫百姓呢？他让老县丞取来账簿。

渊明看了账目，又听老县丞说了情况。据账簿记载，这赋税上一任有欠，上上一任还有欠。面对这一笔笔欠账，渊明不知该从何下手。老县丞见新县令着急，宽慰道："陶大人，新任接旧任只接盈余，不接亏欠。不过，从无有盈余。一任一任都是这样过来的，旧欠未还，又欠新账。大人如能交清任内赋税，也算是为朝廷尽力了。"渊明想，看起来他的前任都比自己心宽。已经这样了，也只有如此了。但今年赋税只交一小半，他问老县丞该如何完成。老县丞言辞闪烁，似有难言之隐。渊明见状很是不快，感觉这人是有意怠慢自己。他刚想发作，转而一想，老县丞是当地人，有话不讲，说不定有为难之处。自己刚来，人地生疏，老县丞当是倚重之人，不可轻易责备，不如先缓一缓。于是他让邱田陪伴自己，到彭泽乡村实地看看。

彭泽县临江傍湖，青山绿水，本为江南富庶之地。几天来，陶渊明走遍了这里的山山水水，渴了喝泉水，饿了吃干粮。他看到：一些荒坡湖滩无人开垦，甚至一些熟地良田也杂草丛生。渊明找到几位里司，问明缘由得知：原本登记的户籍人数，少于实际人口。战乱灾荒使实际人口锐减，土地抛荒。而赋税仍按旧册户籍人数上交，这其中许多无处可收。这类赋税又加到本已不多的种田人身上，他们不堪重负，只得弃田流荡。如此一来，抛荒更多，征税更难，形成恶性循环。

一些豪门大户霸占了大片良田沃土，而登记在册的户籍人口却很少，赋税自然就少。这些缘由，渊明在任建威参军时遇到过，但当时下有郡县官吏，自己不必具体过问。如今自己任县令，可就绕不开了。人口户籍必须重新登记造册，上报州府朝廷。头痛的是地方豪强，这个缺口如何打开？渊明看了一眼老县丞，心想，这老县吏言语含混，莫不是怕得罪了豪门大户？

人口流动，户籍混乱；豪强趁乱揽工避税。这是一直围绕两晋朝廷的痼疾。东晋以后，朝廷偏安江南，较北方相对稳定，至使北方难民大批涌入。朝廷认为难民总会返乡，不必将他们编入当地户籍。而晋地居民，皆因各地天灾人祸，亦多流离，无法为朝廷提供更多的赋税租役。朝廷曾以本地户籍为黄籍，外来侨户为白籍，分别课税，然而收效甚微。能收到赋税的只有一些定居的本地人，于是这一批人赋税年年加，战乱、灾害、苛政使这一批人依靠土地无法生存，许多人成为抛弃田地的“浮浪人”。他们与北方的难民统称为“流民”。这样一大批人的存在，不仅意味着朝廷赋税租役的减少，更重要的是“流民散则转民为盗”的威胁，此痼疾一。

晋廷另一痼疾：豪门士族将无籍之民收为佃客，耕种兼并来的大片良田，收获丰厚，而赋税微薄。发展下去，势必“国弊家丰”，后患无穷。自东晋成帝咸和年间首次实施“土断”，就是要把侨户、“浮浪人”实为编户，土断入籍，把这些劳动人手束缚在土地上，自食其力，为朝廷提供赋税。从而消除豪门士族的无籍佃客。桓温当年进行的著名的“庚戌土断”很有气势。当时晋室彭城王司马玄，隐匿五户佃客不入籍。桓温上表司马玄犯禁，收付廷尉，至此豪门大量隐户被搜查出来，那一时期财阜国丰。然而，“庚戌土断”后，混乱有增无减。原因是朝廷势弱，士族豪门权重，北方战乱不休，难民源源不断……

陶渊明近几日思前想后：如果在彭泽县，按各级衙署的明令，实施土断，对朝廷当然有利。但却要损害豪门大户的利益，激化矛盾后，自己不用说是身处风口浪尖。如果难得糊涂，庸庸碌碌，与上任、上上任一样，虱多不痒，债多不愁；朝廷赋税，睁一只眼闭一只眼，收多少算多少，到时拍拍屁股走人，这倒也好，上上下下一团和气。可这样做岂不白吃了朝廷俸禄，我陶渊明也枉为了一回彭泽父母官。看看荒芜的田地，飘零的流民；再想想豪门大户的贪婪；任其发展，“国弊家丰”“逼良为盗”的威胁迫在眉睫。这时，早年“大济苍生”的宏愿又在渊明胸中涌动。在其位就要谋其政。可为而不为，你陶渊明就是失职、渎职。你胆怯，就卷铺盖走人。既要走，你又何必遥遥百里到此上任呢？临阵脱逃，可不是你陶渊明的做派。经过反复思量，反复斟酌，最后渊明横下一条心，就是风口浪尖，他也要闯一闯，何况他陶渊明是经历过大风大浪的人。想到此，陶渊明抛开一切杂念，整理了一下衣冠绶带，步入正堂。

这时，老县丞手捧几张大红请柬走了进来，“陶大人，这是县里几位富户请您赴宴。”渊明接过请柬，逐一看了看后，要将它扯碎，被老县丞制止，“大人不可意气用事”。渊明缓了口气，问道："邱县丞，咱彭泽县首富是谁?""柯泰，良田百顷，家奴成千。"老县丞回话道。"你吩咐下去，所有兵丁衙役，明日一早查抄柯府!"陶渊明传令道。"使不得，使不得!"老县丞连连摆手，"陶大人，那柯泰老奸巨猾，郡府有人。他弟弟柯隆任浔阳郡丞。上任县令也想动他，结果调任走人。他是一走了事，我是本县人，无处可走，与柯家成了对头。陶大人，您可千万别步前任的后尘哪!"

陶渊明终于明白了老县丞的难言之隐。设身处地地想，柯家势大，老县丞的担心也是常情。他放缓口气道："邱县丞如感觉为难，可以回避，我另找他人，你去吧!"老县丞一时无语，哀叹着退了下去。

夜已深了。渊明心中有事，难以入眠。他没有找到愿意代替老县丞的人。所问之人皆面有难色。他想到明天如果查抄柯府，查不出账册，没有凭证，岂不被他反咬一口，陷入被动。渊明左思右想，不得要领。他还了解到清查户籍，实行土断，彭泽县多年来没有一次不是不了了之。有几任县令也想实行，有的富豪贿赂衙役，帮其隐瞒人口实情；有的富户与执法衙役胡搅蛮缠，或利用家族中有人做官，以势压人；更有甚者，直接贿赂县官老爷。这一触动豪强切身利益之事，雷声大，雨点小，最后无果而终。渊明要接受教训，不办则已，办则办成。可怎样办成，他心中无底。思绪烦乱的他，一时拿不定主意。他叹息了一会儿，正准备歇息，听得有人敲门。这么晚了，会是谁呢？渊明打开门，是老县丞。渊明让他进屋。

老县丞跨进屋子，一下子跪在渊明面前："陶大人，我邱田吃着皇粮，却临阵退缩，请大人责罚!"渊明上前扶起老县丞坐下。老县丞直起腰板道："陶大人有所不知，前几任县令也说实行土断，我是竭力扶助，谁知都是虎头蛇尾。有些是知难而退，有些是被金钱买通。他们走了，有的还升了官。我这本地人挪不动窝，结果遮风挡雨的窝，竟被人放火烧了。大火烧尽了家中的一切，幸好家人逃得快，未被烧死。一家人无处安身，只有在临时搭建的草棚子里过冬。我心里知道是柯家人使的阴招，可告无实据，再说他家朝中有人。我无可奈何，只有忍气吞声。"老县丞说到此处，叹息着流出泪来，"陶大人，我看出来了，您跋山涉水，体察民情；襟怀坦荡，敢作敢当。是彭泽百姓难得的父母官。我这把老骨头豁出去了，大不了再把我那草棚子烧了。我将鼎力相助！"渊明看到老县丞激愤的神情，心中的烦乱化解了。同时，他也为晋廷，还有像老县丞这样披肝沥胆的基层小吏而欣慰。接着，老县丞如此这般的说出自己的谋划，渊明一一采纳。

陶渊明如约出现在柯泰的酒宴上。来客均为本县富豪，是特意恭贺新县令到彭泽为官的祝贺酒宴。主客的位置自然是陶县令坐。县令落座，众人才纷纷坐下。柯泰陪坐县令身边，他站起举杯，表达了一番对新县令的敬意与拥戴，并提议共同举杯敬家乡父母官。众人依附，热热闹闹地喝下了第一杯酒。接着宴席开始，大盘大碗的菜，从仆人手中端出，盘子刚一落桌，十几双筷子纷乱地窜下去，顷刻间盘间一扫而空。看样子，这些人为这顿宴席，腾空了胃肠。接下来豁拳行令，谁也不再知道他吃的什么，喝的什么。渊明吃了些酒菜，因嫌嘈杂，便起身告辞。柯泰相送，出了大门，见四周无人，他塞给渊明一张钱票，渊明推辞，最终强被柯泰塞入袖内。回到县衙，渊明展开一看，是二万钱，这柯泰真乃出手阔绰。渊明感到，宴会上富户们只是礼节上恭维了一下他，便将他冷落了。他想，富户们心中一定认为：当官的都一样，用钱就能收买，乖乖听他们使唤。所以面子上应酬一下，并不把他这位县令放在眼里。他们有钱，财大气粗。不过，这一次的这位县令，怕是有些不一样。

彭泽有欢庆秋谷登场的风俗。这一天，秋谷开镰，柯泰将家奴、佃客聚集在晒谷场上，他正准备说些喜庆话。这时家奴来报，陶县令一行登门拜会。“有请!”柯泰感觉这位县令与前几任没什么两样，嗜酒爱财，只是更知道回报。这不请自来，当是前来祝贺。柯泰心里想着，步子已迈出大门，拱手迎接陶县令，并请陶县令台前讲话。

陶渊明来到场地台上，看到晒谷场黑压压站满了人，心想来得正是时候，便向老县丞使了个眼色，老县丞回身走了出去。陶渊明坐在台子中央一言不发。柯泰不知这位县令葫芦里卖的什么药，他有一种不祥之感，可他要说的话还没说，又不便让众人散去。正在他不知所措的时候，一队兵丁衙役在老县丞指令下，跑步进入柯府，迅速将晒谷场团团围住。这时陶渊明开口说话了，“柯泰，把户籍账册交出来吧!”“你……”柯泰此时如梦方醒，恨得直咬牙，他并未挪步。陶渊明走近柯泰道：“本县令奉朝廷圣命，履职尽责。你柯泰为晋朝子民，自然不会违逆朝廷。你是个明白人，当着你的家奴、佃客，我不想让你难堪。但你也别让我为难。”柯泰听出县令话中的分量，无奈，只得示意管家交出户籍等账册。

渊明拿起户籍账册翻看，寥寥记着几行名单。渊明将柯泰招上前，拍拍账册道：“这一场子人，就这几个在册，少了些吧?柯泰，你发个话，所有家奴、佃客悉数登记，不得遗漏。如何?”

柯泰低眉看了县令一眼，突然软了下来，“陶大人，看在你我交情的份上，登记一半如何?”“正因为我俩交情不浅，所以让你给富户们带个头，悉数全登。就算帮了我的忙了。”渊明笑道。“陶大人，我兄弟柯隆在浔阳郡为郡丞，你与他一地为官，就不能给个面子?”柯泰的话在以势压人。渊明听出了话音，正色道：“我今天的所作所为，州郡均有明令。柯郡丞那是我上司，令出他手。如果为他兄弟，我因私废公，追查起来，他的面子还保得住吗?”“陶大人，你高抬贵手，我柯泰一定会重重酬谢!”柯泰似在哀求，可“会重重酬谢”几个字，又说得很重，似乎在暗示渊明。渊明道：“二万钱，够重了。你配合我，这二万钱充公，你好我好。否则告你个贿赂官吏，那处罚可真就重重的了!”柯泰急了，这个陶渊明怎么油盐不进，他预感到今天是赖不过去了，豆大的汗珠从额头上滚了下来。他思忖，好汉不吃眼前亏，君子报仇十年不晚。于是他一咬牙，吩咐管家，悉数照登。说完，他恶狠狠地瞪了陶渊明一眼，拂袖而去。渊明突然觉得这怨恨的眼神在哪儿见过……他想起来了，在他任江州祭酒时，刘贯就用这种眼神瞪过他。这当官要想有所作为，遭人忌恨也就在所难免了。

柯泰一例震动全县。仅一个月，所有富户清查完毕，隐瞒户籍的家奴、佃客达三千余人。初战告捷，县衙发出公告，自来年始，农夫所缴口税由八石降为五石。因户籍人口增加，收得的总赋税将会大幅增加。庄稼人负担减轻了，能喘一口气了，可以定下心来务农了。他们奔走相告，称颂陶县令功德。县衙又召集里司议事：将城区流民分批落户各个乡村，开荒耕种，按章纳税；对泼皮无赖，赌博偷盗之徒，严加处罚。至此，彭泽县面貌一新。

柯泰病倒了。秋粮全交了赋税，还欠了一大半，他岂能不病。病痛中的他强撑起身子，将家中发生的一切写进家书，派人送往浔阳郡弟弟柯隆处。他胸口堵得慌，要让自家兄弟替他出这口恶气。

五十七

两个多月过去了，彭泽的政务有了起色。正当陶县令计划今冬明春事宜，庞通之、陶敬远来了。他们是从京城归来，特到彭泽看望渊明，同时带来了一个不幸的消息：殷仲文被杀了！渊明被这突如其来的噩耗惊呆了。

晋安帝归政后，追叙讨逆功绩，封刘裕为豫章郡公，刘毅为南平郡公，何无忌为安成郡公。此外亦各有封赏。独殷仲文，保护二位皇后归朝，本是大功一件，因为权臣忌才，出任东阳太守，心下很是不快。何无忌以爱才之名，写信安慰，且约请他顺道来叙。仲文复信应约，不想出都赴任，心绪烦乱，又被杂事牵缠，竟致忘记约请。何无忌等候多日，并不见人到，遂疑忌仲文轻慢自己，心生怨恨，便伺机报怨。仲文后为失约而致歉，已于事无补。

适逢南燕入侵。刘裕打算督军征讨，何无忌向刘裕致书道："北方之敌尚不足忧虑，唯有殷仲文、桓胤，实为心腹大病，不可不除。"刘裕心里认同。这时，刘裕府将骆球谋反，事发伏法。刘裕声称仲文、桓胤与骆球通谋，即刻抓捕二人入京，并加谋害。行刑那天，殷仲文如当年嵇康，慷慨赴死，毫无惧色，令人感佩。桓胤系桓冲孙子，安帝念桓冲之功独下赦书，令存桓冲宗祀，保全功臣一脉。可刘裕等不容，安帝又有何奈。

听完通之的叙说，渊明为殷仲文视死如归的无畏之举所感动，又为仲文的屈死而悲愤。原以为他是弃暗投明，谁料到却投入另一张罗网，一张要命的罗网。他震怒道："殷仲文，一介书生，手无缚鸡之力，他怎么会谋反？他何无忌因为一次失约，就可以要人性命，他就是这样的爱惜人才？就是这样的惠爱美德？刘裕！你欲加之罪，何患无辞，你害死了多少无辜生灵！你——"渊明的一句"你太歹毒"，话到嘴边又咽了回去。在恶人当道的现实中，不隐忍又当如何。渊明记起与仲文惜别的情景，他们站立江岸，同吟嵇康《游仙诗》，作最后的话别……渊明低声唤道："仲文啊，你说过你喜欢栗里的山水，一定会来拜访，我为你备好了佳酿，恭候你的到来。可你，却与我不辞而别了……仲文！渊明想念你呀！"说到此处，渊明的眼睛里热泪涌出。

"哥，何无忌将要任江州刺史。听说，他要重用你。"敬远说。"重用我？"渊明伤心的目光望着敬远，"他何无忌，杀了殷仲文，重用陶渊明。这种虚伪狠毒之人，我陶渊明不伺候！""我陶敬远也不伺候了！"敬远也愤愤不平道。

"渊明兄，还有一事，我要提醒你。"通之道，"刘贯已任浔阳郡督邮，你要当心！""刘贯这个赌徒，怎么能当督邮？"渊明不解地问。"现如今，只要会溜须拍马，你就是当过盗匪，也一准春风得意。渊明，你十几年混了个县令，我还是个书办，你我兄弟总是秋风萧瑟啊！"通之感叹道。渊明听着通之的话，看着通之失意的样子，再一次感受到官场的黑暗，仕途的凶险。此时，他又向往着故乡的山水，故乡的田园，故乡的亲友……

公田里的庄稼将要抽穗，老县丞带领着衙役们除草培土。见陶县令来到，老县丞起身相迎：“陶大人，您公务繁忙。地里的活儿，我领着大家做，您就不用操心了。”他回过身，面对公田，欣慰地说道：“大人您看，这庄稼长势多好，一定是好收成！”渊明含笑点头道：“大家受累了！”“不累！大家心里高兴，都说从来没这样解气过。陶大人敢作敢当，做大人手下的差役，心里痛快！”渊明听了，只笑不语。

年度督查就要开始，柯隆将刘贯请进府内，密谋了一夜。通之得知，转告渊明。

初冬，督邮刘贯乘坐官船顺江而来。他先派遣衙役通报，彭泽官员一律江边恭候。渊明已处理完所有公务，听到来报，心中不快。“这往年督邮到来，官员衙门前恭候，今年改规矩了？”老县丞疑惑道。渊明一听这话，知道是刘贯在刁难自己。去江边就去江边，他要去看看这位督邮大人小人得志的神情。老县丞一旁请曰：“应束带见之！”怎么？还要我整饰衣带，毕恭毕敬地见他？岂不太抬举他了？渊明想到此叹曰：“我岂能为五斗米，折腰向乡里小儿！”随即回到后堂。他要让刘贯待在船上，尝尝寒江上西北风的滋味。

黄昏，敬远、叶舟来到，告知渊明，渊秀病故！惊闻噩耗，渊明再也待不住了，当即写下辞呈，解绶去职，请老县丞转呈州郡。渊明感谢老县丞众衙役的鼎力相助；公田收获，是大家辛苦所得，理应归于大家。交代完毕，渊明与众人告别而去。就这样，陶渊明结束了彭泽县令之职；同时，也结束了他的仕宦生涯。

五十八

夜，渊明在船舱内为渊秀的离世而悲伤，她这么年轻，怎么说走就走了呢？后来他用自己的诗劝解自己，“纵浪大化中，不喜亦不惧。应尽便须尽，无复独多虑”。人生在世，生老病死，自然规律。他想到，渊秀与思荻感情好，这小姑子是到天上陪伴嫂子去了，兴许和娘在一起呢。她们只是先走一步罢了。想到此，渊明心里敞亮了许多。

还不到日出的时候，天刚有点蒙蒙亮。那是一种美妙苍茫的时刻，空气里却已弥漫着破晓时的寒气，江面上荡漾着淡淡的水雾，早起的云雀在那半明半暗的云空，高啭着歌喉。而在遥远的天际，则有着一颗巨大的晨星在闪烁，有如一只孤寂的明珠。渊明为眼前的景致所感染。少顷，他又回头看了看彭泽方向，仲秋至冬，在官八十余日。他想起蕙兰说他为官一百日，就能还清岳母家的欠粮。现在看来，今年欠粮是还不清了，还请夫人包涵，渊明感到有些遗憾。不过在彭泽任上的八十余天，他尽心履职，做了一些顺心事，应该写篇文章记叙一下，名为《归去来兮辞》吧。渊明是这样想的，面对此情此景，他顺口成文：“归去来兮，田园将芜胡不归？”他想到这一次辞归，再不会蹚仕途这趟浑水了，此时，他在内心已为这条路做了个决断。他继而吟道：“既自以心为形役，奚惆怅而独悲？悟已往之不谏，知来者之可追。实迷途其未远，觉今是而昨非。”晨风习习，渊明站立船头，他心想口诵，感觉自己的这一决断虽然迟了些，好在没惹出什么大麻烦，更没丧失自己的操守。能够全身而退，也算万幸。他深深舒了口气，身心顿时舒爽。江风轻撩长衫，他有一种玉树临风之感，“舟摇摇以轻飏，风飘飘而吹衣，问征夫以前路，恨晨光之熹微。”渊明对文章这一开头颇为满意。

渊明将“悟已往之不谏”四句，默默念了好几遍。他回想起前前后后十多年的官场路，所遇见的形形色色的各类人：庸官王凝之，逆贼桓玄，悍夫刘裕、何无忌，他们有真心为朝廷，真心为百姓的吗？他又想起仇恨他的刘贯、柯泰，一个小人得志，一个为富不仁，却可如鱼得水，平步青云。这群人上下一气，狼狈为奸，坑害百姓，陷害好人。恶人当道，这个世道还能清平？就是这样一个昏乱的世道，让人看不到有一点改变的迹象，看不到一丝光明。渊明感觉沉闷，透不过气来，他想到跛脚的茂林、病逝的仁山、流浪的茂水、失踪的万山、辛劳的叶舟；他想起思获“没有战乱该多好”的哀叹；想起桑落洲想过太平日子的爷孙俩；想到孤苦伶仃的石锤；他眼前又浮现出大街上的孤儿，难民营里的灾民……这人世间何处是他们的安乐家园?！他想起了张野、殷之、荀之等不得志的文人。他又想起怒目的刁逵，屈死的仲文，九死一生的谢才女。这个黑暗残酷的乱世，何时才到头啊！他愤慨地诅咒起来：“自真风告逝，大伪斯兴，闾阎懈廉退之节，市朝驱易进之心。怀正志道之士，或潜玉于当年，洁己清操之人，或没世以徒勤……密网裁而鱼骇，宏罗制而鸟惊……嗟乎！雷同毁异，物恶其上，妙算者谓迷，直道者云妄。坦至公而无猜，卒蒙耻以受谤，虽怀琼而握兰，徒芳洁而谁亮！”渊明深感自己生不逢时，有志难骋；且位卑职浅，无力回天。他要用笔，写一篇《感士不遇赋》，讨伐这个黑暗的世道。他要让自己的诗赋留给后人。他相信：天下分久必合，乱则图治。他要让后来者知道这一段昏暗的华夏历史，以史为鉴，让我们这个苦难的民族永远不要重蹈覆辙。

太阳出来了，给渊明带来温暖和希望。渊明沐浴朝阳，手抚无弦琴，弹奏《思乡曲》。湖面微波粼粼，闪烁着点点霞光，天空中，南归的大雁，鸣唱声声，抒发着回归故地的欢愉之情。雁群降落了，降落了，忽而又起，在空中盘旋，似乎还要再欣赏一遍这湖光山影。毕竟别离了一段光景，深怀着一片乡愁。渊明弹着琴，静静地观看着大自然的景色，体味着其中的神奇与温情。于无声中，宛如是感慨，宛如是思念，宛如是份清宁。一羽或一群或漫天的大雁，翩然而至，飘然而灵动，它们终于收起羽翼，落下了。

此时，栗里的南山已遥遥在望了……

下部

归隐

一

船，越过平湖，靠岸了。渊明跳下船头，当他的双脚落在家乡的土地上时，心里感到平和而踏实。南山笼罩在一片灰沉沉的云雾之中，像一个满腹委屈的巨人，阴郁地耸立在云端。

“哥，回家了。家里人都等着呐。”敬远催促着。

一想到亲人们，渊明心中又涌起阵阵暖流，“走，走，回家!”

他们来到了村口，老远就看见自家门前翘首以盼的家人。渊明的脚步加快了。正如他在《归去来辞》中所描述：“乃瞻衡宇，载欣载奔。僮仆欢迎，稚子候门。”他路过东篱菊圃时，看到“三径就荒，松菊犹存”。松菊是渊明钟爱的花木，那傲雪斗霜的品性，与渊明相投。渊明爱好，蕙兰知道。这菊圃她一定没少费心。这时，伢仔们迎了过来，跑着笑着呼唤着，石锤也在其中。渊明在伢仔们的簇拥下，进了家门，只见蕙兰准备了一桌菜肴，酒也斟满了，正笑盈盈地恭候着她的夫君和亲友们。渊明“携幼入室，有酒盈樽”。他向蕙兰满意地一笑，便招呼大家入席，饮酒。

酒席过后，渊明让叶舟明天一早船发武昌，去吊唁渊秀。叶舟应承，敬远也要去，渊明让他回家安顿一下。随即敬远、叶舟告辞。

夜，蕙兰打来热水，让渊明洗漱。渊明边洗边等着蕙兰埋怨。因为自己没有实现蕙兰在彭泽任上做到百天，还清岳母欠粮的愿望，挨几句埋怨怕是在所难免。然而，渊明等着等着，直到入了梦乡，也没听到蕙兰不满的声音，他是低估了自家夫人的胸襟了。其实蕙兰这一夜晚睡早起，没少操劳。

渊明用完早膳，敬远、叶舟先后到了，一行人准备出门。这时蕙兰从后厨取出用竹筒、陶罐装着的熟菜，还有甜糯香软的糍粑，外带一坛米酒，让他们带在船上吃。渊明昨夜也隐约感觉夫人在忙碌，原来是为他们出行做准备。他让敬远、叶舟提菜、拎粑，自己则抱起一坛酒道：“还是夫人想得周全，走了。”蕙兰走上前，叮嘱道：“到了武昌，记得帮我给妹子多烧些纸，多送些钱，嫂子不能去，心意要到。”说着，眼圈红了。渊明点头，一行人告辞而去。

二

船行数日后，到了武昌码头。渊明上了岸，眼前又浮现出当年来武昌的情景：渊秀张开手臂，快活得像鸟儿张开双翅一样，迎上前来，兄妹俩紧紧相拥。可如今，码头上空荡荡的。一阵风扫向渊明脸上，把衣带也刮了起来，灰沙蔽天。那阵风停着不去，在渊明身旁打着旋，卷起一道灰沙柱，枯叶败草全舞动起来。盘旋了好一会，一转眼间，旋风顿息。再一细辨，风旋处，正是当年他与渊秀兄妹相见的方位，渊明甚感惊异。转而心生悲凉。

“哥。”程文江来了，一脸悲戚。

渊明看到了渊秀时，她平静得像睡熟了一样。可这不是妹子的性格，亲人从家乡来，她应该高兴，应该快乐，应该像小鸟似的叽喳不停。渊明记起上次来时，妹子看到家乡土产，端起这坛闻闻，又捧起那罐尝尝，像个伢仔似的爱不释手。那不停地发问，那深切的思乡之情，渊明记忆犹新。可就这短短的五六年时间，怎么就——想到此，渊明的泪水夺眶而出，“妹子，哥看你来了……”可任凭你千呼万唤，她已无声无息。渊秀走了，她这么年轻，就离开了这个世界，她一定有许多割舍不下的情愫。渊明看到年幼的外甥、外甥女，做母亲的最舍不得的当是她的儿女。然而，无情的病魔，还是将她们母子拆散，阴阳两隔，就像当年思获……渊明悲恸地哀叹道：“寻念平昔，触事未远，书疏犹存，遗孤满眼。如何一往，终天不返！寂寂高堂，何时复践？藐藐孤女，曷依曷恃？……”

渊明想到渊秀从小到大，经历过长辈们先后离世的生离死别，经历过兄妹俩相依相助的患难深情，而如今刚有起色，病魔又夺去了她鲜活的生命。命运对这位弱女子有失公平，甚至太过无情。渊明不忍心这位善良的妹子就这样无声无息地逝去，就在渊秀去世十八个月后，渊明按服丧的礼制祭奠渊秀时，写了《祭程氏妹文》。文中赞美了小妹的品行，追忆了兄妹之情，表达了亲人对渊秀的怀念。渊秀天上有知，一定会心怀感激。

三

渊明一行返回栗里时，秋粮已近成熟。下半年风调雨顺，秋粮收成较好。佃客们交来的田租，除去赋税，还清了岳母家的欠粮，余下的粮食足以接上明年的春收。这些天，全家人忙着储粮，沉浸在丰收的喜悦之中。特别是蕙兰，不欠娘家的粮了，说话的声音都响亮了。渊明看到蕙兰兴致勃勃，不知劳累的样子，心情轻松而快乐。

谷场上的事忙完了，渊明回到家中，一进门，眼前一亮：那插在陶瓷罐里、竹笔筒里的菊花；攒在紫藤吊篮里的菊花；斜探出酒壶口的菊花；陪着杯盏静卧着的菊花……放与未放，半放与盛放，千姿百态的菊花，全在渊明的眼睛里大放异彩。蕙兰走了进来，朝渊明微微一笑，渊明意识到，这一定是蕙兰的杰作。蕙兰走向后厨时，渊明看到她的发髻上满缀着鲜活跳跃的菊花。啊！这是菊花的季节。渊明原本爱菊，自思获托梦，说她是天上御花园中菊花仙子，渊明对菊便更加情有独钟。渊明走出家门，东篱下，菊圃里，霭霭的淡烟笼着菊花。他沿着山路的花影，一步一步向山上走来。

那南山上下金黄的菊花漫山遍野，目不暇接。此时的渊明全身心沉浸在花海之中。他纵览之后，便动手采菊，坐下来，观赏品味。再后来，他索性仰卧在花丛里，任花香阵阵，任百鸟争鸣，任白云悠悠，任南山青青……这就是自然，是他的钟爱。此时，他再也不须经受“密网裁而鱼骇，宏罗制而鸟惊”

的噩梦。他已完完全全以自由之身融入大自然中。一股灵动油然而生，“结庐在人境，而无车马喧。问君何能尔，心远地自偏。”他又将手里的菊花闻了闻，而眼睛里呈现出南山的倩影，好诗句脱口而出。“采菊东篱下，悠然见南山。”这里的“悠然”，是一颗经受磨难与束缚的心的深深的释然。此时南山上下秋山秋景，在夕阳下风韵万千，而使这一景色活泼而又空灵的是无数归鸟，欢跳雀跃，百啭和鸣。“山气日夕佳，飞鸟相与还。”这一幅幅美景，渊明见过不止一次，但从未有过今天的感受，这才是渊明真心向往的生活，今天终于如愿以偿，渊明感慨地吟出诗的最后两句：“此中有真意，欲辨已忘言。”这种大自然的真意，只可意会，不可言传。各人的生活境遇不同，对其真意的体味有别。而经历过坎坷的陶渊明，对真意一定有更深切的情结。这是一首在自然中自然流露的诗作，是诗人的得意之作。山野里，花海中，回荡起渊明朗朗的吟诗声。这首诗很快就在文友间传开了。

渊明辞归后的两年间，年年丰产，衣食无忧。在《归去来辞》中，他写道：“引壶觞以自酌，眄庭柯以怡颜。倚南窗以寄傲，审容膝之易安。”“悦亲戚之情话，乐琴书以消忧。”“登东皋以舒啸，临清流而赋诗。”当然，让他完全没有郁闷也不可能，因为他原本是有理想有抱负的，只是因为残酷的现实，将这一切全击碎了。这是他无法释怀的遗憾，是心灵深处的隐痛。为了排遣心中的不快，他常常孤身一人，游走在山水之间，感叹于孤松之下。“云无心以出岫，鸟倦飞而知还。景翳翳以将入，抚孤松而盘桓。”文中“景翳翳以将入”“帝乡不可期”等句，又怎知不是作者对当时朝政江河日下的失望与哀叹。文章最后以“聊乘化以归尽，乐夫天命复奚疑！”结束全篇。渊明乘化归尽、乐天知命的人生观，有些消极，也有些伤感。这也是在有所为而不能为的压抑中，一种自我安慰吧。

这年春夏时节，一天，渊明又一首诗成。蕙兰取过诗稿，默念了一遍，被诗中的情景感染，忍不住吟诵起其中的诗句：“方宅十余亩，草屋八九间。榆柳荫后檐，桃李罗堂前。暧暧远人村，依依墟里烟。狗吠深巷中，鸡鸣桑树颠……”蕙兰停下了，她沉浸在如画的诗意中……少顷，她激动地言道：“平日里忙忙碌碌，对周围的景物看惯了，对生活也麻木了。夫君这首诗，让我突然感觉到，我竟然生活在这样如诗如画的美景中。草屋、田地、树木、村庄，还有炊烟，甚至鸡鸣狗吠，被夫君写入诗中，竟是这样生动传神。这生活一下子变得有滋有味起来，这就是诗歌的神奇，更是诗人，我夫君的神奇！”蕙兰说着将诗稿拥入胸前。

屋外一阵女伢仔的笑声，打断了渊明夫妻的诗兴。蕙兰来到南窗，向屋外张望，只见五柳树下的石桌旁，俨儿在习字，一位姑娘在一侧开怀地笑。俨儿被这一笑，显得有些不自在。他瞧了她一眼，莫名其妙，转而，又全神贯注地练起字来。渊明认出来了，这是张野的女儿张婉。他刚要起身出门，被蕙兰一把拉住，她示意他别出声，她要听听这两个伢仔说些什么。渊明无奈，坐至一旁观书。

“谁的帖？这样用功。”张婉翻转陶俨面前的书帖，“呀！王羲之书的《乐毅论》，你是从哪儿得到的？”“先生给我的！”“先生偏心，为什么给你不给我？我找他去。”俨儿见张姑娘要走，急忙起身拦着。陶俨、张婉同拜殷之为师。陶俨想，张婉真要去问，不是让先生为难吗？“不去也行，你先让给我。”“答应你！”陶俨息事宁人地说道。张婉一笑，便坐了下来。她翻阅书帖，侧转脸问陶俨道：“哎，怎么不摹《兰亭序》，要摹《乐毅论》呢?”陶俨正色道：“乐毅为燕国功臣，被人离间，逃奔赵国。但他始终忠于燕国，绝不做助赵攻燕的不义之事，我敬佩乐毅忠心为国的人品。”陶俨说着，从张婉手中取过书帖，翻了几页道：“文章措词委婉含蓄，语意恳切真挚，感情忧愤深沉。我欣赏作者的文采。加上王羲之先生俊逸的书体。这书贴，有忠良、有文采、有妙笔，真乃珠联璧合，相得益彰。”看着有些激动的陶俨，张婉也为之激动起来。转而，她默默起身，歉疚道：“我夺人之爱，是不是有些不厚道?”“不，不，言重了。”陶俨说话时有些口吃。张婉见其着急的模样，莞尔一笑，突然她灵机一动，提出了一个怪问题，“陶俨，羲之先生喜欢鹅，你喜欢什么?”“我也喜欢鹅。”陶俨不假思索地言道。“那我什么时候给你送一只来。”“不是一只，是两只，是一对。”陶俨更正张婉的错误。“是一对?我知道是一对。这不有了一只?”张婉戏谑地笑道。“有了一只?在哪呐?”陶俨环顾。“别找了，就是你这只呆头鹅!”姑娘又一次开怀的笑声，在春风里回荡。

蕙兰离开南窗，兴奋地来到渊明身边，压低声音道：“咱家俨儿和张婉姑娘好上了。”渊明抬起头，将书放回案上，埋怨道：“你这做长辈的偷听伢仔们说话，多不合适。”“我是顺风耳呀？这么远我能听清他们说什么?”“那你怎么知道他俩好上了?”“我听不见他们说话，可我看得见他们的情态。”渊明摆了摆手，“好啦，别瞎猜了，还都是伢仔。”“这你就不懂了，感情的事，崽伢仔懂得迟，女伢仔懂得早。我看出来了，张家姑娘那笑，那看俨儿的眼神都含着情。你就等着当公公吧!”蕙兰乐滋滋说笑着。“就你懂!”说这话时，渊明表面上不动声色，心里却甜丝丝的。

“陶叔，陶叔在家吗?”张姑娘口里喊着，脚已跨进门来。

渊明答应着走出厢房。蕙兰也随后出来，“是张婉姑娘，快坐，坐。”蕙兰满面春风地招呼这位不一般的客人。她端上茶水，还找出一些年后存在瓷罐里的米糖、花生之类。她是要让张姑娘不但对俨儿好，对这个家、对自己这位未来的婆婆也有个好印象。渊明看着有些热情过分的蕙兰，心中暗笑。

张姑娘被这一番热情款待，弄得不好意思，红扑扑的脸上，沁出细汗，尽管如此，心里却暖暖的。少顷，她想起到陶家要说的事，“陶叔，通之叔、殷之、荀之先生都在我家。我爹让我请您过去，说想聚聚。”“好，我这就去。蕙兰，我去张兄家了。”渊明说着就要走，他瞟了张姑娘一眼，原本以为她会与自己同路回家，可姑娘此时一点走的意思都没有。也许渊明的一个眼神使姑娘察觉出什么，她忙着起身，“叔，我陪您一起走。”好机灵的姑娘，渊明心想。“别走！婶中午给你做好吃的。”蕙兰拉住姑娘的手，也没怎么使劲，张姑娘便顺水推舟，“听说婶做得一手好菜，我正想学学。”渊明笑道：“你在这儿玩，我去跟你爹娘说。”“谢谢陶叔!”姑娘说完，欢快地与蕙兰走向后厨。看着俩人的背影，渊明感到蕙兰厢房的一番话，或许不是空穴来风。

四

张野这些年，州举秀才、南中郎、府功曹州治中，征拜散骑常侍，俱不就。不过近来他与东林寺慧远法师交往频繁。荀之在浔阳郡一大户家任教，不常回家。倒是通之这位老书办，做得长了，人也油了，常是忙里偷闲。

渊明到了张家，大家起身让座。张夫人奉上茶，渊明说了张姑娘不回的事，张夫人笑着埋怨道："这丫头，心野。一玩起来，家也不回了。"通之接着笑道："该不是不回娘家，要找婆家啰！"大家哄然而笑。"男大当婚，女大当嫁，这也是迟早的事。"张夫人爽快地回道，她让大家喝茶，自己去了后厨。

大家聊起了朝廷的事，这两年朝政倒也安稳，百姓过了两年太平日子。可大家口里不说，心里明白，这平静的表面却有暗流涌动，一旦泛滥，将成灭顶之灾。然而这也是不可抗逆之事，顺其自然吧。当聊到各人的生活时，张野发问："咱在座的，谁的日子最悠闲？"大家茫然。"当属渊明。"张野自问自答。"何以见得？"渊明想听听张野的下文。"从你的诗文中体味出来的。"张野这一说，大家点头。"渊明啊，我后悔呀！"张野拍着大腿道。"后悔？你悔之何来？"通之被张野说糊涂了。"想当年，我真该应召出仕，经历一番风雨，也许我也会有一篇《归去来辞》，也会有一首'采菊东篱下，悠然见南山'的好诗呀！"大家被张野的风趣话，和一副佯为悔意的神态逗乐了。不过，聊起渊明的诗文，大家是赞不绝口。渊明摆了摆手，"即兴之作，不值一提。"

殷之道："渊明兄的《归去来辞》我反复读过多遍，语言清新朴实，感情真挚自然，风格平淡而激荡，与你的人品、个性、情操相交融。这可是一篇久违的佳作啊。我已列为教材，为学子们必修课目。"荀之接着说道："我在浔阳城任家教，看过不少当今名家的诗作，如谢灵运、颜延之的诗文。谢灵运的'池塘生春草''山水含清晖'等都是佳句，可谢诗往往只给人一幅幅山水画。陶诗却在使人接触到画面的同时，而引到一种境界中去，如'采菊东篱下，悠然见南山'，其格调之高，意境之远，耐人寻味!""谢、颜年轻，大有作为呀!"渊明仍是他那种低调风格。"年轻不年轻暂且不论。就这'名利'二字，有谁如你渊明这般悟得透啊!"通之道，"我不善诗，但我知道，利欲熏心，难得佳品。"通之的话里，暗指谢灵运。"通之兄说到一个'悟'字，远公也道渊明这'悟'字，常人难比。"张野提高了声调，"你们知道慧远法师看了渊明的诗文是如何说的吗?"大家屏气静听。"四个字'百年一见'。"张野说时，竖起了拇指。"精辟，精辟!"大家称道。

菜齐了，众人入席。酒过三巡，张野说起东林寺远公欲结天下贤才，创办白莲社一事，特致书邀请渊明加入。他说着取出书信递与渊明。渊明看罢，没有作答。好一会儿，张野忍不住了，"哎，渊明兄弟，好歹你总得发句话吧，我也好回报远公。"此时，渊明想了许多，当年去桓玄帐下，因远公与桓玄有隙，他未与远公告辞便往，本想远公会有埋怨，当母亲去世时，远公亲自为母亲超度，可见自己是以小人之心度君子之腹了。这一次结莲社，远公又如此盛情邀请，足见这份情谊不薄。正因如此，渊明为难了，不加入拂了远公的情面，是否会又一次影响感情；加入吧，渊明实在不愿受此约束，何况自己的一些想法与之有别。他该怎样做才能既不有违远公的好意，又不委屈自己呢？又是一个两难选择。在没拿出主意之前，他是无法向张野表白的。“来，饮酒!”渊明向等待自己回话的张野举起了酒杯。就在饮酒的一瞬间，渊明脑子一闪，想到了一个托词，他放下酒杯，笑道：“若许饮酒，我就去!”明知道，佛门净地，他的这一要求绝无被应允的可能，他也就自然被排除在莲社之外，正好遂了心愿。其实渊明这句难人的话中已有了回绝的意思，可张野没听出来，兴奋地说道：“不就是饮酒吗？我一定实言相告。干!”

傍晚，渊明回到家中，见石锤从浔阳城买回了一套锤子、錾子等石匠工具。石锤说他爷爷是石匠，年少时爷爷教过他，他不想丢了这门手艺，渊明夫妻当然赞许。

几天后，张野拜会渊明，郑重递上远公亲书的邀请渊明入社的信函，信中特有“许饮之”字样，可见慧远对渊明的器重与厚待。慧远法师是位有道高僧，他结白莲社，对入社之人择求甚严。谢灵运才学为江左之冠，闻白莲社事，亲往庐山，拜会慧远，并出资在东林寺神殿后挖了两个池子，种植白莲，以表诚意。然后按照社规请求加入白莲社。尽管如此，远公因他生性奢豪，恃才傲物，且心地杂驳，难得诚心皈依佛门而拒绝了他。远公对陶渊明和谢灵运这一请一拒，使得渊明再无言推辞了。

五

白莲社结社典礼的这天，渊明起了个早。用过早膳，换上早年思荻缝制的那件长衫，他便启程赶往东林寺。栗里距东林寺十余里路程，待渊明赶到时，太阳已爬上山头。远远地只见东林寺前，人流如梭。渊明走入寺院大门，穿过人群，来到大雄宝殿。这里的香客进进出出，川流不息。大殿内香火缭绕。那些在佛像前，虔诚跪拜的信徒们，神情庄重，毕恭毕敬，生怕有一丝差池，招来佛祖怪罪似的。再看那尊尊大佛，高高盘坐，神态端庄慈祥，体态丰满匀称，渊明不禁为艺术匠师的想象力与创造力而赞叹。不过，这大佛能否保佑众生，特别是能否保佑那些为恶不善之徒，只有天知道。

通过一道幽径，渊明来到大殿后院，院中的樟树亭亭如盖，树下一群人正在闲聊，小和尚则忙着端茶递水。大家一见渊明，纷纷起身见礼。渊明回礼。寒暄过后，大家落座。渊明认出在座的有：南阳张野、雁门周续之、彭城刘程之、南阳宗炳、豫章雷次宗、南阳张诠等人。还有几位面生，这些人当为社中十八贤了。“陶公，今日莲社庆典，贤才会聚，这也算得匡庐一大盛事啊!”刘程之品着茶，得意地说道。刘程之就是当年劝阻渊明出仕，自己却出任柴桑令的那位，不过，他这位县令在位也不长。这些往事渊明并未计较，还与他有些诗歌唱和赠答。只是近年来他潜心事佛，过往渐疏。“这里有程之兄之功啊!”渊明笑道。“我更正一下，刘知县、刘大人，他已不名刘程之，改为刘遗民了。”周续之说这话时有调笑之意。“刘遗民?”渊明颇感疑惑。“因仕途不顺，心里不平，自谓是被遗弃之民，故为刘遗民。”周续之解释道。众人听闻纷纷就此谈笑。刘遗民忙换了话题，“今日名山盛会，陶公一来，这‘浔阳三隐’可就齐了。”“浔阳三隐?”有人不知所指。“陶渊明、周续之、刘遗民，世称‘浔阳三隐’。”张野大着嗓门说道。众人又一番议论。“陶公，你入莲社，远公特许你饮酒，在座的你是唯独一人哪!”周续之露出羡慕的神情。可他哪里知道，渊明是盛情难却不得已啊。说话间，钟声响起，人们骚动起来，香客信徒们开始进入大殿，庆典法会就要开始了。

“陶公，我们也进去吧!”刘遗民饮尽杯中茶水，站起了身。渊明口里应承，身子却没挪动。他看着一个个迈入大殿的脚步，心里忐忑不安。他这一步到底是迈，还是不迈？他的思绪在矛盾中反复拉扯。突然，他头脑冷静下来，他向自己发问道：你能丧失自然任真的本性，众人合一地坐禅念佛吗？答案是否定的；你对佛教到了顶礼膜拜，五体投地的信仰程度吗？答案更是否定的。渊明一攒眉头，责怪起自己：那你还在这里凑什么热闹？难道你刚出了一只樊笼，又要将自己关进另一只笼子里？想到此，他果断起身向寺外走去。“陶公，你走岔了!”刘遗民忙赶上前招呼。“我想起一事，要赶回家去，抱歉。”渊明拱手告辞。“不是……你有什么急事？要走，也得用过午斋。要不，与远公会个面再走?”刘遗民有些急了。“远公忙，改日再来拜访。”渊明说着，从侧门快步走出。

渊明即将跨出寺院大门时，停下了脚步。赶上今天的法事盛典，来了就走，也不观赏一番，岂不可惜。于是他又折了回来，夹杂在大殿外围观的人群之中。

大殿内，僧侣、社友、信众排列有序，静候着正座上的佛教领袖登位。一会，鼓乐齐鸣，内里走出了小和尚，一样身高，一样体姿。他们手持一对对白玉柄麈尾，一对对紫丝布巾，一对对黄铜唾盂，在前面引导着。接着是一排排年轻俊美的小和尚出场。这一群走完归位，鼓乐大震，慧远法师一身新装，神采奕奕，缓步登上大殿宝座。落座时，他转身一个撩袍，气度潇洒，落落大方，引来一阵赞叹。

法会正式开始：僧徒们奉诵《无量寿佛经》，一阵齐整的诵经，悠扬而浑厚，在东林寺上空传响。刘遗民高声诵读着他自己作的“发愿文”，抑扬顿挫，声情并茂。诵读完毕。轮到社友、信徒、香客向大法师行跪拜大礼。一排排井然有序，动作整齐。渊明想，不是自己走得快，这会儿也正在信众中撅着屁股跪拜呐。他看着张野、周续之、刘遗民那班人，平时连朝廷都不臣服，可在远公面前一个个服服帖帖，五体投地。难道他们在祈盼因果循环，轮回来世？难道真会有因果循环，轮回来世？能降伏这般人，慧远法师真是法力无边哪！想到此，渊明不由得一笑。

渊明走出人群，出了寺院大门，满目青山绿水，鸟语花香。他深深吸了一口新鲜空气，顿感神清气爽。在回家的路上，渊明想，远公如果知道他不辞而别，会怎样呢？他自己该怎样解释呢？

当晚，张野来到渊明家，一进门便滔滔不绝地盛赞白天的法事，赞远公的那一撩袍的绝伦。转而说到渊明，张野有些埋怨的神情，“中午，远公为你备了好酒，却寻不见人。再一问，走了。”“远公怪罪了吧？”渊明心怀歉意。他知道是自己碍于情面，反反复复，出尔反尔，就是远公怪罪，他也认了。“你说呢？”张野故意反问。渊明摇了摇头，“不知道。”“质性自然，违己交病，真渊明也！”张野学着慧远的神态，继续道：“无缘佛门，可为方外友，忘年交啊！”“这是远公说的？”渊明惊喜地问。“字字属实。”张野说完，端起茶杯，呷了一口。“好一位宽厚的长者！”渊明钦敬地感叹道。

六

好光景不可能年年有。渊明归隐的第三年，老天变脸了，伏旱连秋旱，秋旱接冬旱，坡地秋粮颗粒无收。溪塘干涸，河水断流，冬种无法播种。种田人心焦啊，巴望老天能下点雨。可日复一日，天是那样的蓝，日光是那样的明媚。热气在地面上跳着舞，人们被热浪扬尘熏得昏沉沉的，只能望天长叹。

没有粮，就要挨饿。就这样，赋税仍不减免。脆弱的农家如何经得起这天灾人祸的双重祸害，不少人背井离乡，谋求生路去了。

渊明家的日子艰难起来。佃客们自顾不暇，无粮交租。朝廷的差官天天逼税。蕙兰无奈，只好又回娘家借粮。因为有借有还，再借还是借到了。其实蕙兰娘家的收成也不好，还是挤出了几袋粮食，让蕙兰拉了回来。一家人总算能熬过一段时光。

一年多来，石锤除了挑水、打柴，做家中的杂活外，一有空闲就磨炼他的石匠手艺，山村不愁石材，遍山都是。近来乡邻们不知怎么知道的，常有人请他凿个猪槽，錾个石磨什么的。渐渐的周边村庄也有人来请。这伢仔实诚，他把做活挣来的钱，全交给了蕙兰，巧媳妇可为有米之炊了。石锤还有想法，近来常让俨儿教他识字。还将俨儿练过字的废纸展开，剪下上面的字样，贴在石板上，用笔摹下，然后用錾子凿。他怕惊动家人，便搬到稍远的柴房里，一个人埋头琢磨。后来他干脆将铺盖也搬进了柴房。

灾荒年景，蕙兰操持一大家人的生活，实在不易。从娘家借来的粮得省着吃，石锤给的钱得省着用。怎么挨，也要渡过春荒。于是，一有空，她就去挖野菜，采山果，只要能充饥的，她都要。她把这些留给自己吃，粮食省给渊明和伢仔们吃。就这，她还没日没夜地纺纱织布。渊明曾感叹道："家贫有贤妻啊！"

初春的一天，蕙兰回到家，放下采来的野芹菜。她来到渊明书房，兴奋道："夫君哪，你先歇歇，我带你去开开眼。"说着她拉起渊明出了门。他们翻过一个小山包，来到湖边岸滩上，立即被一片绿油油的菜地吸引。"多好的葵菜呀！"蕙兰羡慕道，"这葵菜，一年能种三次，每次可采好几遍菜叶，可比我挖野菜强百倍。这葵菜不但能为菜，和米一起煮也能当饭。有剩余的，咱还能拿到街市上卖，多好的营生啊！"蕙兰露出难得的笑容。"嗯！"渊明点头。"这地方，有湖水，旱不着。你看那边有块荒地，咱开出来种葵菜，怎样？"蕙兰的目光已盯上了那块地。"好倒是好，可咱不会种啊！"渊明面有难色。"你知这块葵菜是谁种的吗？""谁？""河林啊！咱让他教教我们，他能不教？""这倒是！"渊明听说河林，心里有底。"好，说干就干，来。"蕙兰将渊明带到那片荒地上，"你在这等着，我回家取农具去。""我和你一起取去。"渊明也要走，蕙兰一把拦住，"你把这片地看好了！"蕙兰那神情，就像这地有谁要来与她争抢似的。看着蕙兰风风火火地走去，渊明苦笑道："守土有责哟！"

开荒种葵菜，成了全家人第一要紧的事。两天后，荒地开出来了，渊明让俨儿去请河林。河林来了，还带来一位种葵菜行家田春。俩人到来二话没说，操起农具就干了起来。他们将地开出长十二尺、宽六尺的畦。田春说，开出菜畦，方便浇水施肥，摘菜也便利。他嫌地是生荒地，要是在头一年秋天开垦出来，更出菜。他与河林将土层又挖深了一些。渊明蕙兰石锤陶俨也一起动手，将地又深挖一遍。田春与河林又用熟粪和松软的土壤混和，覆盖在菜畦面上。田春让石锤去挑粪肥，俨儿也一起挑，肥来了，田春嫌少。河林让石锤跟他回去，把自家肥料挑了过来，田春这才点点头。他们用铁齿耙把泥土耙得均匀细熟，又用脚把畦面踏实踩平。该灌水了，伢仔们挑来湖水，浇在地里。待水完全渗透，该播种了。田春取过种子，放一粒在口里一咬，说行，便将种子播撒在菜畦里。他说，种子一定要晒干，不干的种子长出的苗会生瘢，长的菜不肥嫩。播完种子，田春又将留下的熟粪和的泥土覆盖在种子上面。田春还对渊明说，葵菜长出三片叶再浇水，浇水只在早晚，中午不要浇。每摘菜叶一次，就要松土、灌水、施肥。摘叶一定要等到露水干。河林接上了话，俗话说：露未干不摘葵菜，日正中不剪韭菜。八月半，把葵菜主茎剪去，能萌蘖肥嫩的秋葵，到收获时，长到平人膝盖，茎和叶都好吃，菜能成倍地多收。河林平日话不多，说到本行，也是一套一套的。田春说他会常来看看。河林说，两家地挨地，他会尽心。

渊明边打下手边默记种葵菜的要领。他想，关乎衣食民生的真知，书本里找不到，全在田父们的心里装着呐。看着已播下希望种子的菜地，渊明感激道："多谢二位指教，二位受累了。""何谈指教，陶公是有大学问的人，能为陶公做点事，累也高兴！"田春抹了把脸上的汗水，笑道。"田春，你不是有事相求陶公吗？"河林提醒道。"这……"田春似乎难于启口。"什么事？只要我能做的，一定尽力。"渊明说得爽快。"陶公，我伢仔想拜您为师，不知您是否愿意?”说这话时，田春涨红了脸。渊明一听这事，犹豫了，少顷问道：“我能当先生?”田春、河林皆点头。渊明却摇头，“我这人不善时务，只怕会误人子弟。”“陶公为官清明，为人坦荡，有口皆碑!”田春说的是本心话。“咱庄稼人背后都说您好!”河林也冒了一句。“好，这个先生我当了!”渊明应承道。“陶公，”河林有话要说，“我兄弟河柳的伢仔也想拜您为师，托我说，我到您家门前去了几回，开不了口。今日正巧，说到话路上了。您收了田春伢仔，要不，河柳伢仔您也收下吧。这一头牛是放，两头牛也是放!”“谁伢仔是牛?”田春嚷了起来，引来哄然笑声。

七

葵菜伴着陶家挨过了饥荒。一场春雨，酣畅及时。乡邻们纷纷返回。田野里，人们开始了春耕大忙，他们起早贪黑，播种插秧。

春的清晨，气候凉爽，露珠点点，天空没有一丝云彩。只有浮现出火红色曙光的东方，拥集着黎明前的暗红色的云块，这云块不断地红起来，渐渐染遍了天际。渊明蕙兰正在田里插秧。手把青秧的渊明一路插到了田头，他直起身子，看着经过自己的双手劳作而披上了绿装的田园，心里欢畅。他走上田埂，放眼一望，一块一块的田地，高的低的，大块的，小块的，有的已经变绿，有的正在一点点变绿。这春的美景全是自然形成的吗？不，这里有庄稼人的辛劳与汗水，是他们为大地带来了勃勃生机。是他们用双手为大自然的春天添色加彩。“平畴交远风，良苗亦怀新，虽未量岁功，即事多所欣。”渊明吟诵着新诗，沉浸在这春光无限的绿野之中。

“起火啦！陶家起火啦！”山头上有人喊叫。“快救火呀，陶家失火啦！”这是女人尖厉的声音。渊明陡然回过神来，此时蕙兰已上了田埂，惊慌失措地向家里奔去。失火，怎么可能？渊明边跑边想。一上山丘，渊明傻眼了，自家的房屋浓烟滚滚，烈焰腾腾。此时的渊明心在突突地跳动，眼睛昏花，头脑混乱……他的两腿发软，已无法奔跑，只能拼命向前挪动。蕙兰没命地呼喊狂奔，她的头发散乱了，在风中乱舞，此时她什么也不顾，直奔火场而去。她整个人都要疯了。突然她脚下一绊，结结实实摔了个嘴啃泥，她挣扎着爬起来，瘸着腿，继续向家赶。

一到家，蕙兰见几个伢仔都好，心放下了一半。突然她想起什么，不要命地冲进屋内。随后赶着过来的渊明，边急步行走边拼命摆手，他想阻止，他想喊叫，可此时的他上气不接下气，心里火急火燎，哪里还喊得出来。石锤紧跟着冲进了屋子，俨儿也冲了进去。几个小伢仔，妈呀、哥呀的哭喊着，好不凄惨。渊明拖着沉重的脚步赶到了。此时东边的屋子一阵哗啦啦响动，屋顶烧塌了。这边的屋顶也啪啪作响。“蕙兰，你们快出来呀！”渊明嘶哑的嗓子在竭力地呼唤。乡邻们陆续赶来，通之、张野、殷之、荀之也赶来了，他们纷纷提水救火，可一点也不能阻止火势的蔓延。渊明急得几乎要哭出声来，他想冲进去，却怎么也抬不动腿。这时，只见一个矫捷的身影冲进屋内——叶舟！渊明心里升起一线希望，他瞪大了眼睛望着那满是烟雾的大门。一会儿，叶舟背着蕙兰冲了出来，石锤、俨儿紧随其后，抢出了渊明的那件长衫和其他衣物。当两个伢仔跨出门槛的一瞬间，“轰”的一声，屋顶塌了。渊明手抚胸前，松了口大气，他感激地拥抱着叶舟。随即，他又来到蕙兰伢仔们面前，见无大碍，心疼地责备蕙兰道：“什么东西这样金贵，你命都能不要?”蕙兰没回话，取出怀中的布包，露出了笑容。渊明打开布包，展现在面前的是自己的诗稿。他颤巍巍地捧起写满诗文的纸笺，一下子抛撒空中。他动情地看着蕙兰和伢仔们说道：“没有夫人，没了伢仔，我要这些诗文何用?!”听到这话，蕙兰感到：死也值了。她赶忙俯下身子，将诗稿一张一张捡了起来。

全山村的人都来救火，然而风急火猛，盆端桶提来的水，无法阻止肆虐的火舌，从一间屋子无情地贪馋地舔向另一间屋。直到将所有的屋子吞噬，再也无处伸展了，这才停了下来，贪婪地把所有财物消化干净。这位火魔心满意足了，这才慢慢隐身而去。“林室顿烧燔”“一宅无遗宇”渊明在遇火一诗中描述了过火后的惨状，所幸家人安好，这使得渊明蕙兰深感宽慰。一家人看着那“榆柳荫后檐，桃李罗堂前”的宅第，转眼之间，成了一片焦土，残垣断壁，满目疮痍，个个哀叹，含泪无语。

火熄灭了，人们叹息着离去。好友们说了些安慰的话，也走了。渊明坐在烧焦的屋前，望着袅袅的余烟，心绪也渐渐平静下来。他的脑海里有一个疑问，这好好的怎么会起火呢？蕙兰说灶塘里的火全压盖好了，伢仔们都说未玩过火。渊明感到蹊跷，他站起身，满腹狐疑地绕着宅基地仔细察看。走了一圈，又走了一圈，他甚至来到屋子的四周巡查，未发现任何可疑的痕迹。难道是天火，是老天为难我陶渊明？连几间简陋的安身之所，也要收了去？他仰望苍天，百思不得其解。

傍晚，朋友乡邻纷纷邀请渊明一家去自家安歇。不愿过多麻烦众人的渊明，一一谢绝。可如何过夜，渊明夫妻也没想好。虽说已是初夏，夜里仍有凉意。露天过夜，大人还好说，伢仔如何受得。茂水有个主意，他家有条旧舫舟，是他爹早年跑货运用的，他爹去世后，一直闲搁着。舫舟上能住人，搭上棚席还能遮风蔽雨。大家齐声称好，不由渊明表白，跟着茂水去了。不一会儿，随着嗨哟、嗨哟的号子声，舫舟抬来了，就安放在五柳树下。大家七手八脚将舫舟摆平垫稳，铺上船板，搭上芦棚，叶舟又送来铺盖，还拎了一些菜粑。安置妥当了，大家才安心离去。"给大家添麻烦了。""让大家受累了！"这大忙季节，乡邻们丢下农活，为渊明一家劳神费力，怎不叫渊明夫妻心怀感激。

月上南山，亭亭清寂，伢仔们睡了，渊明蕙兰向着月亮，毫无睡意。他们在盘算往后的日子。"舫舟上不是久留之处，要不，搬到我娘家去?"蕙兰试探地问。"不去!"渊明一口回绝。"我知道，你不愿见我娘，可为了伢仔，咱做大人的就要将就些。"蕙兰劝慰着。"要去你们去，我就住在这舫舟上，自在!""这是什么话？把你一个人扔在这儿，我们能过得安心吗?""蕙兰你想啊，当初我辞归，你娘都冷言冷语的。今天沦落到这步境地，我去了你娘家，还能有安生日子过吗?"蕙兰觉得渊明说的也是实情，没有再坚持。可不去娘家，又该去哪儿？好不容易渡过旱灾，却又遇上火灾。一大家人，没着没落，该如何度日，蕙兰真的犯难了。

"贞刚自有质，玉石乃非坚。"渊明轻声吟道。他是吟给蕙兰听，更是吟给自己听。辞归之时，他也预想到来日的生活不会一帆风顺，却没想到灾难连连。特别是这场大火，将祖上传下的家产毁了个干净。这飞来的横祸，让他猝不及防。如今一家人无处安身。他感到自己真的落到了投靠无门、山穷水尽的田地。这人，活在这人世间，怎么这么难哪！但是，他的内心提醒自己，他要挺住。他知道，作为一家之主，此时绝不能倒下。他又想起母亲，和她“要硬着头皮站起来，迎上去”的话语，让他振奋。适才，他是在用自己的诗激励自己，他要让灾难、让逆境，来磨炼自己比玉石还要坚贞刚直的品质。

次日晌午，敬远、叶舟来了。敬远挑来一担米。一放下担子，他就来到烧毁的宅基边，感叹道：“烧得如此干净，真乃水火无情哪！”少顷，他对兄嫂说：“我娘听说家中遇火，急得一夜未合眼，今儿一大早就拄着拐杖出门，东家借，西家赊，凑了这些米，让我赶紧送来。半路上遇到叶舟哥，帮我挑了一程。”患难见真情啊！家叔前年去世，婶娘也病倒了，经郎中诊治，虽有好转，已大不如从前，腿脚不灵便了。就这样她还拄着拐杖，走东家去西家，四处赊借。渊明俯下身子，捧起白花花的大米，眼圈红了。“哥，天无绝人之路，大难之后必有大福。”敬远劝慰道。“渊明兄，要不到我船上去散散心?”叶舟诚恳地邀请。“路上叶舟哥说了，他船上有酒有鱼。要不，咱再来一次‘重觞忽忘天’?”敬远说得俏皮，渊明“扑哧”笑了。蕙兰也劝渊明走动走动，舒缓一下。她还让夫君一定要替她敬叶舟兄弟一杯酒，感谢他舍命相救。既如此，渊明爽快地答应了。豁达开朗的陶渊明，又有了“风飘飘而吹衣”的神韵。

八

空旷的野外，飘散着青禾的香浪，使人畅快而神怡。太阳遍洒着金色的辉光，野地上蒙蒙地升起了蒸气。一株孤零零的合欢树，正沐浴在灿烂的阳光里。它长得枝繁叶茂，从青翠欲滴的树叶间，披露出娇嫩的黄绿色花朵，开得正盛。蜂群在树巅上嗡嗡嘤嘤地唱个不停。

渊明一行来到湖边，那里又是一派风景，水洼里丛生芦苇、水草。成群结队的红翅膀蜻蜓在苇尖、草叶上时起时落，任意飞停。而隐藏深处的红脖水鸡儿，啼唱的声音宛转动听，它的窝搭在擦着水皮儿的芦苇下段，一听见声响，就扑扑地从窝里钻进水里，好一会儿才露出头来，警惕地四下里看……渊明在苇丛边颇有兴趣地观赏了一会儿。他看到那水鸟、那蜻蜓恐慌不安的神态，知道自己并不受欢迎，甚至被误解了，便知趣地走开。他可不想因为自己的存在，而使这些精灵们不自在；更不想被它们误认为自己是执罗网的加害者，而惊扰它们安适的生活。淡蓝色湖上，有几点轻舟，后面拖着一道道正在消逝的波痕，湖水静止地、光润地、舒缓地敞开胸怀，等待着一行不俗的来客。

渊明、敬远先后上了船，叶舟起锚，推开船头，就在船头凭惯性自行离岸时，叶舟轻捷地腾身一跃，站到了船上。随后他操起撑篙，将渔舟向湖中心撑去。离岸边越远，湖面愈显开阔，湖水愈加澄碧。此时，平湖外的远山近景尽收眼底，一只水鸟从不远处的水中伸出头来，惊异地张望着这几位不速之客，感觉倒也友善。那神情像在说，哪来的？没见过，惹得渊明开怀而笑。他不由得赞叹道："好景致!"哗啦啦一阵响动，叶舟在水深处抛下了铁锚。

时已近午。叶舟来到鱼舱前，提出一条活蹦乱跳的大鲤鱼，就在船头剖切洗净。然后他来到后舱，将切好的鱼块放入铁炉子上的大锅里，满登登的一大锅。他放些盐，加上姜、蒜等调料，再舀上湖水倒进锅里，盖上锅盖，便点火加柴。不多会儿，锅内受热而沸腾，叶舟揭开锅盖，一阵鲜香扑鼻而来。他吹着蒸气，用勺子撇去汤面上的浮沫，待有浮沫漂起，再次去除。浮沫带走杂质和鱼腥气，鱼汤呈现出清亮之色。叶舟让炉中的柴燃尽，再添加少量枯枝，细火慢煨。汤越熬越白，味越煨越浓，直到汤色变成乳白，一锅正品的湖水煮湖鱼做成了。炉中保留余火，锅里的鱼，鲜香美味仍在飘散，这确实很诱惑人。渊明、敬远没等到叶舟招呼，便围坐锅前，提箸品尝，同声叫好。叶舟取出大碗，为两位斟上自酿的绿酒。他们大口吃湖鱼，大碗喝绿酒，什么人世间的烦恼，全抛到了九霄云外。

"兄弟，你还有烹饪的绝活儿，以前没见你亮过。"渊明赞叹道。"成年走东奔西，没工夫，也没心情。"叶舟擦去了脸上的汗水，说道，"再说湖水煮湖鱼，得有好鱼好水。""鱼还分什么好坏?"敬远笑问。"当然!"说到本行，叶舟来了兴趣，"就说这鲤鱼，得这个季节吃。俗话说：春鲶夏鲤。这个季节鲤鱼肥嫩，就是好鱼。早了，鱼刚产卵，瘦弱；迟了，一腔鱼籽，肉少。""嗯。"敬远点头，又问道："那好水呢?""就要这湖中心清澈的湖水，才能炖出清亮的汤汁。""你这好鱼好水都有了，可你还缺一好哇。"渊明接着叶舟的话，幽默地说道。"还缺一好?"叶舟怔住了。"好兄弟!"渊明说着，筷子一点。叶舟顿悟道："对呀，没有好兄弟品尝，再好的湖水煮湖鱼也是白搭呀!"三人欢笑。"兄弟，我先代你嫂子敬你一碗，感谢你舍身相救。"渊明双手举酒，一饮而尽。"让我喝我就喝，别说敬，我受不起。再说，嫂子有危险，自家兄弟能不出手?"叶舟说完，也喝了个干净。渊明站起身，脱去外衣，端起酒坛，要为叶舟斟酒。叶舟忙接过坛子，将渊明与自己的酒碗斟满。叶舟又敬了敬远一碗，敬远酒量小，劝了几回还剩了半碗。"你别劝他，他没酒量，让他多吃点湖鱼吧。"渊明说着又端起酒碗，"叶舟兄弟，你多年来风里浪里地为我奔走，谢谢，谢谢啦!"话音刚落，渊明又将一碗酒饮下。"喝，我喝。不过，要说谢，该由我说。这些年你陶公关照我，厚待我，不小瞧我，我叶舟高攀啦!"叶舟说着端起酒碗就要喝，被渊明拦住，"什么，什么，不小瞧?高攀?这话味儿不对呀!""嘿嘿。"叶舟憨憨一笑，"我说的是实在话，你是读书人，我是打鱼人。咱们称兄道弟的，我可不高攀了?""叶舟哥，咱们的兄弟之情，可是真真的!"敬远认真道。

渊明放下酒碗，沉默片刻后说道："叶舟，你记得吗?十年前规林遇风，险些翻船。你比我水性好，是你用一根绳子将我俩的命运拴在了一起。那一刻，我打内心就认下了你这位兄弟，生死兄弟!那根绳我一直留着，这次被火烧毁了。可这件事永远铭记在我心里。是的，我们没有血缘关系，这又何妨?'落地为兄弟，何必骨肉亲。'什么读书人打鱼人，我们都是真诚的人，有一份患难真情!"一番话说得叶舟眼圈湿润了，"喝!"他举起酒碗。"慢!"渊明阻止道，"如今我又落难了，该不是叶舟兄弟嫌弃了，故意说反话。果真如此，请将船拢岸，渊明不拖累兄弟。"

“你……你把我叶舟当什么人了?”叶舟被渊明说得脸都涨红了，他一仰头，一碗酒喝得一滴不剩。“我建议，咱三人喝一碗兄弟同心酒!”敬远说着举起酒碗，见只有半碗酒，主动斟满。三人端起斟满的酒碗，清脆的一声碰响，一口气全干了。随之湖面上荡起一阵笑声。

锅里的鱼汤快熬干了，叶舟顺手舀起一瓢湖水兑上，他向炉子里又添了一些枯柴。一会儿，锅里的鱼汤又沸腾起来。就这样，他们喝着吃着，锅里的鱼汤干了加，加了又干。碗里的绿酒斟了干，干了又斟。谁也记不清喝了多少酒，加了多少汤。酒饮干了，鱼吃完了，汤喝光了。三个人便躺在船板上，无拘无束，仰天舒啸。湖中的鸟群，起起落落，又惊又奇，跟着一起喧闹。终于，他们喊累了，释放了，轻松了，舒缓了……

“哥，打算何处安家?”仰卧着的叶舟偏向渊明问道。“不知道……”渊明含混地回答。“到我家去呀!”敬远说道，“娘特地嘱咐我接你们回家。”“婶娘的好心我领了。”渊明心感温暖，“你家屋子不宽裕，你一家大人伢仔住着都嫌挤。我这一家七八口人再一去，能容得下吗?再说，人一多，婶娘更要费心了，她还有病在身呐!”敬远无语。

一阵沉寂。“哎，有个好去处，哥可愿往?”叶舟一下子坐了起来，兴致勃勃地问道。“好去处?这年月能有什么好去处。”渊明眯着眼睛叹息道。“有哇。我有个打鱼的兄弟，给我讲了一个去处。”叶舟绘声绘色地说了起来，“今年春上，他去武陵打鱼。晚上下了网，早起收网时，渔网不见了，他便顺流寻找。不知不觉来到一条山涧小河，只见河两岸桃树成行，桃花盛开。这兄弟很新奇，他离船上岸，沿着桃林往前走。一座山挡在面前，他见山中有条溶洞，便钻了进去，在黑暗的洞穴中，他向前摸索着行走，渐渐地，他看到了前面有光。等他一出洞口，眼前一亮，你们猜他看到了什么?”“看到了什么?”渊明、敬远先后起身，急切地想听下文。“平整的田地，整齐的房屋，男耕女织，老少欢颜。”“有这样的地方?”渊明很惊异。“是我那兄弟亲眼所见。”叶舟接着说，“见到生人，他们围了上来，问长问短，对外面的世事很想知道。一位老者说，他们的祖上为避秦时战乱而躲到此处。这里没有历书，不纪年月，也不知过了多少年，什么汉朝、魏晋一概不知。”“躲避战乱，来此绝境，可信。不问年月，不问世事，这岂不是神仙日子。”渊明感叹道。“那他们属于何地管辖，赋税交往何处?”敬远追问叶舟道。叶舟笑着摇摇头，“这是个官府不知的世外之地，无赋税，无战乱。过着自食其力、悠然自在的日子。”“好一个世外桃源。”敬远拍掌称奇。“桃花源，好地方!”渊明情不自禁地为之命名。“桃花源里的人可好客了，我那兄弟天天有人请，有酒有鸡，他都不想回家了。”叶舟说着，流露出欣羡的神情。

“桃花源无历书，有寒暑而无冬夏，有稼穑而无春秋，无战乱之忧，无王税之苦。叶舟哥，与你的那位兄弟说一声，把我带去。等我找到了，再回来接你们。”敬远恳求叶舟道。敬远想去桃花源，当年的思荻、桑落洲爷孙俩，苦命的芸芸众生，谁不想？这才是他们的安乐家园哪！渊明在憧憬着，他希望叶舟能答应敬远。他多么想去桃花源安家。“我那兄弟在桃花源里住了半月，想出来多邀些穷兄弟前往，可再想进去，怎么也找不到了。”一听叶舟这话，敬远泄了气，躺下了。“真有这样的去处，该多好哇!”渊明有些遗憾。他的情思久久地沉浸在美好的桃花源之中……

三人渐渐平静下来，夜幕徐徐降落。现实生活的阴影，又重新压抑在各自心头。敬远讲了一个辛酸的故事：就在去年大旱后，一位母亲无奈卖了女儿。母女临别时，母亲吟道：生汝如雏凤，年荒值几钱。此行须珍重，不比阿娘边。女儿卖到了远方，给母亲写了一封信，信中也是四句诗：挑灯含泪叠云笺，万里缄封寄可怜。为问生身亲阿母，卖儿还剩几多钱？敬远的故事，回应的是无奈的叹息。一对有文才的母女，竟落得如此凄凉。百姓的境遇还能好得了？“春蚕收长丝，秋熟靡王税。”“怡然有余乐，于何劳智慧！”渊明高声吟诵起来，敬远的故事让他又一次向往桃花源……而敬远，却在为现实的悲凉而伤感；又为桃花源的渺茫而沮丧。这人世间还有好的去处吗？在哪里？敬远的目光在长夜中寻觅。

月亮出来了，惨淡的月光照在人间。此时，叶舟的渔歌唱响：“蚕茧方成四月初哎，鸟儿早起巧相呼喂。谁知机杼声才息呀，已有王官来收租哟！秋风习习秋水凉哎，草木摇落露为霜喂。渔家备船又备网呀，差官催税又逼粮哟！”叶舟唱了一遍，敬远也跟着唱了起来。渊明没唱，他听着，默念着，直到梦乡。

天亮了，湖风微荡，浪花拍打船帮。在摇晃中，渊明醒来，敬远还在睡，想必昨夜唱累了。叶舟已将船上收拾干净，在备早膳。

“兄弟，你日观风景，夜卧摇篮，这日子……”“是不是可比羲皇上人？”叶舟接过渊明的话，俏皮地问。“不，可比桃花源人！”渊明更正。二人大笑。敬远醒了，迷迷瞪瞪跟着笑。“哥，喜欢船上的日子？”叶舟问。“飘飘西来风，悠悠东去云。好悠闲哪!”“哥，你此时居无定所，若喜欢，这船你住着!”叶舟认真地说道。“不可不可!”渊明连连摆手，“这可是你一家人的生计呀!”“这个你别担心，我爹在世时置了十几亩田地，收的粮食够一家人吃喝了。眼下湖里鱼少了，渔税又重；摆渡吧，都是些逃荒的人，咱不忍心收钱。这昼渡夜渔的营生，实在没法做了。哥呀，你就安安心心住着。”叶舟是真诚的。渊明还想推辞，叶舟学着渊明的模样吟诵道：“落地为兄弟，何必骨肉亲。”转而问渊明，“你真认我是兄弟不?”“当然真认，患难兄弟!”渊明激动地道。“搬来住。听兄弟的!”叶舟一锤定音。

渊明回到家，将叶舟的话说给蕙兰听。蕙兰犹豫道：“咱这一大家人，船上也住不下呀!”“搭草屋。”渊明已想好了。“可那儿前不靠村，后不靠店的……”蕙兰仍拿不定主意。“就是要前不靠村的好哇!”蕙兰迷蒙地望着说这话的渊明，她不明白好在哪里。渊明说起了缘由，“夫人你想啊，如今咱家这般光景，住在这舫舟上，乡邻们来来往往，低头不见抬头见，不帮不问过意不去。可咱老让乡邻们接济，咱们又怎能过意得去?这年月日子都艰难，我不想拖累大家。”“行，听夫君的!”蕙兰一说就通。

九

渊明搬家了。一家人在船上挤了一宿。第二天，渊明让石锤去请茂林等田父，来搭草屋。石锤应声而去，快步赶到茂林家门前。他见大门敞开，叫了几声，却无人答应，便走了进去。他听见后厨似有脚步声，便转向后厨，刚要开口，突然一位少女出现在面前。

这姑娘石锤没见过，苗条的身材，清秀的脸庞，喜乐的模样。同样，姑娘也没见过石锤。少男少女一谋面，俩人同时一愣神。少顷，石锤回过神来，心想，是我走错门了？茂林公家哪来的女伢仔。他尴尬一笑，回身要走。“你不是喊我姨夫吗？”姑娘开口相问。这姑娘声音甜甜的，真好听，这是石锤头一次听见如此动听的声音。他有些激动，心在咚咚地跳，他想走，可有一种神奇的感觉在吸引他，使他迈不动脚步。这样好看的姑娘，这样好听的声音，我为什么要躲着？石锤索性大大方方地停了下来，眼睛向那好看的脸庞大胆地看去。这一回，花一样的少女，在阳刚而含情的目光注视下，羞答答转向一侧。“茂林公是你姨夫？”石锤问道。姑娘一笑，点了点头。石锤今天才知道，茂林公有一位漂亮的外甥女。“你姨夫呢？”石锤就是想听姑娘开口说话。“他一早到街市卖草鞋去了。”“哦……”石锤发现这姑娘发出好听声音的嘴唇湿润而微红。两片嘴唇一张开，就能焕发出一个动人的微笑的光彩，使得她整个面容为之生动。“你有事？来，坐下说。”姑娘将凳子挪到石锤身边。石锤回过神来，他十分听话地坐了下来。“我给你泡茶去。”姑娘要去后厨。“不，我一会儿就走。”既如此，姑娘也坐了下来，“你还没说找我姨夫有啥事呐。”这时，石锤才想起此行的正事，“哦，家里要搭草屋，请茂林公去帮忙。”“家里？听你口音不像本地人哪？”姑娘忽闪着眼睛，疑惑地问道。“我是长安人。”“哎呀，我也是长安人哪！”姑娘见着老乡了，高兴地跳起来，“你是怎么来栗里的？”“说来话长，逃难来的。”石锤低沉地说道。“我也差不多。”姑娘受了石锤情绪感染，“我找了好多天，当我看见村口的那块刻着柴桑栗里的石碑，心里才踏实了。”石锤听说石碑，微微一笑。

良辰这会儿过得真快。石锤突然想到家人还等着，便起身告辞，“时候不早了，我该回去了。”“我送送你！”姑娘大方地跟着石锤出门。“别送了。”石锤红着脸又叮嘱道，“记得跟茂林公说一声！”说完，他心有不舍地看了姑娘一眼，转身跑去。姑娘突然想起什么，追着问：“你是谁家？”石锤边跑边回头，“陶家！”他的心情从未有今天这样的快乐与奔放。

石锤气喘吁吁赶到船边，渊明见他一个人回来，问他请的人呢，石锤说茂林公上街市卖草鞋去了。渊明埋怨道，没见到人，也不回来说一声。他问石锤这一上午上哪儿去了？石锤吞吞吐吐，说自己等茂林公回，这位诚实的伢仔，头一次说了谎话，脸上红红的。“你等到了？”渊明问。“没等到，我给他留话了。”石锤照实相告。“留话了？你茂林公单身一人，你怎么留话？”渊明追问着。“您别多问，明日茂林公一准来。”石锤感到，男女间的事，一时说不清，跑开了。“这伢仔今天怎么啦？”看着奔跑的石锤，渊明心中嘀咕着。

十

次日一早，茂林、茂水、河林、田春都来了，其中还有一位少女。他们带了工具，还装来一车搭屋的材料。渊明夫妻上前迎接，石锤也往前赶。姑娘一眼认出石锤，笑道：“小老乡，我信儿带到了吧。”石锤脸刷地红了，低头看了渊明一眼。渊明顿然明白，昨日上午，这伢仔是会这位漂亮老乡去了。茂林见众人都看着姑娘，笑道："这是我外甥女，叫燕灵，长安人。"渊明知道石锤也是长安人，这一对年轻老乡相遇，当别有一番情趣。"陶公，您看这草屋搭在何处?"茂林的问话打断了渊明的思绪，他征询茂林与另三位田父的建议。"您看那块高处如何?一来滤雨水，二来避洪水。"茂林指着来路的一块地方。"避洪水，陶公还能长住啊?"田春笑道。"这就要看你们屋子搭得如何，真要冬暖夏凉的，我住着就不走了!"渊明的话引来笑声。

大家一同向高地走去。"陶公，您记得咱们几个人为您搭过几次草屋吗?"茂林笑问。渊明想了想，说道："南山下开荒搭草棚一次，老母去世后搭孝棚一次，加上这一次，三次!"茂林点点头，道："俗话说，事不过三。再建房，陶公可要建青砖立柱的大瓦房啰。""到那时，我们一定出力。"田父们道。"托各位吉言，夫人啊，你就等着住大瓦房吧!"渊明风趣地对蕙兰说道。"我这位夫人，持家无方，家业破败，能住上简陋的草屋，就心满意足了。"蕙兰苦笑道。"陶夫人，俗话说，金盆打破，分量还在。你们陶家不是一般人家，您这位夫人也是大花轿迎娶的贤德夫人。别看眼下有些背时，在乡邻们心中，永远是响当当的。""是的。""是的。"众人赞同茂林的话。蕙兰心里涌起一股暖流，"我去为你们烧茶去。"

众人热火朝天地干起活来，干得最欢的要数石锤、燕灵。石锤抡锤，燕灵扶桩；石锤锯木，燕灵拉锯……俩人忙前忙后，形影不离。渊明回船边喝水，蕙兰碰碰渊明，"喂，看出点什么没?""看什么?"渊明佯装不知。"石锤和燕灵啊!"蕙兰急了。"石锤、燕灵干得好啊!"渊明喝了口茶水，悠然地说道。"什么干得好，我说他们俩有意思了!”“有意思，有什么意思?”渊明故意问。“我说你是真糊涂，还是装糊涂，他们俩好上了。”看着蕙兰神秘兮兮的样子，渊明哈哈大笑。

一连三天，燕灵天天来，两位年轻人日渐情深。下午，茂林走向船边，蕙兰忙递上茶水，茂林坐了下来。“茂林叔啊，你外甥女真勤快呀!”蕙兰话外有音。“勤劳人家的姑娘，能吃苦。”茂林照实说。“人喜乐，性格好!”蕙兰继续往话路上引。“唉!”茂林叹了口气，“可这姑娘身世苦啊!”此时渊明也走了过来，他喝了碗茶，坐到茂林身边。“噢?这姑娘也是苦伢仔?”蕙兰的神情是想听听燕灵身世。茂林述说起往事：“我那短命的老婆有个妹子，当年看中了一个货郎，生死要跟货郎走。那货郎是长安人，夫妻俩好不容易回到家，才过了一年，货郎不见了。有人看见，被抓了兵。我那妻妹正怀着伢仔，这不是塌天了吗?她拖着身孕到处打听，一点消息都没有。至此，生不见人，死不见尸。燕灵这女伢仔，在娘胎里就没了父亲。去年，守寡一生的妻妹病逝了，临终前，因燕家人死的死，逃的逃，没亲人了，她让外甥女来投奔我。我的日子你们也知道。怎么办?既然来了，就相依为命吧!”茂林无奈地叹息着。

“和石锤一样，都是苦命的伢仔!”蕙兰由燕灵想到石锤，深深地感叹道。“石锤命可好了，投到你们家，长本事了。”茂林的话音提高了。“是个勤快的伢仔。”蕙兰顺着茂林的话路，她想听听茂林对石锤的评说。“何止勤劳，这里灵慧着呢!”茂林的手指在自己的脑门儿边比画着。“是吗?这倒未看出来。”蕙兰等待茂林说下去。“就说这石匠手艺，那是无师自通啊!”渊明同意茂林此说，嗯了一声。“可要让手艺做出去，传开来，就得费一番心思了。你们知道石锤的名声是怎么打出去的吗?”渊明、蕙兰相视一望，摇了摇头。“不知你们看到没有，咱栗里路上那些沟沟缺缺全铺上了石板。乡邻们行路方便了，特别是老年人，雨雪天外出，再不会因沟缺而摔倒了。”“这是谁做的好事?”蕙兰问茂林。“是啊，乡邻们也好奇，是谁做的这增福添寿的好事呢?这人不但铺了石板桥，还在石板上刻出各种花纹，各式各样的花朵，可好看了。这是谁，心肠好，手艺还巧?”

茂林喝了口茶，继续津津乐道：“就在人们的猜想中、议论中，这好手艺，好名声就传开了。终于，人们知道了——石锤。是石锤一个人默默无闻干的。人们都赞叹他是做好事不留名氏的伢仔。这一来，他的名声更大了。”“噢!”渊明夫妻听着新奇。“你们再到村口看看，”茂林继续说着，“那里立了块碑石，上刻‘柴桑栗里’四个字，可工整了。我外甥女来时，见了这四个字，心里踏实了。这碑石，这刻字，都是石锤干的。我估摸这伢仔立碑，明里方便外人识路，心里还有一层：就是让人们知道，他不但能做粗活，也能出细工，能刻碑镂字。这石锤啊，平日不多话，心里道道儿可多呐!”茂林由衷地赞赏着。

渊明蕙兰听到茂林对石锤的夸赞，满心欢喜。“茂林叔啊，你如此看好石锤，给你当外甥女婿如何?”蕙兰直截了当地问道。“这……”茂林没想到蕙兰会突然提亲。“让两个苦伢仔在一起，能过上好日子。”渊明劝道。“我举双手赞同!”茂林答应了，转而又说道，“只是还得问燕灵。”“还用问，你看。”茂林顺着蕙兰的指向，只见燕灵正在为石锤抹去汗水……

草屋搭起来了。共三间，正堂迎客，右厢伢仔们住，左厢分前后两间，后为厨屋，前为膳房。渊明夫妻住船上。一家人安顿下来了，渊明、蕙兰很满意。田父们收拾工具准备离去，渊明夫妻要付工钱，还有材料钱，被强拒。渊明走近田春、河林，抱歉自己当先生的事，眼下这般光景，怕是兑不了现了。田春、河林十分体谅，心里却为伢仔叹惋，说往后好转，还要拜渊明为师。渊明应承。田父们告辞了，燕灵与石锤也依依惜别。

走出老远，茂林一跛一跛地又折了回来，他走到渊明蕙兰面前，从怀中取出一串钱，自责道："不是茂水提醒，差点忘了，这是我们几位租地的钱，你们收着。"说着就往渊明手里塞。渊明推了回去，"你们为我们家流汗出力从不收钱，这钱，我不能收!""庄稼人出点力气算不了什么。陶公啊，在往日，您不收，就不收了。如今您难，您再不收，我们心里能好受吗?"茂林说着转向蕙兰："陶夫人，您是当家的。有这钱，您这家会好当些，您收下!"他说完，不由分说塞在蕙兰手里，转身快步走去。蕙兰拿着钱，不知说什么。"这钱你怎么能收!"渊明低声埋怨道。"你没看见，是茂林叔强要给!"蕙兰申辩。"唉!"渊明闷闷不乐地转身上船去了。

十一

正如敬远劝慰的那样，天无绝人之路。夏粮获得了好收成，秋粮长势又好。那片葵菜地离草屋不远，渊明不耻下问，又在栽培中改进，已成了种葵菜行家。

这一天，渊明去街市卖葵菜，因菜色鲜嫩，很快售完，心里十分惬意。中午回家，他取出酒，自斟自饮，喝到尽兴时，诗兴有感而至，他吟诵道：

衰荣无定在，彼此更共之。

邵生瓜田中，宁似东陵时！

寒暑有代谢，人道每如兹。

达人解其会，逝将不复疑。

忽与一觞酒，日夕欢相持。

酒后，渊明独自出门，登上东皋。他已经很久没有亲近自然风光了。在山光水色之间，他放声长啸。那啸声与百鸟的和鸣融合一起，在山谷间回转。到后来，他累了，躺在一块平展的青石上，静静地聆听大自然中各种各样美妙的声音，他听到了秋虫唧唧，溪水潺潺……然而，当雷声滚滚时，渊明却没有听见，他睡熟了。

时过正午，西天边乌云涌起，不一会儿便把大半个天空遮得阴沉沉的。山风陡起，枝叶飞扬，闷雷声由远而近，一场暴雨就要降临。再看这位“醉仙”，仰卧于“醉石”上，袒胸露怀，鼾声大作。这时，身背石料的石锤从山上下来，老远地见“醉石”上躺着一个人，这是谁呢？他急步下山，终于看清了，是酣睡中的渊明叔。石锤赶紧卸下石料，走到“醉石”边，背起渊明，快步向山下走去。雨点打了下来。山路边有个草棚，石锤背渊明先进棚内避雨。一阵雷电过后，雨水噼噼啪啪地倾盆而下。

“嗯——”渊明被风雨雷电唤醒，睁眼一看，自己睡在石锤背上，便让石锤放下他。看着棚外的暴风雨，他似乎想起了之前的事，笑道：“石锤呀！你背我下山，可少背了一块好石料哇！”“千块万块石料，怎抵陶叔贵体！”石锤朴实的回话，引得渊明开怀大笑。石锤长大了，是位身强力壮的汉子，一位有情有意的男儿。如果当年未把这伢仔从彭泽带回来，如今还不知流落何方，变成啥人呢。想到此，渊明心感快慰。俗话说，男大当婚，女大当嫁。伢仔的终身大事可不能耽误了。“石锤，常与燕灵在一起吗?”渊明以长者的身份问道。“嗯。”石锤脸一红，点点头。“说到何时成亲了吗?”渊明和颜悦色又问。石锤摇了摇头，他何尝不想把心上人早日娶回来，可眼下，家里这么难，一家人住草屋，他可不忍心再添事。渊明似乎看出了石锤的心思，“是担心没新房吧?”石锤支吾着：“不。叔，咱们年轻，不急。过些年，家境好了，再成家不迟。”“瓜熟蒂落，水到渠成。这事不能耽搁，回去我就与你婶商量。”“不急，叔，真的不急。”，石锤的神情虽不情愿，心里却是一番甜滋味。不知何时，雨停了。俩人走出草棚，石锤要背着渊明，渊明要自己走。石锤搀扶着恩公，一路回家。

夜晚，渊明夫妻躺在船舱里，说起石锤的婚事。渊明问蕙兰有何打算。蕙兰说得干脆，只要两个年轻人愿意，就成亲。“那新房呢?”渊明问，“总不能搭草屋办喜事吧?”“这新房……”蕙兰为难了。“茂林叔倒是说过，他家有屋……”“不!”蕙兰打断渊明的话，“石锤从我们带回来的那一天起，就是我们陶家人。陶家艰难时，这伢仔可没少担当。挣来的辛苦钱，自己舍不得花一分一文，全补贴了家用。如今伢仔要成家了，咱们把他赶出门去，让这没爹没娘的伢仔，孤零零去当上门外甥女婿。这叫什么？叫倒插门！男人没有脸面，没有地位，在众人面前抬不起头来的。我可不忍心这样做。再说，乡邻们又会怎样看我们陶家。你这当家的岂不颜面扫地。”原本以为要费一番口舌说服蕙兰的渊明，没想到夫人竟是这样古道热肠。“那咱们……”渊明故意拉长话音，等待蕙兰接下文。“造新屋!”蕙兰不假思索地说道，

“再难，也要为两个苦伢仔建个新窝!”“好!”渊明回应。夫妻俩又将造屋的具体事宜商议妥当，直到深夜，才安心歇息。

十二

次日一早，渊明找来石锤，夫妻俩让石锤去一趟南山洼砖瓦窑场，订一批砖瓦。渊明把砖瓦的数量记在纸上，让石锤带着。石锤不接，他心里想，该不是要为他成家破费？于是，试探地问：“叔、婶，是家里要造屋啊?”“这是为你和燕灵造新房!”蕙兰慈爱地说道。“不，不。家里这样难，我昨日跟叔说了，我与燕灵的婚事，等些年再说。”石锤一听急了。“我们知道，你是个懂事的伢仔，体念家里的难处。可再难，也不能耽误你们的婚姻大事。好了，我们已商定了。按你陶叔说的去办吧!”蕙兰这番话，说得石锤眼圈都湿润了，他接过纸条，心存感激，转身而去。

石锤来到南山洼窑场，找到窑场主徐经，看起来倒也斯文的一个人。石锤说要订砖瓦，并递上纸条。徐经看着纸条上的字，辨别半晌，自言自语道：“像！像!”石锤莫名其妙地看着这位有些神经兮兮的窑主。好一会，徐窑主抬起眼看着石锤，然后慢条斯理地说道：“你就是陶渊明从彭泽带回的伢仔?”石锤一听这话阴阳怪气，没搭理他。“这陶渊明真会盘算哪，带回个伢仔，几年后成了壮劳力，听说你还会石匠手艺？这回他可就赚大了，赚大了!”石锤越听越不是滋味，他颇感疑惑，自己并未说是谁家，他怎么就知道是陶家呢？“这陶元亮的一笔字还这么清秀，只可惜，他如今穷困潦倒，空有其才哟!”徐经说着踱步窗前，很有些得意的神情。

徐经望了一眼窗外的远山，阴阴笑道：“想当年，我们同窗。他陶元亮可是先生的宠儿，占尽了风头。有一次先生把家长们请了去，看我们背诵《诗经》。他坐我前排，我们说好了，我背哪首，他就翻到哪首，我眼神好，能看清。事后我会重谢他。可到了临时，他不翻，急得我直冒汗。全学馆的人都在看我的笑话。他捉弄了我。我挨了先生的板子，回家又挨了父母的责打。他笑了，得意了，他一定嘲笑我蠢。可没想到的是，蠢人如今发财了。他这位贤才，沦落到无家可归。哈哈……”“我看陶叔做得对，不能合起伙来骗先生。再说，也为你能有真才实学不是。”石锤分辩道。“他丢了我父母的脸，伤了我自尊，还让我喜欢的姑娘从此再瞧不上我！现如今还当笑柄。”徐经忿忿道。这样的人还谈什么自尊？石锤懒得多说，办他要办的事，“徐窑主，你们长辈之间的那些事我不想知道，我订砖瓦的事，就这样说定了。”“慢!”徐经盘算片刻道：“你回去对陶元亮说，我们赌一把，年里还有两个月，他若造起新屋，我砖瓦白送，不要钱!”徐经料定陶家已一贫如洗，短期造不出屋来，“如期造不出，不但要付砖瓦钱”，徐经眼睛在石锤身上打量着，“小石匠，你还要给我打工一年。”徐经早想为父母竖一块气派的墓碑，可又舍不得花钱，此时正是机会。“这——”石锤没想到徐经会提出这样的怪条件。“小石匠，我知道你做不了主，我写个协议你带回去，他陶元亮同意就签个字。不同意，另找二家。”说着，自顾自地写了起来。他要借此机会，好好地耍弄一下当年的这位同窗，出一出憋在胸间多年的这口怨气。

渊明听了石锤的述说，看到徐经的协议，是又好气又好笑。他怎么也想不起来徐经所说的往事。如此小人，不必计较，就换一家吧！“不！”蕙兰不愿意，“他这是为富不仁，他瞧不起你陶渊明不说，还打石锤的主意。夫君，这协议你签了，我翟蕙兰就不信这个邪！”渊明觉得夫人说得有理。

砖瓦的事就这样落实了。接下来，石锤又奔向株家岭去订木料。

十三

株家岭的树木又粗又直，远近闻名，有钱人家盖高楼，无不来此山选料。山主宋才，家财万贯，可至今未娶媳妇，不知何故。石锤曾在这一带做手艺，听人提起过他。石锤到时，赶上宋山主刚卖完一批木材回来。石锤说明来意。“你谁家的？”宋才靠在躺椅上，问道。“陶家，陶渊明！”石锤说得清晰。宋才突然起身，“翟蕙兰是你什么人？”“是我婶娘！”“那你叫陶渊明叔了？”石锤点头。“今日到底找上门来了。”宋才嘀咕着。石锤被这一番问话弄懵了，不知后面又会出什么稀奇故事。“十年哪，整整十年哪！”宋才捶胸顿足，感伤不已。石锤怔怔地看着他。“陶渊明你夺人所爱！翟蕙兰你有眼无珠！”宋才突然吼叫起来。石锤又是一头雾水。“想当年，我与翟蕙兰街市相遇，我一眼相中了她。回去和我娘说，我娘随即请媒人上翟家说亲。翟家二老满口应承，她翟蕙兰虽不见我，可她也未回绝我呀！家里造新屋，做家具，备彩礼，就差没发请柬了。是他陶渊明横插一杠子，抢走了本该是我的媳妇。我娘一听媳妇成了陶家的，骂我无能不说，一气之下，她患上了气喘。至今一提娶媳妇就犯病。”宋才说到此处，自己也喘上了。石锤站立一旁，不知该说什么。心想，怎么尽遇上这些稀奇古怪的事，他无奈，转身要走。“等等!”宋才还有话说，“听说陶家遇了火，翟蕙兰跟陶渊明挤在一条破船上，是这样吗?”“那船不破!”石锤照实说。“她翟蕙兰放着富贵日子不过，要找穷酸文人。活该！都穷成这样了，还想造屋？有这能耐？这样，咱们签个协议，年里造起屋，我木料白送，不要钱。若造不起来，不但要给木料钱，翟蕙兰必须亲自来见我一面，我想问问她，我宋才哪一点比不过他陶渊明?”这算哪门子协议，石锤想走，宋才不让，只得看着他写完这份荒唐的协议。宋才把写好的协议塞在石锤手里，道：“小石匠，你回去把话带到，同意，签个字。不同意呢，我只有把这疑问带到棺材里去了。”说完，他面带愠色地走去。

石锤回到家，来到渊明蕙兰面前，半天张不开嘴。渊明反复寻问，石锤只得将协议递上，“我也说不清楚，那宋才要让婶子去见他，他有事要问。”“有事要问你婶子？问什么?”渊明追问着。石锤实在无法启口，“我不知道!”说完，他跑开了。

渊明茫然地望着石锤的背影，随即，看起了协议。他似懂非懂地看完后，脑子一热，突然质问蕙兰，“翟蕙兰，你与这宋才怎么回事?”“宋才?”蕙兰并无印象。“你与他都要成亲了，是我陶渊明抢夺人妻，泼皮无赖……你自己看!”渊明气愤地将协议扔给蕙兰。

蕙兰快速看了一遍协议，她想起来了，这位宋公子，似乎听爹娘提起过，她可没往心里去。多少年过去了，怎么又翻出来啦？她抬眼看见渊明气呼呼的样子，忍不住笑了起来，“想不到我翟蕙兰成家生子，半老徐娘，还有人思念着，难得，难得!”渊明一听这话更来气，“你让一个男人为了你，至今还打单身，你怎么笑得起来!”“他愿打单身，是他的事，与我何干?”蕙兰说着，拿起抹布，擦洗船板。

渊明看到蕙兰不温不火的样子，再看了看那份协议，总觉得蕙兰有什么事瞒着他。他瞪着眼睛看着蕙兰，越看越疑忌，他吼道：“翟蕙兰！你老实说，当年你是不是脚踏两只船!”“陶渊明！你就是个浑桶!”蕙兰火了，将抹布一摔，“是的，我就是脚踏两只船。不，我脚踏三只船、四只船。就是不该踏你陶渊明这只破船!”蕙兰说完，抹着泪，进了睡舱。睡舱里发出蕙兰委屈的哭声，渊明一下子震住了，呆呆地站在那里，不知所措。

太阳西斜，该做晚膳了，可蕙兰仍在睡舱里抽泣。此时，渊明已冷静下来。想自己也是个有度量之人，怎么就忍不住了呢?难道这就是所谓的“妒火中烧”，渊明自嘲地一笑。想当年，蕙兰违背父母的意愿，嫁到陶家；十多年来夫妻俩患难与共，她从无怨言；她喜欢渊明，更喜欢他的诗文，甚至不惜性命……想到此，渊明心里一软。翟蕙兰是一心一意跟自己过日子的贤妻，自己还无端猜疑，岂不伤人。渊明站起身，上了船，进了睡舱。他轻轻碰了碰背向里面的蕙兰，唤道：“夫人，别气了。你还生气，再骂我一通，什么浑桶、破船的都行。”“扑哧”一声，蕙兰笑了，她坐起身，面对渊明，柔声道：“夫君，我错了。我知道你心烦。我不该出口伤你。”渊明摇头，“我不怨你!”“夫君，我一辈子都是你陶家船上的人，咱们夫妻风雨同舟，没有过不去的险滩!”渊明拉住蕙兰的手，紧紧相握。

次日，按照宋才的协议，渊明签了字。

十四

如协议所订，进料的日子到了。徐经未失约，将砖瓦送到预定地点，他一见场地上冷冷清清，心中暗喜。徐经一行前脚运完，宋才的木料也到了。他一见场地上的砖瓦，有些纳闷，这陶渊明真有能耐造屋？他还存一线希望，有材料请不起工匠，白搭。他又想错了。乡邻们一听说陶家如此艰难，还要为石锤造屋娶亲，都说陶家仁厚；再说石锤，人品好、手艺高，在村里搭桥立碑不说，谁家有事都没少出力气。值此陶家建房，乡邻们不请自来。

初冬，天气变得一天比一天寒冷，新屋也一天比一天增高。最快活的莫过于石锤和燕灵，他们没日没夜地操劳，身上仿佛有使不完的力气。眼见一幢新屋就要落成。这天，徐经、宋才一同到来，见此场景，面面相觑。两个人嘀咕了一阵，悔不当初。他们不甘吃亏，一齐上前，要木料的要木料，退砖瓦的退砖瓦。石锤上前阻拦，也挡不住二人胡搅蛮缠。正在这时，陶渊明走了出来，笑道："想必二位就是徐窑主、宋山主了。""你是?"徐经、宋才打量渊明。"陶渊明，就是在协议中签字的一方。"渊明亮出手中的协议，"二位都是有身份的人，这样拉拉扯扯，有失体面吧?""我要退回我的砖瓦!"徐经说道。"木料我也要拉回去。"宋才跟着说道。"慢来慢来，按双方协定，陶家年内新屋建成，砖瓦、木料白送，不要钱。怎么说要回去就能要回去的?"渊明的问话绵里藏钉。"白纸黑字休想抵赖!""让他们到衙门说去。"

乡邻们纷纷不平。“这——”徐经、宋才自知理亏，有苦难言。“陶渊明！算你狠！”宋才吼了一句，转身要走，徐经也无奈而返。

“你们留步！”蕙兰走了出来，手里拿着两串钱。她来到徐经、宋才面前，正色道：“陶渊明虽然清贫，可他堂堂正正，一诺千金。你们谁能比得了？”说着，她将钱分别按到二人手上，“数数，都数清楚了，没让你们吃亏吧？”徐经、宋才拿了钱，脸上红一阵，白一阵，灰溜溜地离开了人群。

不多日，一栋新屋完工了。石锤、燕灵订下了成婚的日子。接亲那天，虽说俩家相隔不远，蕙兰还是备了一顶大花轿。如当年自己嫁到陶家时的大花轿一样，风光气派，够坐在花轿中的女人回味一辈子。乡邻们都来喝喜酒，送上一份礼品与祝福。石锤燕灵这对苦难的年轻人，做梦也没想到自己的婚礼会办得这样热闹、喜庆。夜晚，小夫妻俩在新房里，兴奋得久久不能入睡，那幸福，那甜蜜，流淌在二人的心窝窝里。后来，石锤才知道，为了他们的新房，为了他们的婚礼，陶叔陶婶变卖了十亩良田。陶家人如今还蜗居在草屋里，渔船上，却不惜变卖良田，为自己成亲造新屋。这是祖传的田产，陶家的命脉，叔婶竟然肯舍，这是何等深厚的情义啊！

十五

过年了。湖边草屋里的陶家并不冷清。初一一早，乡邻们便陆陆续续来到陶家拜年。渊明蕙兰忙着招呼客人。一拨走了，又来了一拨，轮了几拨人。近午时，通之、张野、殷之、荀之、叶舟来了，敬远也从南村赶来给哥嫂拜年。俨儿一大早去给婶婆拜年，也回来了。渊明夫妻问敬远婶娘可好，本要去给她老人家拜年，实在抽不开身，只有让俨儿去了。敬远说他娘好，他会回去转告哥嫂的问候。其实渊明、蕙兰心里还有个难言之隐，遇火后，岳父岳母一直未来过问，想必又生怨气了。他们俩也不好过去，欠娘家的粮备齐了，都没去归还，僵着呢。所以南村婶娘家他们不便去。蕙兰也知道，父母亲是想让她服个软，可她不愿。生就的性气，改不了。好友们到来，自然要欢饮一番。后厨，燕灵在忙饭菜，石锤打下手。蕙兰轻松了许多，只给客人端茶倒水。大家说笑时，她将敬远叫到里屋，询问她父母可好。敬远说好，今儿一早他还去给他们二老拜年呐。一听这话，蕙兰也就放心了。

席间，俨儿端菜上桌，放在了张野面前。通之笑道："俨儿这盘菜，不放在他爹面前，也不放在他先生面前，单单放在他张叔面前。这伢仔是不是有什么用意?""什么用意?"俨儿问。"这伢仔还会装，快去端一盘菜放在你先生面前。你的亲事，可少不了殷之先生说合呢!"通之继续说笑着。"不与你说。"俨儿含羞而去。大家一阵欢笑。

过去的一年收成较好，四方安宁。渊明家虽遇火灾，一家人不向厄运屈服，在困境中发愤；在众人相助下，渡过了难关。特别是成全了石锤、燕灵的婚姻大事。为此，渊明特举杯致谢。随后，好友们互致祝福，大家开怀畅饮，草屋内不时传出欢笑声。

客人们尽兴归去。渊明也有了几分醉意。微醺之中，他见到伢仔们都在玩耍，一时高兴，便风趣地调侃起来，他吟道："白发被两鬓，肌肤不复实。虽有五男儿，总不好纸笔。"他向着俨儿吟道："阿舒已二八，懒惰故无匹！""我还端菜了呐！"俨儿辩解。"也不知去帮帮你哥嫂！"渊明说着，又转向老二，"阿宣行志学，而不爱文术。""爹，这草屋，连睡觉都嫌挤，哪有习字的地方！"俟儿噘着嘴说。渊明付之一笑，轮到老三、老四了，渊明吟道："雍、端年十三，不识六与七。"份儿、佚儿不高兴了，佚儿道："爹，您说我们不识六与七，您的胡子我们都能数得清。""让我们数数。"份儿伸手来扯胡子，渊明让避开来。正巧靠近老小佟儿，他吟道："通子垂九龄，但觅梨与栗。"佟儿见爹说他，忙将手中栗子塞入他爹口中。渊明有滋有味地嚼了起来，最后他端起杯中酒，佯作无奈，叹道："天运苟如此，且进杯中物。"便一饮而尽。"爹，您不能这样耍笑我们！"伢仔们围住了渊明。

"好哇，笑我的伢仔无能耐。俨儿，学学你爹喝了酒的模样。"蕙兰从后厨过来，凑起了热闹。俨儿果然拿起酒杯，摇晃着学他爹捋着胡须，"但恨饮酒不得足哇！……"他又装出向众位作揖状，"但恨多谬误，君当恕醉人！"惹得一阵欢笑。渊明更是乐不可支，"这伢仔，你爹饮酒后有那么多礼吗？""也有无礼时。"蕙兰说着，学渊明醉态，挥挥手道："我醉了，要睡觉了。你可以走了！""夫人，这可是酒后真言。酒饮多了想睡觉，只得下逐客令了。"渊明无奈道。"那你也不能这样，"蕙兰作手背向外的连连挥手状，"你意思是快走，快走，是在赶客人出门。你想想，你在别人家做客饮酒，可有人这样赶过你？"渊明歪着头想了想，"没有，没有。哎呀！这是不是伤人自尊哪？哎呀——"渊明懊恼地一拍脑门子，"不成，止酒，止酒！""好了，好了，别再提止酒了，我这耳朵都听厌了！"蕙兰捂住耳朵道。"这一回是认真的，我的止酒诗都作好了。你们听着。”渊明有板有眼地吟诵起来：

居止次城邑，逍遥自闲止。

坐止高荫下，步止荜门里。

好味止园葵，大懽止稚子。

平生不止酒，止酒情无喜。

暮止不安寝，晨止不能起。

日日欲止之，营卫止不理。

徒知止不乐，未知止利己。

始觉止为善，今朝真止矣。

从此一止去，将止扶桑涘。

清颜止宿容，奚止千万祀。

“好！”蕙兰拍起手来，伢仔们也拍手叫好。“俨儿，走！”蕙兰召唤道。“上哪去？”渊明问。“夫君既已止酒，家中之酒，势必动摇夫君止酒的决心。我们去将所有酒都倒掉，断了夫君的念想！”蕙兰说着，要去搬酒坛子。“别！”渊明上前拦阻，“嘿嘿……我是止酒，可我想，为了庆贺止酒成功，我再痛饮一回！”“以饮酒庆止酒，亏你想得出来！伢仔们，把酒坛搬走。”蕙兰与伢仔们要上前搬坛子，渊明东阻西拦，屋子里一阵欢闹哄笑。

十六

门突然被推开了。门外站着一个人，顿时惊得屋内鸦雀无声，她不是别人，是翟母。“娘！”蕙兰上前叫道。“你还认得你这个娘?”翟母沉着脸，走进草屋，她环顾四周。“岳母，您坐!”渊明恭敬地让坐。“坐，这屋子有我坐的地方吗?”翟母冷冷地问，接着冷笑道：“真可谓不是一家人，不进一家门。就住着这破草屋，你们还乐得起来?”

翟母将就坐了下来，茶都没顾上喝，就指着渊明数落上了，“陶渊明哪陶渊明，人家当官发财，你当官发火。准是你在任上得罪了什么人，人家怀恨在心，这才烧了你的房屋!”是啊，渊明一直寻思遇火的原因，怎么没往这上面想呢?渊明想到当年任彭泽县令时，老县丞就是因得罪了豪门，自家房屋被人烧了。渊明目光一闪，眼前又出现了刘贯、柯泰咬牙切齿的神情。是他们，一定是他们!这帮坏东西!遭天谴的!渊明心里骂着，但只能骂一骂，出口气，却无可奈何。如老县丞所言，苦无证据。只有打落门牙往肚里咽，渊明叹了口气。

翟母又转向蕙兰，“翟蕙兰，爹娘把你养大，就是让你来和我们较劲的?我不来，你就不回去。多硬气。行，我认识你狠!”翟母说着抹起了眼泪。“我是想回去的，您看，欠家里的粮都备好了。可我担心，我这个家境，回去了，不是增添你们烦恼吗?”蕙兰噘嘴道。“谁说让你们还粮啦?哦，你们不回去，我们就不烦恼了?你也是几个伢仔的母亲了，怎么就不能将心比心呢?”

翟母边说边擦泪。她一抬眼，看见一旁愣怔着的外孙子们，忙走上前，一把搂在怀里，亲吻着、爱抚着……她心疼地念叨，“就住在这破地方，可苦了我心肝宝贝了。走，跟外婆回去。外公外婆把大屋子腾出来，让你们回家住。”翟母这话，实际上是说给渊明蕙兰听的。翟母起身向渊明蕙兰说道：“我带外孙们先回去，你爹在家做年饭，等着我们回家呢!”“婆啊！年饭该昨儿吃的。”俟儿说道。“你们回家了，家里才吃年饭。等你们团圆呐!”翟母含泪而笑。老人又嘱咐渊明蕙兰道：“你们把这边的事情安顿妥了就回去。没人吃了你们，听见没?”蕙兰抿嘴一笑，心里一暖，眼睛里却闪出泪花，她点头应承。

正月天，渊明夫妻接待了亲友往来，周全了人情礼节。这期间，翟母又托敬远带信催促。渊明原本有些犹豫，后来见岳父岳母真心实意，也就答应过去了。栗里是陶家的祖籍，一旦离去，实有不舍。可为了伢仔们能过得好些，舍不得也要舍了。石锤夫妻答应照管陶家的田地。俨儿说他要留下将学业完成，其实渊明夫妻心里明白，他是放不下张姑娘。石锤夫妻让俨儿搬到新屋去住，兄弟们在一起也好有个照应。这样渊明夫妻更放心了。渊明叮嘱俨儿，清明节记住去为先人们扫墓。不用明说，是让俨儿记住他的母亲。家里事安顿好了。渊明把叶舟请来，归还了渔舟，他请叶舟兄弟常去南村走走。

元宵节后，渊明夫妻与栗里的亲友乡邻依依惜别。此一去何时能回？能不能回？他们全然不知。

十七

南村，也是一个山清水秀的小村落。村后的丘陵纵横交错，层层叠叠。一条浅浅的山涧小河，涓涓流淌，汇入平湖之中。村子傍依平湖，湖面上，一只只微微抖动着白色翅膀的小船，在微风中游荡。那样子，看上去显得很轻盈，很纤弱，让人联想到随波逐流的浮萍。湖的对岸，便是古城浔阳。那树林掩映下的古建筑，依稀可见。浔阳的北侧，便是万里长江。

翟父翟母搬到另一处旧宅居住，宽大的房屋让给渊明蕙兰一家人。渊明觉得二老和蔼了许多，再无责难。老人们说想让外孙子去他们那里住，说上了年纪的人怕冷清。渊明蕙兰同声应许，身边只留下佟儿。老人们想得周全，已给外孙们找好了学馆，费用他们都交了。二老的转变，让渊明始料未及，他的心渐渐安稳下来。

住房的解决，只是有了一个遮风避雨的安身之所，并不是生存的全部。“人生归有道，衣食固其端。孰是都不营，而以求自安?”为了一家人穿衣吃饭，渊明承担起田间劳作。他“晨出肆微勤，日入负耒还”。翟家有五六十亩田地，由佃客耕种。二位老人把照管田园的事，全交给了渊明。渊明一方面要整体了解田地分布状况，另一方面对生产管理不当的佃客要督促提示。渊明对农活、手艺活，爱动手去做。在做的同时，细心去揣摩、去改进，总会得到更好的收效。这些年的亲自躬耕，渊明有过一些经验和教训，如肥田插的秧要稀，瘦田要密。稀多少，密多少，有些佃客掌握不好。渊明根据田块肥力与水源等不同情况，为他们作出示范，做到合理密植。正如他编的农谚所说：稀三担，密六箩，不稀不密六箩多。他的指导，使不少佃客看到了丰收的希望。渊明最擅长的还有种葵，他种的葵菜，一畦畦，一排排，嫩闪闪，鲜灵灵。谁路过他的菜园都要停下脚步，赞叹一番。

这天近午，渊明从园里摘了一篮子葵菜回到家中。蕙兰打来清水，渊明洗了脸冲了脚，便坐在屋檐下纳凉。一会儿，只见岳母提着两坛酒走了过来，“女婿呀，这是我新酿的绿酒，快来尝尝。”渊明赶忙起身，接下老人手中的酒坛，放在石桌上。随即拿起碗，舀出酒来，他先闻了闻酒的香气，连称好酒。他饮了一口，笑吟道：“盥濯息檐下，斗酒散襟颜。”翟母听到女婿的夸赞，看到女婿吟诗的神情，乐得合不拢嘴。

十八

渊明蕙兰搬去南村后，石锤常常一个人在遇火后的宅基前徘徊。这天，他又来到宅基前凝神思索，燕灵来了，让他回家用膳。叫了几声，石锤毫无反应，燕灵疑惑地走近前来。突然，石锤拳头一挥，自语道：“就这样干！”“石锤，你说什么呢？”燕灵忽闪着眼睛问道。“燕灵，为了我们成亲，陶叔陶婶变卖了田地，我要报答他们！”石锤激动地说道。“报答？”燕灵也是个知恩图报的人，只是不知石锤怎样报答。“对，我要在这里造新屋，迎接叔婶回栗里！”石锤挥舞着粗壮的手，口气坚定。“要造屋？”燕灵感觉石锤的想法不着边际，“咱哪有钱哪？”“没有钱，我有力气，有手艺。从明日起，我就上山背石料。上午背一块，下午背一块，一年就是七百余块，我背上三年，做墙的石料就够了。我帮人做工攒下的钱，买其他材料。三年后，这里就能建起新屋。陶叔陶婶能回栗里，住上了新屋，该有多高兴啊！”石锤说着，激动了，眼睛里含着晶莹的泪光。燕灵只知道自己的郎君诚实勤劳，没想到还是位有情有义、知恩图报的汉子，一股暖流涌上心头。她一把拉住石锤的手，一字一板地说道：“咱夫妻俩一块儿干！”

夏收过后，石锤与俨儿来到南村。石锤将栗里夏粮收获的账目明细交与蕙兰，并将秋种事宜一一相告。蕙兰看了账目，问了余粮储存情况，石锤说余粮存放在新屋阁楼上，干燥通风，万无一失。到时请人运来南村。蕙兰又问了栗里乡邻的一些事，嘱咐石锤、俨儿，乡邻们谁家有喜事，礼数一定要到。俩人记下了。石锤要说的事都说了，唯有造屋一事，他缄口不谈，他让俨儿也别说。他是一个不喜欢把好话说在前面的人。

午膳后，蕙兰将俨儿招到一边，问起他与张姑娘的感情事。俨儿笑而不答。蕙兰心里有了底，说要托媒人前去张家提亲。俨儿推辞，说自已年纪还小，学业上还想有些长进。蕙兰明白，伢仔是体谅家里的难处，是个知书达理的伢仔。可也是，现在成家，在哪里安家？蕙兰心疼这位没有亲娘的伢仔，可自己眼下还住在娘家，想成全他的亲事又无能为力。想到此，她心里沉甸甸的。

十九

第二年夏季的一天，通之来到南村。好友相见，渊明高兴，让蕙兰准备酒菜。通之说先别忙，他有事与渊明说，晋安郡南府长史掾很想结识渊明，几次请他引见，他都借故推脱。今天特请他前来相邀，因不知陶公意下如何，他本人不便贸然相见，此时在平湖边等候。渊明听了通之所言，有些埋怨地说道：“通之，咱们幼时相交，这几十年老友，我的性格你应该知道。既已归田，心远地偏，哪有闲心与官家来往。”通之见渊明脸色不快，叹息道："我也是被他说得无奈，才来找你。他说他是殷仲文的家门，往年老听殷仲文赞佩你。所以，多年来，渴望与你一见。既然不愿相见，我去回绝他就是。"通之说完，起身要走。"慢着!"渊明叫住通之，"你说他是殷仲文家门，此人姓甚名谁?""殷景仁。""殷景仁……"渊明默念道，"好像听仲文提起过，此人博学多才，为人正直。""行了，是我多事。我去回断他。"通之见渊明心有松动，故意说道。"通之，我没说你多事。"渊明劝慰着露出笑容。"口里没说，全写在脸上呐!"通之绷着脸道。"行了，是我不好，兄弟莫怪!"渊明拱手致歉。"那你倒是见不见?"通之笑问道。"见!"渊明应答干脆。"既如此，请动步吧!"通之催促起来。"这就走?""人家雇了条舫舟，准备请你日游山水，夜观浔阳，酒菜都备齐了。""好事啊!"渊明起身就走。蕙兰从后厨出来，见渊明通之要出门，问明去向，便让他们稍候。她端来清水，让渊明清洗干净，取出长衫、方巾、布鞋，让渊明换上，口中念叨道："短褐赤足就要去会朋友，还要逛游浔阳城，也不嫌寒酸。"穿上衣装，渊明看了看自己的装束，诙谐道："若是浔阳城老主顾，看见我这身穿着，一定会疑惑：这不是那卖菜的汉子？怎么假充起斯文来了!"三人大笑。渊明想邀敬远同往，蕙兰说他有事出门了。既如此，渊明也未多想。

殷景仁，较渊明年轻二十余岁，少有大成之量，渊明也想一睹风采。渊明通之来到平湖边，远远看见一条画舫泊岸停候，船边站着一人，正在向这边观望。想必是那人看到渊明通之的身影，快步迎了过来。两方走近，以礼相见。这殷景仁眉目清秀，素衫方巾，平常人家装束，不似一个官儿，斯斯文文的。其容颜举止颇似仲文，使渊明有了一种亲近感。景仁请二位登船。大家在船头甲板的椅子上坐定。景仁献茶，说了游览行程，渊明、通之均点头赞同。景仁吩咐船家起航。渊明通之虽说土生土长，可这般悠闲地乘坐画舫，周游于家乡的山水之间，还属初泛。

画舫的空间不大。内舱里有几件精致的家具，舱壁上挂了几幅字画。那淡蓝色的栏杆，空敞的舱，考究的字画，有一种小巧素雅的感觉。舱前甲板是出彩的地方，上面有弧形的顶篷。两边用疏疏的栏杆支起。里面放着靠椅，游人可以安坐品茶、饮酒、谈天。可以远眺前方，也可以顾盼两岸。舱前的顶篷周边，有灯彩悬挂，垂下的彩苏随着桨声的节奏悠悠舞动，姿态优美。

景仁摆上酒菜，他们边饮边看。平湖，一片平静的、深蓝的湖水，散发出一股水草的清香气。湖的南侧绵延着如黛的丘陵，可以一直望到远远的一带青山。几处炊烟升起，使静止的画面有了生气，一只鹳鸟从淡雾里飞过，在湖面画舫上空慢慢地盘旋飞绕，更添了一份灵动。画舫行至湖的上游，那靠北一侧，则是一望无际的荷荡。此时正是叶翠花红的时节，缕缕清香，随风扑面。湖面微波潋潋；波上绿叶田田。层层的叶子中间，出自污泥而不染的红白莲花，姿容万千，有袅娜地开着的，有青涩地打着朵儿的，卷舒开合任其自然。画舫移动时，一群白鹭腾空而起，飞向云端。随即，响起了采莲女子的歌声：移舟差差绿，风摇柄柄香。翠荷衬花艳，雨中遮鸳鸯……那方荷，那段香，那支歌渐行渐远，可渊明仍沉浸在家乡如诗如画的美景中。

画舫由平湖游至鹤问湖，这里是白鹤起舞的地方。相传这片湖的命名，与老太祖母湛太夫人的故事相关。渊明的情思又一次被牵动：曾祖陶侃早年孤贫，靠母亲湛太夫人织布为生。一日大雪，朋友范逵来访，陶家无钱款待，是老太祖母剪去秀发，换回酒菜待客。家中无草料，她又取出床上铺草，为客人喂马。天寒地冻，为使客人不受寒冷，母子俩不惜拆下楼板，为客人生火取暖。老太祖母的待客之道，感动了范逵。他想，有其母必有其子。后来在曾祖的仕途上，此人一力相助。曾祖为浔阳鱼梁吏时，送回一坛咸鱼孝敬母亲，老太祖母打听到这是公家之物，原封不动地退回，并致书斥责曾祖："你将公物孝敬我，不但不能让我欢喜，反而增加了我的忧虑!"正是老太祖母的谆谆教诲，成就了曾祖治国平天下的功业。

相传，老太祖母喜爱白鹤，她的晚年常来湖边与鹤相伴。一日，老太祖母到湖畔久久未回，曾祖得知，便到此寻母。他追随群鹤来到名谓卧牛岗之地，眼前的鹤群像迎接久别的亲人一样，翻飞起舞，欢闹鸣唱……在漫天白鹤的簇拥中，老太祖母微笑着走了出来。她慈祥地看着儿子，颔首吟咏："鹤鸣九皋，声闻于天!"这正是当年老太祖母激励曾祖奋发有为的诗句。转而，老夫人的身影渐渐隐没于群鹤之中。曾祖望鹤而拜，寻母问鹤，就此，鹤问湖得名。时近百年，这已成为民间美丽的传说，带有神话色彩。然而，老太祖母慈爱贤德，贫贱不移；春风化雨，教子有方的风范，将世代为人们所传颂。画舫行至卧牛岗，渊明端起酒杯，走向船头。鹤群飞舞欢唱。渊明双手将杯中酒高举过头，深深地鞠了一躬。然后，将酒敬洒湖中，向以鹤群为伴的老太祖母，致以陶家晚辈的诚挚敬意。

当画舫行进到九龙河时，已近黄昏。景仁又摆上酒菜，三人饮酒聊天。从《诗经》到《春秋》，从"建安风骨"到"竹林七贤"，景仁年轻博学，谈锋甚健。然而尽管已都在微醺之中，不便论及的话题，谁也不去触碰，如朝廷中事，如殷仲文遇害事……不能畅言，倒也尽兴。景仁多次举杯，对陶公人品诗文深表敬羡。渊明总是谦逊地微笑。

在夕阳已去，皎月方来的时候，他们开始领略那晃荡着月色的南门湖的滋味了。

夜暮垂垂而降，彩灯点起灯火。黄黄的光，朦朦胧胧地映入水面。黯黯的水波，一缕一缕的明漪由近而远，消失在薄霭的迷茫里。在这灯火月光的反晕下，看着圈圈荡开的彩色微漪，听着悠悠摇动的古拙桨声，渊明被这美妙而梦幻的情境所吸引。

初到南门湖的时候，天色还未断黑。那漾漾的柔波恬静委婉，倒映的楼台依稀可见，使人既有水阔天空之想，又憧憬夜浔阳的光彩华丽。坐在舱前，因了隆起的顶棚和上扬的船头，渊明仿佛总是有一种昂首向前的感觉，与他曾经飘飘然如御风而行的经历，形成共鸣。他有些激动地站了起来，向前走了几步，湖上晚风拂面，吹动长衫。他停下脚步，手扶栏杆，沐浴清风，观赏着浔城夜景。

此时，画舫已过南门湖，接近湖中的柳堤了。沿岸传来断续的歌声，只是些古奥的言语，从生涩的歌喉里发出来的，远不及叶舟的渔歌，听着自然舒畅，荡气回肠。然而此时你已无法拒绝，它随了微风的吹漾和水波的摇拂，袅娜着飘到渊明的耳旁。于是三人不得不被牵惹着、迷幻着，相与浮沉于歌声里了。

船过了柳堤拱桥，进入甘棠湖，浔阳城华丽夜景一览无余。早在秦代，浔阳便为海内三十六郡之一。历尽沧桑，几易其名。汉高祖六年，始名柴桑，晋并置浔阳。这里素以山清水秀，物阜民丰而著称，为古代四大米市三大茶市之一。从汉代名将灌婴筑城之日起，此城便与历史变迁、改朝换代密切相关。诸葛孔明赴柴桑舌战群儒，联吴抗曹；东吴大都督周瑜设台湖中，点将发兵，火烧赤壁……渊明、通之、景仁眺望古城名胜，追溯古城风云，那厚重而悲壮的历史，小小画舫如何承载得起呀?!

画舫靠岸，三人下了船，借着新生的晚凉和湖上的微风，暑气已渐渐消散。到了岸上，豁然开朗，身子顿然轻了。一阵习习的清风荏苒在面上、手上、衣上，这便又感到一缕新凉了。甘棠湖的水，冷冷地绿着。任你人影的幢幢，歌声的扰扰，它尽是这样静静的、冷冷的绿着。船夫让回头到这儿登船，便将船划到一旁，停下桨，抛下锚，由它荡着。他蹲在船头，点上烟，深深地吸了一口。他是看惯这光景的了，在他眼里，大约只是一个无可无不可，没什么兴奋的感觉。有的只是一天荡桨后的倦怠了。渊明则不然，夜逛浔阳城，他可是头一回，新鲜!

三人来到浔阳繁华之地，这里的湖中画舫穿梭，灯光交织。战乱时，这里几乎漆黑一片。这几年安宁了些，人们便又生出了闲情逸致，夜生活丰富了。处处都是歌声和凄厉的瑟声，圆润的喉咙，确乎很少。但那生涩的尖脆的调子，从粗率不拘这方面去感觉，也可快人之意。何况身处此境，也使听者无所适从，如随波逐流，随风而行。渊明在交会的音乐里，黄而昏的灯光下，感觉模模糊糊，渺渺茫茫。他想，难道这就是城里人的夜生活？他一点儿也不羡慕。就在这无乐无不乐的状态里，他们进入月色之下，灯光是浑的，月色是清的。在混沌的灯光里，渗入一派清辉，却真是新奇。眼前的夜景，改变了渊明的心境。月儿盈盈的上了柳梢头，在一汪水似的蓝天中，出落得水灵了。岸边有三株两株的垂柳树，淡淡的影子，在水里摇曳着。它们那柔细的枝条，浴着月光，交互地缠着，挽着，像出浴少女的秀发。而月儿偶尔也从枝叶交叉处偷偷现出脸庞，又似那小姑娘怕羞的模样。同为垂柳，自家门前的五柳树，此时却只能孤零零地面对空荡荡的月空，无人欣赏。自称五柳先生的渊明想到此，不免感伤。他想念那“榆柳荫后檐，桃李罗堂前”的栗里故居了。

三人继续前行，一股非常浓烈的香气直冲上来。抬眼一看，牌匾上写有“艳春楼”字样。四五个女人，脸上糊了一层白白的粉，两颧的胭脂和嘴上的口红像涂了血一样，眉毛与眼眶也淡淡地染上一些什么颜色。一见来人，全围上了。一位挺起丰满的胸脯，那张微胖而有点浮肿的脸上荡着媚颜的妓女，娇声柔语地向渊明靠了上来。渊明骤然紧张，一时手足无措。景仁上前解围，三人赶紧走开。“那女人好眼力，看中了渊明兄。”通之笑道。“谁知此人徒有其表，内里囊中羞涩，一文不名哪!”渊明此时也放松了。

三人说笑着又来到“招宝馆”前，几个壮汉拱手相请，眼露凶光。里面吆三喝四，乌烟瘴气，原来是个赌场。这时，只见几个黑衣汉子从里面拖出一个人来，到了门前，将那人腾空，一声滚蛋，那人被抛出门外，重重地摔在地上。其中一位黑衣人嘲笑道:“愿赌服输，无钱莫来!”渊明、通之、景仁见此情状，唯恐避之不及。“艳春楼”“招宝馆”这些诱人的地方，不知让多少人身败名裂，不知害得多少人倾家荡产，家破人亡。渊明暗自感叹。

歌伎馆前，景仁停下了脚步。他要请渊明通之听歌一曲，说京城来了一位名伎，艺名秋歌，自弹自唱，在下江一带颇有名气。今日来浔阳首场献艺，机会不容错过。既如此，渊明通之随景仁走入馆内。

馆厅内，长方的场子，许多说话声和脚步声。人们的脸上洋溢出期盼的神情。景仁引领渊明通之走到场子中间，在一四方桌旁坐下。伙计立即送上茶水，奉上干果。渊明看了一眼站立过道里的看客，都投过来羡慕的目光。他意识到，自己能坐下来品茶听歌，一定被人高看一等。只是让景仁多破费了。然而真正高人一等的，是坐在前排雅位正座的达官贵人。这会儿，有的道貌岸然，有的高视阔步，也有的酒意正浓，不拘形迹……

舞台上喧天的鼓乐奏响，场子里的嘈杂声静了下来。大幕开启，音乐舒缓地流出。一位女子从纱幕后面，盈盈地走了出来。她穿着一件银红薄纱衫，窄袖小领，紧紧地裹着上身，凸显出优美的线条。头上绾着堆云髻，耳边有一颗明珠，分外闪亮。广眉如黛，粉面朱唇，两腮还现出两片小小的酒窝。下身穿一袭水青长裙，直拖在台面的地板上。这模样，这装扮，这风采，很是养眼。她怀抱琵琶，来到台中，深深一礼，随后款款而坐，端上琵琶，调了调弦。正是这番举动，凝聚了全场的目光。

少顷，她举起右手，全场一片安静，哗然一响，五弦齐迸。如激流冲石，浪花飞溅。她弹了一个过门，音波渐渐平缓，不知不觉地就唱了起来，“涉江采芙蓉，兰泽多芳草”。歌声清朗，脉脉含情，又如长空百灵，鸣唱声在天际间回荡。转而却九曲三弯，跌宕顿挫，到了后半段，歌者的表情平和冷寂，指尖上的音韵，仿佛潺潺溪流，委婉绵长。“采之欲遗谁，所思在远道。”声音有点儿颤抖，凄怨哀愁尽含其中。波澜又起，琵琶急奏，犹如翠珠落盘，碎玉倾地，更显得情怀撩乱，百般难遣。“还顾望旧乡，长路漫浩浩。”歌声呜咽，素手慢捻，一唱三叹，再看那台上歌伎，晶晶泪水隐含眼眶，恰似雨中梨花，柔美皎洁。“同心而离居，忧伤以终老。”歌声忧戚悲叹，宛如千树万树的梨花，在风雨中，霎时已成残花败叶；朵朵梨花被无情地柔成无数残片，纷纷扬扬，随风飘落。歌声临终，哑涩低旋，那歌者的两行清泪，早已滴到襟前。歌声与琵琶声在绵绵无尽的情思中袅袅远去，余音渐绝……良久，人们回过神来，陡然间掌声雷动。一首情爱古诗，能被这位秋歌姑娘演唱弹奏得如此动听，全场观众无不感佩。

演唱中，渊明的心灵不时被触动，那采莲女子远离故乡的孤苦；那年轻恋人离别终老的忧伤，深深打动着他。特别是“同心而离居”的男女情思，更是引发了隐藏于渊明内心深处的哀痛。后面其他歌者的演唱，他已无心观赏。他又怀念思获了……

散场了。三人随着人流走出歌伎馆，通之景仁仍在谈论刚才的演唱，渊明却还沉浸其中。通之说，这秋歌真不愧江南名伎，唱得好，人也长得标致。不像那些妓女，妖冶弄姿的。景仁笑道：“值得一看吧?”通之点头。随后，他们谈论起歌艺艺人走南闯北的生涯，以及生存的不易。通之问景仁对歌伎与妓女这两行职业怎么看。景仁言道：“客人对于歌伎，应有尊重欣赏之心，不应轻贱地去听她们的歌艺。因为她们的演唱也是一种辛劳，一种创作。她们用自身的专长，和不一般的人生经历，以歌声、音乐声传出，让看客受到一种高雅的陶冶，一种情感的激荡，也将使人生有了一种新的体验，多少钱又能换得来?至于妓女，许多人虽说无奈，但她们是利用人的本能欲望来赚钱，也就不足挂齿了。”渊明听着景仁的这一番谈论，他颇有同感。他觉得景仁，人年轻，有见地。

三人重回画舫，唤醒了昏睡着的船夫。景仁又买来酒菜。他们饮着酒，离开嚣嚣的歌声人语。船里满载着各自不同的心情和怅惘。月下西山，黑幕降下，他们回望岸边一星两星的，枯燥无力又摇摇不定的灯光，默然以对。此时，新酒也似乎提振不起兴致。一切平静了，只听见那汩汩的桨声，他们几乎要入睡了，蒙眬里却温寻着适才的繁华余味。当三人梦醒的时候，新的一天开始了。

此后，一些爱好诗文的官员，慕名渡水，拜会渊明。他们或“奇文共欣赏，疑义相与析”，或“虚舟纵逸棹，回复遂无穷”。这期间，渊明与他们有些诗文上的唱和，如《五月旦作和戴主簿》等。第二年春，殷景仁调离浔阳，东去京城赴任。朝廷准备兵发南燕，官吏调任频繁，渊明、景仁的这段交往终告结束。在与殷景仁分别时，渊明作《与殷晋安别》一诗以赠。诗中表达俩人相处不久，情意恳切真挚；然而一人出仕，一人归隐，“语默自殊势，亦知当乖分”。分离是迟早的事。诗中渊明遗憾：难得有机会再在一起谈笑了，“山川千里外，言笑难为因”。最后渊明用诗文“脱有经过便，念来存故人”。希望景仁有机会再来相聚。整首诗表达了诗人旷达的胸怀和珍重友情的拳拳之心。

二十

南村的正月里，叶舟来了，其余友人各忙各事，无暇前往，渊明有些失望。入冬以来，他感到右脚疼痛，行走吃力，也不便去栗里探望。更让渊明失望的是敬远。往年正月天，他早早地要到栗里与渊明团聚。可今年，俩人离得近了，反不见他的身影。

原先景仁来邀，蕙兰说他有事出门，再有事，过年总要回家，家里老小都等着。渊明拖着病脚，与叶舟又到婶娘家探望，仍不见敬远归来。

这头尾两年了，渊明感到此事非同一般。他追问敬远媳妇柳枝，无奈之下，柳枝吐露实情，原来敬远被一位道长带往深山修道去了。渊明甚感惊诧，平日也没见他对道家有何兴趣，怎么会成了道教之徒呢？婶娘说，敬远也不知听信了道长什么话，随即便跟着去了，谁也劝不住。还说等他得道归来，再劝你入道。渊明连道荒唐。他询问是哪家道观，他要寻他回来。婶娘、柳枝皆摇头。渊明一时也无奈，只有等打听到敬远下落，再去劝归。

中午，渊明、叶舟举杯对饮。可敬远不在，俩人郁闷，无心多饮。叶舟让渊明放心，说他会去打探敬远去处，一有消息，便来告知。渊明稍感舒缓。

二十一

春暖花开。园中的葵菜，绿油油一片，惹人喜爱。这天，渊明正在为菜施肥，老远地，翟母向这边走来，身后还跟着两个人。他们来到菜园前，翟母夸赞道："看看，这就是我女婿种出的葵菜。咱南村再找不出。"渊明放下手中的活。翟母告知，两位田父是翟家亲戚，一位名厚本，一位名厚根。在家做客时，尝过葵菜，都说好吃，问是何处买的。我说是我女婿种的，他们不信。都说我女婿是个文人，诗赋文章写得好，就没听说文人有种菜的。于是我就带他们来看，这耳听是虚，眼见为实。翟母转向田父们道："这回信了吧？我女婿写得好诗文，种得好庄稼！"厚本厚根佩服得连连点头，当时就拜渊明为师，要学种葵菜。渊明答应，便实地讲授，毫无保留。翟母一旁静听，心中欣然。

时隔不久，厚本、厚根又找上门来，说是苗出得挺齐，现在全变黄了，请渊明去看看。渊明二话不说，跟着两位田父就走，走过两里山间小路，来到他们的菜园子里，两家菜地，菜苗全蔫巴了。渊明拔出一棵苗，见根部发暗，嗅了嗅，感觉到什么，又抓起一把泥土，仔细察看。他询问用了哪些底肥，二位说把自家猪圈的肥全用上了。渊明又问出苗后可施过肥，都说施过，是按渊明说的方法轻施薄洒。问题就出在这，渊明说，底肥过足，苗上又施，苗细根弱，不长反伤。就如一个婴儿食多积食，消化不良。厚本、厚根恍然大悟，说自己想早出菜，早上市，倒耽误了，二人问渊明当如何处置。渊明以为，苗已受伤，复原期长。不如重新播种，一气呵成。二人赞同。说干就干，三人动手整地，整好地，基肥已足，渊明取出带来的种子，一畦一畦播下……晌午，总算忙完了。渊明起身欲回，厚本、厚根竭力挽留，渊明只好随二人来到厚本家，厚根说家有新酒，便回家去取。厚本一到家，便吩咐媳妇将腊肉、腊鱼取出来，做几味好菜，他要陪陶公饮上几杯。

饭菜在准备，渊明来到庭院，见院中匾子里晒着一种白颜色的种子。他想，这该不会是大麻的种子吧？他听人说过，没见过。问厚本，果然是。大麻可以织布编鞋，渊明早想种植，苦于真种好的人不多。渊明谦恭地向厚本请教。厚本夸口自己是这一带种麻高手，厚根是沤麻行家。真乃踏破铁鞋无觅处，得来全不费工夫。

酒菜齐备，厚本厚根请渊明上坐。为感谢他手把手教授种葵菜技术，二人举杯先敬。渊明起身言道：“望二位能悉心传授种麻沤麻技术，咱们互相学习，共饮此杯。”三人一同饮尽。种麻在夏至前后，厚本让渊明选好肥田，到时他们前去操作，说就凭渊明能耐，一看就会。三人推诚相见，话语投机。

二人说曾念过几年私塾，爱好诗文，尤其喜爱陶诗。说着，厚本吟诵起来，“相见无杂言，但道桑麻长”。“种豆南山下，草盛豆苗稀。”厚根接着吟起。“都是种田人实实在在的生活。”厚本道。“还有‘晨兴理荒秽，带月荷锄归’。‘田家岂不苦？弗获辞此难。’道出种田人的辛酸。”厚根感叹着。“咱们还是‘流目视西园，晔晔荣紫葵’，为葵菜丰产，干一杯！”厚本提议，三人同饮。渊明想起，他的诗文曾得到过茂林等田父们的赞赏。今天，他又看到自己的诗文引起这两位田父的共鸣，深感欣慰。

二十二

这是一个风雨加交的夜晚，渊明蕙兰难以入睡。忽听得有人敲门，俩人疑惑，这个时候会有谁来？蕙兰点亮灯，渊明起床开门。只见门外站着三个人，仔细一看，不是别人，正是通之、张野、叶舟。渊明赶紧请他们进屋。见他们浑身湿透，他又吩咐蕙兰生火取暖。张野哭丧着脸，阻止道：“来不及了，浔阳就要大难临头了！”渊明一时茫然。“卢循贼寇打到了浔阳，声称破城之后，血洗众生。渊明兄，救救百姓吧！”通之哀求道。“卢循……”渊明听说过，孙恩被朝廷打败，溺水而亡后，尚有其妹夫卢循，未曾从死，为众所推，奉为头目。后被朝廷招安，怎么又起事了呢？“朝廷大军，攻打南燕。这卢循趁晋地兵力空虚，趁机谋反！”张野颤抖地诉说着。“浔阳城防如何？”渊明问通之。“官员大多逃走，士气低落。卢循冒雨攻城，今夜将城池不保。”通之沮丧道。渊明脑子里闪现出歌伎馆中那些官员的形象，心中骂道：酒囊饭袋！“你们让我做些什么？”渊明与卢循素昧平生，他不知道在这场大难即将来临之际，自己有何作为。“是这样，”张野道，“远公与卢循曾有一面之缘，如果远公能出面劝阻，兴许有所转圜。”“那快去找远公啊！”渊明焦急道，“张兄，你是远公高足，此时不去东林寺，到这南村何用？”张野抹了一下脸上不知是雨水还是汗水，苦笑道：“你当我们是急昏头了？我张莱民有你陶元亮在远公心目中的分量，我自会去请远公出面，又何苦雨夜跋涉，来此求你！”“我可受不起这一求字，只是不知远公是否会给我这个薄面？”渊明犹豫片刻，果断言道：“无论如何，东林寺我要走一趟！只是我这脚疾……”“哥，船就在湖边，我背着你就是！”叶舟说着便蹲下了身子。“等等！”蕙兰走了过来，为渊明换上长衫，叮嘱道：“你办的是大事，是为咱浔阳百姓免灾的好事，我不阻拦。可浔阳城乃是虎狼之地，一旦踏入，一定要万分谨慎！莫忘了，妻儿老小在盼你平安归来！”说着，她心里一酸，泪盈眼眶。渊明应了一声，一行人急匆匆消失在雨夜之中。

渔船迎风斩浪，向东林寺进发。湖面黑幕沉沉，风起云涌。船，犹如一匹骏马，在波涛上驰骋。一阵电闪雷鸣，风狂雨暴，船猛烈地倾斜着，就像快要翻转倒扣。张野一阵惊呼，通之也跌倒了。不一会儿，船又在与波浪抵抗中，顽强地昂起身来，好像要和毁灭再来斗争一下似的。风势愈加猛烈，船如脱缰的野马，在风口浪尖上狂奔。但任凭风浪起，渊明却神态自若，波澜不惊。叶舟驾船，鄱阳湖的大风大浪都闯过来了，这点平湖的风浪又岂在话下。风浪终于知难而退了。

晨光来临，东方现出一片柔和的浅紫色，光芒徐徐照遍整个天空，也越来越逼近大地，跟纠缠不清的雾霭搏斗。渔船泊岸，一行人下了船。山路崎岖，渊明拄着拐杖，坚持自己行走。东林寺门前，宗炳迎了上来。宗炳说，远公已知卢循来犯，彻夜未眠，料想你们会来，特让他出门迎候。随即，一行人直奔禅房。进得房时，只见周续之、刘遗民等在坐。远公仍端坐榻上，见了渊明微微颔首示意。众人坐定。慧远开门见山问道："谁愿与我同往?"好一阵静默。人人表情凝重，如临深渊。"张野兄谈笑风趣，文才出众，是不二人选。"周续之文绉绉荐举道。"遗民兄任过柴桑县令，曾为当地父母官，拯救百姓于水火之中，当责无旁贷。"张野言之凿凿。"张兄取笑了，我这遗弃之民，不提也罢。"刘遗民摆手叹息。"我去!"渊明当仁不让，"远公年近耄耋，客居浔阳，仍不惜为浔阳百姓赴汤蹈火。我陶渊明浔阳男儿，当义不容辞。"远公闻言，面露笑意。

二十三

浔阳街市，一扫往日繁华。承平了几年，古城又起杀伐之声。街上兵士，每隔几步，就有一个，铠甲明亮，刀戟耀日。城中大道上，兵士铁骑，往来驰巡，烟尘滚滚，遮天蔽日。车马行人，避之不及，踏翻无数，人们欲哭无泪，欲告无门。铺户纷纷关闭，人人胆战心惊。只在刹那之间，合市萧然，空无行人，浔阳顿然变成一座死城。

突然，听得有鞭笞呻吟声。一行犯人戴着枷锁，头发披散，在兵士们押解下，垂手俯头，缩成一团。行走时，一位犯人突然摔倒，几个兵士把他揪住，乱打乱踢，直打得皮开肉绽，血流披面。渊明依稀辨出，这些人中似有歌伎馆前座的州府要员，那种高视阔步、盛气凌人的神色，已荡然无存。

慧远、渊明来到州府衙署，只见旌旗剑戟，精光闪烁。一位小头目迎上前来，“锵”的一声响，剑脱鞘而出，寒光一闪，横在渊明面前。慧远紧步上前，报上姓名，说明来意。小头目顿了顿，收起剑，让他们候着，便进府衙禀报。少顷，转了出来，传卢将军同意召见。

府衙大堂，甲士环列，威武迫人。卢循正位高坐。两边头目，面目狰狞，如狼似虎。慧远、渊明来到堂上，引起一阵骚动。卢循向两厢扫了一眼，那架势实在不同寻常，堂上顿时一片肃静。“慧远大师，别来无恙啊!”卢循发出不阴不阳的怪声音。“阿弥陀佛。”远公念了一句，“卢将军，一别数载，今日浔阳相见，可见你我不止一面之缘哪!”卢循听后，沉吟片刻，叹道：“初见时，远公为我相面，可记得你的预言?”“君可谓风雅之士，可惜志存不轨，终乏善果，奈何奈何?”慧远一字一板回忆道。“远公所忆，一字不差。”卢循不由夸赞，“远公预言，今日再度应验。朝廷昏暗，我卢循又反了！远公前来，该又要说我终乏善果了。”“将军所为，天命注定。将军占领浔阳，不知有何善举?”慧远问话引来卢循大笑，“善举？我可没有远公那副菩萨心肠。”

卢循说罢，脸色陡变，“浔阳乱民，阻我大军进城。我要血洗城池，方消我心头之恨。”“守城之事，乃朝廷将士之责，与平民何干?”慧远申辩道。“他们为官兵运粮草，送雨具，修城墙，备滚石……怎说无干?”慧远还要说话，被卢循手势一推，压了回去，他扬起手中令箭，恶狠狠说道：“军令已定，即刻颁行!”说时，卢循站立起来，就要发令。

“哈哈……”渊明突然大笑。卢循疑惑道：“你是何人，为何发笑?”“我是何人并不要紧，只是你卢循卢将军，口口声声说朝廷昏暗，我看你比朝廷还要昏暗，还要凶残!”“你大胆——”卢循吼叫着挥动拳头。唰唰唰，头目们刀剑出鞘，杀气腾腾。渊明整一整衣襟，昂然大步，走上前来，他正色道：“朝廷昏暗，并未滥杀无辜。百姓所为，是王命难违。可你卢循，竟要对平民百姓大开杀戒，你比朝廷更不得人心!”“你——”卢循气急，头目们举剑怒视，卢循刚要发作，慧远抢先一步，佯装责怪地对渊明道：“陶渊明，卢将军也是知书达理之人，不可出言不逊。”接着，远公说到孙恩在世时，卢循常劝孙恩抚绥士卒的往事，说今日兵士奋勇，将帅一心，正是卢将军深得人心的结果。两边头目有赞许之意。卢循听了慧远的夸赞，又看了一眼头目们，心中怒气稍缓。

然而，他却盯上了渊明，只见他离座下位，来到渊明面前，狐疑地问道：“你是陶渊明？就是不为五斗米折腰的彭泽县令?”“不像?”渊明含笑反问。“像，太像了！哈哈……”卢循面露喜色，他手一挥，只听锵锵锵一片响，所有拔出的刀剑，一齐入了鞘。“‘舟摇摇以轻飏，风飘飘而吹衣，问征夫以前路，恨晨光之熹微。’好文章啊!”卢循吟诵起渊明《归去来辞》中的辞句，寻找他文人的感觉。其实卢循也颇有文才，少时工草隶书，并善弈棋。当卢循读到陶渊明诗文，听到陶渊明故事时，总想有机会结识这位风骨不凡的高士。今日一见，岂止风骨不凡，简直就是铁骨铮铮！他顿生敬意，感叹道："浔阳陶渊明，真丈夫也!""浔阳真丈夫，何止陶渊明，此为人杰地灵之地!"渊明道。"想当年，桓玄反叛，几经浔阳，秋毫无犯!"慧远追忆往事，意思是你卢循难道连桓玄都不如吗？

卢循当然听得出来，他话锋一转，拍了一下脑门，懊悔道："今日卢循幸得二位高人雅教，得免酿成大祸。"他说完，回归正座，举起令箭道："各位将军听令！我军驻兵浔阳，不得为害百姓，违令者斩!""是!"众头目齐声领命。至此，慧远渊明心中的石头才算落了地。卢循吩咐备宴，慧远、渊明以其军务繁忙，不便打扰为由，起身告辞。卢循派卫兵护送。此后，卢循果真守信，进退浔阳，直到败亡，并未伤及浔阳百姓。

二十四

东林寺全寺僧众，都在寺门外翘首以盼。当看到慧远、渊明的身影时，一起迎了上去。看到两位舍身赴难之人，毫发无损，面带笑容，众人这才放下心来。

入寺后稍坐，渊明起身要走，他是怕蕙兰担心。远公挽留，并使一小和尚去南村渊明家报平安。渊明这才安下心来。正巧，简寂禅观主陆修静，也来探询卢循消息，远公一同留用午斋。渊明向陆观主施礼，并询问敬远下落。陆修静寻思片刻，称未听闻。他答应，他回头打探，如有消息，便告诉渊明。渊明深表感谢。用斋时，远公取出上次莲社大典为渊明备下的酒。渊明当时攒眉而去，这酒远公为他一直留着。一提此事，渊明心有愧意，他感谢远公盛情，可他虽为方外友，寺里的规矩，还是不好不遵。远公见渊明谦让，亲自开酒，为渊明斟上。他自己以茶代酒，提议举杯，为浔阳百姓的平安干杯。

斋饭后，渊明辞别。远公要送他一程。陆修静一路同行。远公今日心情格外舒畅。陆修静笑吟道："渊明从远公，了此一大事。"远公颔首，说这是他最感快意的一件事。他夸赞渊明深明大义，胆略超群。多年来，远公从未这样高看过一个人。渊明拱手拜谢远公道："千钧一发，多亏远公一番高论，说服了卢循。否则，我此时怕是无缘与两位大师，同处这一人世间啰！"三人大笑。说话间，三人不觉过了虎溪数百步。远公居山三十余年，除破例为陶母去世做过一回法事，和这次义赴浔阳，几乎影不出山，迹不入俗，送宾游履，常以虎溪为界。此时，陆修静提醒远公，已远过虎溪，远公恍然感悟，三人相与大笑而别。石恪遂作《三笑图》，刻于碑上。

二十五

夏至时节，厚本、厚根来为渊明种麻。他们告诉渊明一个喜讯，浔阳城开市了，可以卖菜了。还说前一段有个叫卢循的头领，扬言要血洗浔阳。那一阵子，人心惶惶，家家准备逃难，往深山里躲。后来听说天上有二位仙人下凡，降服了卢循，他这才未敢犯浔阳一草一木，乖乖地撤走了。咱浔阳百姓逃过一劫，多亏两位神仙保佑。厚本、厚根说着，毕恭毕敬对天作起揖来。渊明含笑不语。渊明在卢循处惊心一幕，过后蕙兰问起，他都未吐一字。田父们自然无从知晓。

种麻的学问也不浅，厚本从选种说起。他拿出一颗白麻籽，说白麻籽是雄性的。他将种子口含片刻，颜色未变。他说如果变黑，说明种子沤坏了。他又将种子咬破让渊明看，如果枯燥不油润，就是不饱满的种子，不适合拿来播种。厚根整着地说，雄麻不结籽，雌麻结的籽有一种是青白色的，两头尖，轻飘飘的，就如厚本手里拿着的那颗，这种种子将来能长成雄麻。

接着，他们边播种边讲授。厚本说到合理密植，每亩田用两升种子。太密，植株就细，生长受影响；种得稀，麻茎粗大，纤维差。渊明对水稻的合理密植有些心得，原来种麻也讲究这个。尽管对作物的影响，是根据作物的性质而不尽相同，但道理是相通的。种麻要用肥田，厚本继续说，粪肥要腐熟，正月要施于麻田。麻田要每年轮换，连作的麻田会发生点叶、夭折的病害，不能作麻布的原料。渊明种麻，就是要能织麻布，这轮作的要领可不能疏忽。麻田纵横耕七遍以上，麻就不会长出败叶来，厚根接着说道。渊明心想，想要种出好麻，真要费一番辛苦。

有一群鸟飞了过来，厚根拾起土块扔了过去，口里一个劲儿地吆喝驱赶。厚本笑道，陶公爱鸟，你别把鸟伤害了。厚根说，麻发芽后的几天，要经常赶鸟，被鸟啄了芽叶，功夫就白费了，一直要赶到叶青时停止。渊明幽默道，鸟亦爱，麻亦爱也。他向鸟群言道，是好鸟就得听田父之言，别让我这爱鸟之人有种无收，空忙一场。鸟群似乎听懂了，一振翅膀，一齐向远处飞去。

鸟通人性，能听懂陶公的话语，厚根拍手道。万物皆通人性，渊明笑望远方的飞鸟，感叹着。

二人又将大麻的田间管理，讲授了一遍。至于沤麻的学问，厚根说等麻收获了再说不迟。渊明让他先讲授一遍，自己好有个印象。此时麻种已播完。厚本、厚根在地下铺一些荆草之类，三人坐下歇息。厚根取出旱烟杆，点上烟，他吸了一口递给渊明。渊明也吸了一口，有点呛，他咳嗽着，递回厚根。厚根又递给厚本。厚本吸了一口，吐出烟雾，笑道，陶公只饮酒，不吸烟，别勉强了。厚根接回烟杆，又吸了一口后，眯缝着眼睛讲授沤麻技术，把割下的麻扎成小把，薄薄地铺在地上，每经过一晚就要翻一遍。沤麻要用清水，用污浊的水沤，麻皮会发黑。沤的生熟程度要适当，水太少了，麻就会脆；沤的时间太短，难剥皮；沤的时间太长，皮会烂，做不了麻布。温暖的泉水不结冰，冬天在泉水里沤，纤维最柔软干净。

渊明感受到，厚本、厚根所授，都是他们多年种麻、沤麻实践经验的总结，其中不知经历了多少失败的教训。这些来之不易的生产经验，他们是不会轻易示人的。而此时却毫无保留地传授给他，他内心一阵感激。厚本、厚根还让渊明不要着急，他们回去后，将种麻、沤麻的要领写出来，就不用费心去记了。渊明点头，感激之情无以言表，他主动接过旱烟又吸了一口，这口烟吸得有些猛，呛得连声咳嗽，眼泪都快流出来了。三人会心而笑。

渊明留厚本、厚根在家吃饭，让俟儿去把外公外婆请来，大家一起热闹热闹。席间，亲戚们互相敬酒，说着祝福的话，渊明又一次“悦亲戚之情话”。

翟父平日话语不多，喝了几杯酒，渐渐说开了。他说渊明一家的到来，让他们再也不感到孤独冷清。每天与外孙子们在一起，自己也成老小孩了。渊明再次举杯，感谢岳父岳母患难相助。翟父一听“感谢”二字，脸一沉，问道：“感谢？你是谁？我是谁呀？一家人何谓感谢？”翟父颇为感慨地言道：“这两年来，我们是看在眼里，喜在心上。渊明啊，你是个读书人，你的诗文我看过，我欣赏。一个有文才的人，要去学做农活，养家糊口，这不是一般人能做到的，太难为你了。”“陶公与我们班荆而坐，不分彼此。我就没见过有这样随和的读书人。”厚本插言道。“他的农活可不含糊，做得可精细呐！”厚根接上说道。翟父点头微笑，他继续说着，“原先我们做老的不理解，总想着家里有人升官发财才荣耀。可回身一想，当官不搜刮百姓，不贪赃枉法，上哪儿发财？可这样的钱财拿回家能安心吗？再说，官哪那么好当，遇上乱局，性命都难保。听说前段时间卢循占了浔阳，杀了好几个官员，连尸首都被扔到江里了。”

“像渊明这样坦荡做人，自食其力，踏实！”这是翟母说的。她能说出这话，渊明颇感意外。翟母继续说道：“我有时跟你爹说笑，还是咱姑娘有眼力，找到渊明这样有才有德的能干夫君！渊明啊，过去有些不愉快的事，你就别计较，让它翻过去吧！”她转向翟父，“老伴哪，咱们和女婿，喝一杯！”说着，二老举起酒杯。压在渊明心头多年的冰雪，瞬间融化了。“我敬爹娘！”渊明站了起来，先将杯中酒一饮而尽。翟父翟母也随后喝干。厚本、厚根同声称道。

散席后，渊明送走了厚本、厚根。今日他心情舒畅，便登上了村后的一座山丘。他举目四望，脱然有怀，诗文如泉水般涌出：

春秋多佳日，登高赋新诗。

过门更相呼，有酒斟酌之。

农务各自归，闲暇辄相思。

相思则披衣，言笑无厌时。

此理将不胜？无为忽去兹。

衣食当须纪，力耕不吾欺。

渊明想，这首诗，厚本、厚根一定会喜欢。

二十六

叶舟来了，带来陆修静的信函。渊明忙展开观看。信中言道：经多方打探，秀潭观有一道徒，年龄体貌与敬远相近，特以相告。秀潭观？……渊明隐约想起，此观于南山背面，临近鄱阳湖。当年渊明为思获寻医问药时，到过此观，距南村少说有四五十里路程。渊明不禁感叹道：敬远啊，敬远。你不辞而别，委弃世务。你怎知亲人们苦思苦盼，多方寻找，受着何等的煎熬啊！如今既已有了眉目，无论山高路险，渊明也要去将兄弟接回来。他将这一消息告知婶娘，婶娘从病床上爬起身子，感激涕零，托付渊明一定要帮她找回儿子。渊明应承。她让柳枝取出家中的钱，让渊明去雇用一顶篮舆。渊明婉拒而归。一到家，他便吩咐蕙兰准备干粮，又让俟儿去雇用篮舆，明日一早他要去秀潭观。叶舟愿一同前往，当晚住在渊明家。

次日早膳后，渊明乘坐篮舆，叶舟背着干粮出发了。从田野到丘陵。渐渐地，他们走进南山之中。只见，青山削翠，碧岫堆云。嵯峨的山势，突兀的峰峦。山上，苍郁的美松雪压不倒；山下，翠青的修竹抱节虚怀；山前，龙须嫩草逢春又绿；山后，千年香樟苍劲葱茏。他们进入两崖之间，耳畔时而闻到华彩的鸾吟，时而又响起昂藏的鹤唳，间或似怒吼的虎啸，转而又传来呦呦的鹿鸣。奇峰秀景，清荣峻茂。瀑布悬泉，飞漱垂帘。真乃道侣修行的名山，仙翁炼药的胜境。

秀潭观，终于到了。八字红墙，山门石道。进了门，一片空场；再进门，门基比山门高，修得考究。进入第三道门，又是一片空场，中间是一条石子甬道，两侧齐整地栽有柏树。再进去，是头殿，殿是三楹，两头俱有便门。过了头殿，空场更大，树木更多，东西俱是配殿；西配殿之西北隅，是当家道士的住处、客室。场子正中，是一座修造得绝精致的八卦亭，四道石阶上去；全亭除了瓦桷，纯是石头造成，雕工精细。亭中供的是一尊坐在板角青牛背上的老子塑像，很有神韵。八卦亭之北，就是正殿了，大大的五楹，建在一片六尺来高，全用石条砌就的大露台之上。殿内的正中，供了三尊绝大的塑像，中间是通天教主，上首是太上老君，下首元始天尊。渊明一行在正殿前遇一道童，便上前询问敬远消息。道童茫然不知，便引领他们来到当家道士的住处。

观主将渊明、叶舟等迎至客室，道童奉上茶水。渊明说明来意。观主捻须沉吟良久，见无法回避，便说似有其人，并说此人修道心切，现辟谷修行，潜心一念，有望得道于太上老君。渊明无心听其说道，只想即刻见到兄弟。观主见渊明神情急切，只好吩咐道童前去唤人，他让渊明稍候。马上就要见到敬远，渊明此时激动不已。少顷，道童返回，说那叫敬远的道徒，一听家中来人，不但不见，反而关了殿门，似走火入魔一般。观主喝住道童，斥责他胡言乱语。渊明闻听此言，心中愈加焦急，催促观主尽快引见。观主只好亲自引路而行。

正殿后面空场不大。东西两侧，各有一座土台，缭以短垣，升以石阶，台上各有小殿一楹：东曰降生台，西曰得道台。相去一丈之远，是一座丈许高的石台。以地势言，算是全观中的最后处，也是最高处。观主在得道台小殿前驻足，敲门低唤，里面并无回音。渊明推门，里面已被反锁。“敬远！敬远！是哥来了，哥来接你回家！”渊明呼唤着。里面仍无声音。观主说道：“我徒一心修道，不便太多打扰。”观主眯起眼睛，掐指一算，“明日一早，修期将满，到时相见不迟。”渊明无奈，只得依依离去。

这一夜，渊明一行在观内客房歇息。他心烦意乱，几次被噩梦惊醒。天刚蒙蒙亮，他便唤醒叶舟等人，一起来到得道台小殿前。渊明边敲门边呼喊，里面仍无动静。他一急，用力一撞，“砰”地一声，门被撞开。屋里阴沉沉的，渊明、叶舟瞪大眼睛寻找，只见小殿一角的圆台上，有一人影盘膝面壁。“敬远、敬远！哥来了！……”渊明呼唤时，那人影毫无反应。渊明狐疑地走了过去，当靠近其身子的瞬间，那披头散发的人影轰然倒下，正倒仰在渊明怀中。“快，叶舟，救人，救人！”渊明已语无伦次。叶舟转身，背起敬远，一路奔向当家道士的住处。观主一见此状，慌了手脚，一面让敬远躺在自己床上，一面命道童取汤汁来。他为敬远掐人中，把脉象。汤汁来了，他亲自喂食。好一会，敬远青灰色的脸上，渐渐有了一点血色。观主这才深深舒了口气，将满脸的汗水抹了抹。

草草用过早膳，渊明提出要带敬远回家。观主并不阻拦，只是担心山高路远，敬远受不住。渊明想，观里调养，多有不便，且时间一长，家人担心，所以坚持要走。观主答应，取出几包草药，又命道童准备了一些干粮，让渊明带上。敬远被抬上篮舆，渊明一行告辞而去。走出老远，还听见观主为走去一位高徒而叹息。路上，渊明再也无心山水。他拄着拐杖，忍着脚疾的疼痛，一刻也不停留地朝南村赶去。黄昏时分，到家了。一家人又喜又惊，将昏睡的敬远安置床上。渊明吩咐柳枝去请郎中。不多会儿，朗中来了，一番诊察后，将渊明招至一边，说自己医术有限，让渊明另请高明，说完背起药箱，匆匆离去。渊明心中有一种不祥之感。但他拿定了主意，明日一定要为敬远去请名医。

二十七

夜已深了，敬远仍在昏睡。婶娘劝渊明带叶舟回家歇息，这边敬远醒来，再去叫他。这几日，俩人够劳累的。特别是渊明，这一天的山路走下来，他那条病脚，又红又肿，刺骨地痛，几乎难以挪动。婶娘心疼他，让他回家好好歇歇。渊明不回，答应在另一厢房小憩。他让婶娘、柳枝，敬远一醒，立即叫他。渊明、叶舟到另一厢房，和衣躺下。一会，俩人便呼呼睡熟了。睡梦里，渊明听得流泉汩汩之声，顿觉自身凌虚飘摇，轻轻忽忽，不知何处。这时敬远来到面前，悠悠然有仙意。“哥，我要走了。”敬远说完转身而去，渊明一把抓空。待他追时，只见华光满宇，重霞叠翠。渊明孤零零的独自一人，寻觅于天际之间，不禁长叹。突然，他被人从天上推下深渊，挣扎时猛然惊醒。他睁眼一看，是柳枝推他，说敬远醒了。渊明心中一喜，来到敬远卧房，只见他已端坐卧榻上，婶娘在喂他喝粥。敬远见到渊明，欣喜道："哥，我上天去了，见到太上老君，我告知了你的困境，老君答应帮你!"听着敬远说些神乎其神的昏话，渊明无言以对。但敬远醒来，毕竟是天大的好事。渊明接过婶娘手里的粥碗，喂敬远吃完。他叮嘱敬远好好调养，自己回家准备一下，明日去请名医为他诊治。渊明要走，敬远伸手拉住渊明，迟迟不愿松开……

渊明回到家，刚收拾停当，柳枝急匆匆而来，她让渊明快去，敬远要见他。渊明、蕙兰、叶舟随柳枝急切前往。

卧榻上的敬远面色蜡黄，见渊明夫妻叶舟前来，嘴角上显出一丝笑意，他吃力地抬起手，伸向渊明。渊明上前握住。敬远嚅动着嘴唇，好半天才发出声音："哥，哥呀！你活得太艰难了……我们兄弟，我们家人，我们亲友，我们乡邻活得太艰难了……我想寻找一条道，一条摆脱艰难困苦、通向和乐安泰的道。这道世上没有，桃花源寻无踪影，我便向天上找。我想求助于神仙，指一条明道，救我哥，救众人脱离苦难，过安乐祥和的日子……"敬远说着，眼角涌出两滴晶晶泪水。渊明的眼睛也湿润了。"我找到了，在天上。哥，我先走一步，为你探好路子，为众人探好路子。百年之后，我们来天庭团聚，再也不会忍饥挨饿了……哥，兄弟去了……"敬远说完，眼睛慢慢合上，手渐渐松开……"兄弟！敬远！你别走，你回来！哥什么都不要，只要你回来！哥离不开你呀，敬远！兄弟！……"渊明紧紧握住敬远的手，恸哭失声。蕙兰也悲痛着连声呼唤。顿时，"情恻恻以摧心，泪愍愍而盈眼"。"远儿——"白发人送黑发人的婶娘，一阵昏眩，瘫倒地上。

夜，漆黑一片。敬远灵前，渊明、叶舟坐守着。渊明烧着冥纸，那亮光在黑暗里匆匆地一闪，便灰飞烟灭。渊明回忆起敬远短暂的一生，低声吟道："於铄吾弟，有操有概。孝发幼龄，友自天爱。"敬远是一位有节操有涵养的人，从小孝顺父母，天性与人友爱。他为自己考虑的少，追求的东西不多。在利益面前，先想到别人。直到他去世时，心里想到的是他的兄弟，是亲友，是众人。想到此，渊明的泪水又簌簌下落，"少思寡欲，靡执靡介。后己先人，临财思惠。"敬远曾与自己一起辞职归田，不与恶势力为伍，和自己一样"心遗得失，情不依世"，是难得的同心同德的兄弟。渊明还想到，每当自己艰难时刻，敬远兄弟全力相助，从无怨言。他是好人，是仁者。渊明又想起孔子曾说：仁者寿。渊明在为外祖父孟嘉作传记时，就发出过疑问，"仁者必寿，岂斯言谬乎?"至今日，渊明有了明确的结论："曰仁者寿，窃独信之，如何斯言，徒能见欺!"陶家的亲人们均为仁者，却一个个过早离去。而在世间，有多少不仁不义之徒，却能称王称霸，颐养天年。这又作何解说?敬远走了，他的品德情操不应被埋没。一篇追怀敬远的祭文，在渊明脑海中形成。

渊明渐渐平静下来，他又想起敬远的许多往事，"念畴昔日，同房之欢，冬无缊褐，夏渴瓢箪，相将以道，相开以颜，岂不多乏，忽忘饥寒"。兄弟二人生活中的点点滴滴，在渊明眼前闪过。他们贫困，但相互友爱，共度苦乐年华。叶舟添了几张冥纸，火光重新闪烁。"每忆有秋，我将其刈，与汝偕行，舫舟同济。"曾经在叶舟的渔船上，多么畅怀，多么放浪……只可惜"奈何吾弟，先我离世"。这样的美好时光，再也不会有了。渊明抚摩着叶舟肩头，无限感伤。"呱呱遗稚，未能正言，哀哀嫠人，礼仪孔闲。”敬远撒手而去，抛下老娘，抛下孤儿寡妻，将如何度日？

次日，占卜吉利，敬远的遗体便入土为安了。因他英年早亡，不兴操办，只有几位家人亲友服丧安葬。敬远离世仅半月，婶娘也离开了人世。接连的亲人离世，使渊明悲痛连连。他操办完婶娘的丧事，再也支持不住，他胸痛咯血，终于病倒了。蕙兰四处询医问诊，翟父翟母轮流照看，可渊明病情却不见好转。蕙兰一时没了主意，她要让俨儿、石锤过来商议办法。渊明一听连连摆手，断断续续地说他死不了，不到万不得已，不要拖累伢仔们。再说，病情一传开，栗里的亲友乡邻免不了要来探望，费工费时还要费钱，他于心何安。蕙兰怜爱地责备道：“自己病成这样，还为别人着想!”俨儿、石锤夫妻还是来了，回栗里时，渊明让伢仔们一定不要声张。

二十八

秋末的一天，一位白发老翁从门前经过，向蕙兰讨水喝。蕙兰请老人进屋歇息，以茶相待。老人十分感激，喝茶时，他听见内屋传出咳嗽声，便问蕙兰，家中有病人？蕙兰愁烦地点头。老人让蕙兰带他进去瞧瞧。蕙兰看着老人，心想，我找了那么多郎中都诊治不好，你一个过路老翁，能有什么高招？老人似乎看出了蕙兰心思，自己向内屋走去。他来到病榻前，见病弱的渊明正手捂胸前，连咳带喘，吐出的痰中有血。老人蹲下身子，将痰盂端在面前，仔细辨别血色。随后，他举目四顾，看见柜角处有一把破旧蒲扇，便取了出来，拂去灰尘。他拿着扇子走向门外，让蕙兰取火种来。老人将破蒲扇点燃，直到化为灰烬。他将灰粉包起，嘱咐蕙兰，让病人分两次服用，间隔两个时辰，老人说完转身离去。

蕙兰手捧脏兮兮的灰粉，心里将信将疑。不过她想，这灰粉是蒲扇烧成的，能不能治病暂且不知，但不会有毒，让病情加重。于是她按照老人说的，倒出一半灰粉，用水调匀，给渊明服下。一个时辰后，渊明咳嗽突然加剧，痰血增多。蕙兰急得团团转，不知如何是好。折腾了约半个时辰，渊明渐渐平静下来，不咳也不喘了，胸痛也舒缓了许多。到了两个时辰，渊明又服下剩余的一半，然后渐渐入睡。这一夜，是渊明发病近半年来睡得最安神的，蕙兰也睡了一个安稳觉。

次日，当太阳升起的时候，渊明醒来。他伸了一个大大的懒腰，吟道："单方一味，气死名医哟！"看到幽默风趣的夫君又回来了，蕙兰露出了久违的笑脸。渊明坐了起来，头一件事便问柳枝母子怎样。蕙兰告诉他，柳枝娘家哥嫂，为人仁厚，日子勉强能过，已将妹子、外甥接回家中安居。渊明的心放下了，感叹道："世上还是好人多啊！"他又问及地里收成，特别问到大麻长势。蕙兰说，厚本、厚根已教会俟儿收麻沤麻了。夫君病重期间，田地里的事，全靠俟儿料理。她说这伢仔言语不多，心思灵巧，庄稼活儿一看就会。"有其母必有其子啊！"渊明此时对那句"妻贤夫祸少，子孝父心宽"的古语特别有感受。蕙兰则对夫君的一语双夸深感欣慰。

春去春来，花落花开。渊明总算康复了。然而脚疾却未好转。他盼望那位过路老者，再打门前路过一趟，好请他医治脚疾，但始终未见踪影。

二十九

这一年，是渊明移居南村的第四个年头，他很想念栗里，想念那里的亲友乡邻。自己自幼在那里长大，许多亲人还长眠在那里，栗里是他的根。可一想到那场火，那片烧焦的宅地，那段丧家的往事，他的心便沉甸甸的。由于不愿睹物感伤，加上脚疾不便，他多次欲往，又多次打住。然而，让渊明想不到的是，他那五柳树后的宅基上，正在悄然地发生改变。

遇火四年后的老宅基地，近三千块条石码放四周。石锤不忘承诺，他用铁锤凿子，一锤一凿，一朝一夕，寒来暑往，年复一年，正在一步一步兑现自己的诺言。他盘算了一下，明年春天，就可以着手造屋了。想到此，他黝黑的脸上浮现出憨厚的微笑。

这天，石锤又背回一块石料，正在码放条石的俨儿，赶紧上前为石锤卸肩。随后，兄弟俩坐下歇息。这时，从五柳树那边过来一个人，穿一身便装，文雅大气，风姿秀逸。来人在五柳树前停下，观赏片刻，便向石锤、俨儿这边走来。过来后也不招呼，在宅基地边看了许久，又摸了摸码起的石垛，露出了微笑。“请问陶俨是哪位?”来人终于说话了。俨儿起身应答，“我就是。”“那这一位就是石锤了!”来人笑向石锤，赞道：“知恩图报，恒心可嘉。”说着，他从衣袋里取出一串钱，递给俨儿，“陶公造屋，这是我的一份心意。”俨儿并未去接。“哦，我对你们说，造屋时，这前屋檐伸长一些。到时陶公在屋檐下乘凉、喝茶、吟诗、饮酒，岂不快哉!”来人说着朗声大笑。他又一次将钱递上。

俨儿后退一步道："咱们素不相识，贸然收你的钱，我爹知晓，岂不责怪？""真是个实诚的孩子。陶公问起，你就告诉他，这钱，是位要来讨酒喝的人送的！记住，他是要来讨酒喝的！"来人说完又大笑起来。笑声过后，他将钱塞到陶俨手中，转身离去，口中吟起：先生不知何许人也，亦不详其姓字，宅边有五柳树，因以为号焉。……

栗里的亲友乡邻被石锤的义举所感动，他们又想起陶家人的善行。于是他们有钱的出钱，有力的出力。东林寺远公及白莲社诸贤也捐来钱款。秋收冬种一忙完，陶家宅基上便呈现出热火朝天的景象。由茂林与几位田父领头，工地上有条不紊，新屋拔地而起。石锤自然要出大力。燕灵也是起早摸黑，里外操持，烧茶送水，洗浆和泥……冬月，新屋落成，比石锤预想的早一年建成。同时，陶家还有一件喜事也订了下来。

除夕夜，陶家团聚。吃年夜饭时，一家人喝了团圆酒后，石锤、陶俨双双站立，举杯向渊明蕙兰报喜：第一件喜事，陶俨说，石锤苦干四年，众人合力，栗里新屋落成。亲友乡邻们盼望陶家重返故里。第二件喜事是石锤说出，殷之先生为媒，张叔夫妻同意了陶俨与张婉的婚事。渊明蕙兰突然喜从天降，激动不已，一时不相信自己的耳朵，直到两个伢仔又重复了一遍，他们才相信。也难怪，别说双喜临门，就是一个喜字，陶家也多年未遇了。渊明看到两个伢仔举着酒杯的那双粗糙皲裂的手，再看看他们饱经风霜的脸庞，心里一酸，眼圈红了，这些年，伢仔们付出了多少汗水和辛劳啊！……"看，伢仔们还站着哪！喝！"蕙兰提醒渊明，俩人也站了起来，与两个伢仔一起饮了这杯报喜酒。接着，一起举杯，同喜同乐。

年夜饭后，翟父翟母先行告辞，俟儿、份儿、佚儿陪外公外婆同行。渊明蕙兰让石锤燕灵、俨儿围坐火塘边，佟儿端来干果让哥嫂们吃。一家人谈论起新屋。渊明问新屋有多大，俨儿说跟原先的屋子一样多，一样大，都是条石砌成的大瓦房。比青砖立柱的房屋更牢固，更气派。渊明听后很想亲眼一见。俨儿还将亲友乡邻、远公等人出钱出力的事一一相告。石锤从怀中取出几张纸，说他全记下来了，蕙兰接了过去。渊明感叹道："如此厚重的情义，我陶渊明怎能承受得起呀！"俨儿特别提到那位送钱的陌生人，他未留姓名，只说他是要来讨酒喝的人。渊明问起此人模样。俨儿回答，年近而立，仪表堂堂。渊明暗思：如今我陶渊明穷困潦倒，旁人避之不及，此时还会有人找上门来，出手相助，这会是谁呢？他反复思索，没有结果。蕙兰说，他不是要来讨酒喝吗？到时再谢吧。

蕙兰看着纸上的账单。"伢仔们说的两件喜事，夫人看如何办?"这些事，渊明可是外行。蕙兰折起账单，笑向渊明道："既然是双喜临门，喜上加喜，自然一块儿办!""好是好！只是……"渊明面有难色。蕙兰猜出了渊明的心思，"钱的事，你不用操心。新屋，俨儿的婚房，要置办新家具。等正月十五一过，我就着手操办。"蕙兰说着，从腰间取出一串钱，对俨儿说："正月初一，也就是明天，你带上礼物，给你的恩师、你的媒人，殷之先生拜年，代我们问好；初二到你未来的岳父岳母家拜年，张野喜欢喝酒，家里有新酿的绿酒，你带上。再多买些礼品。就说你爹脚疾不便，本应亲自登门见礼，说我们请他们一家到南村作客。"说完，蕙兰将钱交给俨儿。"家里的酒就别带了吧?"渊明似有不舍。"别打岔，有你喝的！"蕙兰笑嗔着。大家一阵笑。她又说道："正月一过，咱选个好日子，迎亲之喜，乔迁之喜，咱一天办。记住，咱陶家是大户，这喜事一定要办得风光热闹。该请的客人一个也不能少。石锤、俨儿把为我们新屋出过钱、出过力的亲友乡邻都记清楚了。"蕙兰抬起手中的单子，嘱咐大家，"这一份份人情要记住了，日后我们慢慢报答。说起报答，这头一份就是咱石锤燕灵呀！"蕙兰说着，动情地拉起燕灵的手，握在自己的手心里。"婶，咱一家人不说两家话。真要说报答，是我石锤夫妻俩要报答叔婶的再造之恩！"这是石锤发自肺腑之言。这一夜，一家人一点睡意也没有，谈笑着直到天明。

三十

然而，翟父翟母可不高兴了。这除夕夜，回到家中，看着三个外孙竟伤心落泪。初一一早，俟儿便来到母亲身边，叙说昨夜之事。蕙兰这才想起，吃年夜饭时，她与渊明跟两个伢仔同饮报喜酒，父母强装笑脸，一言不发，饭后便匆匆离去，走时已是满腹心事。做女儿的她当时只顾得高兴，怎么就没在意老人们的情绪呢？他们为什么纠结，做女儿的必须问个明白。大过年的，让老人们不畅快，这可要不得。此时渊明还在睡觉，蕙兰对佟儿说："你爹醒了，问起我，就说我去看爹娘了！"佟儿在温书，点头应承。

蕙兰来见父母时，父母让外孙们去他们爹娘那边吃早饭，两位老人连早饭都无心去做，更不想吃。这新年头一顿饭，得吃好了。蕙兰动手做饭。老人与伢仔们用过早膳后，她让伢仔们去给亲戚乡邻拜年去，自己坐下来陪伴爹娘。看着爹娘心事重重的样子，蕙兰开了腔："爹娘啊，心里有什么话就说出来。大过年的，都阴沉着脸，待会乡邻来拜年，见此情状，还不知我这做女儿的怎样虐待老人呢？"二老情绪缓了缓，气氛好了些。翟母叹了口气，说话了，"蕙兰啊，就要回栗里了？""怎么？你们还嫌拖累得不够啊？"蕙兰的问话中有对父母的体贴。"要说拖累，头两年是操了些心。可近年来，你爹娘可算享福了。"翟母唠起了家常，"我家几个外孙子，个个懂事听话，读书用心不说，里里外外的事都争着做。那地里的活，头两年俟儿料理。这两年份儿、佚儿也上来了。你爹当了甩手掌柜，享清福了。可眼下，伢仔们要离开我们。我们的福气到头了。两个孤零零的老人，无依无靠，这日子该怎么过呀！"翟母说着泪水便流了下来，翟父也在一旁长吁短叹。看着年迈的父母，蕙兰心里一酸，也跟着娘流起泪来。

流泪归流泪，可栗里毕竟是陶家故居，不能不回去，蕙兰一时不知如何是好。"女儿啊，昨夜我与你爹商量了。"翟母感到有些心底的话，是说出来的时候了，"你们回栗里，俟儿、份儿、佚儿给我们留下，我们离不开伢仔们！"蕙兰没想到，爹娘一下子要留下她三个儿子，她怔怔地看着母亲，不知该怎样回话。"你想啊，"翟母见女儿未松口，又说道："我跟你爹就你这么个女儿，你走了，我们靠谁去？靠外孙们。三个外孙留下，不还是你们的儿子？南村、栗里又相隔不远，你想来就来，伢仔们想去就去。他们在这里不耽误读书。将来长大成人，有合适的姑娘就在这边成家，有现成的屋子。等到我和你爹百年之后，家里所有田产、房屋全留给外孙子们。咱肥水不流外人田。女儿啊！你与渊明商量商量，就把外孙们给我们留下吧！"

蕙兰听了母亲这番情意恳切的话，心被打动了。她想，爹娘眼前的事，长远的事全为孙子辈想到了。不过伢仔们是怎样想的，她想知道，“伢仔们愿意留下吗？”“愿意！”翟母响亮地说道，“昨夜说要与外公外婆分开，都舍不得走，还都流了泪呢！”“那行，我与渊明商量一下。”蕙兰说着，起身要走。“爹娘可等你的好消息啊！”翟母叮嘱道。蕙兰让爹娘放心，她这就与渊明说去。她心想，这么现成的好事，渊明应该答应，她有八成的把握。

蕙兰回到家，渊明已醒，正在接待来拜年的乡邻们。一会儿人们离去，蕙兰在渊明身边坐下，将爹娘的想法一股脑儿说了出来。特别是二老对田产房屋的安排，蕙兰更是交代得清楚明白。她本想，渊明一定不会反对，甚至会满心欢喜。谁知她的话刚说完，渊明便板着脸，冷冰冰地吐出两个字：“不成！”说完，独自走出门外去了。

蕙兰一张热脸，遇上迎面一盆冷水，浇懵了。

三十一

渊明来到敬远墓前，告知家中的喜事。渊明想象得到，敬远在九天之上，会高兴的。

中午，渊明回到家，冷冷清清的。到内屋一看，蕙兰睡在床上，面朝里，渊明叫了几声，她不理不睬，像睡着了。新年头一天，冷锅冷灶，确实让人扫兴。渊明知道蕙兰为什么不做饭，也没多说，自己动手热了几个熟菜。该吃饭了，未见到伢仔们，估计到岳父岳母那边去了。于是他便自斟自饮地吃了起来。

蕙兰其实并未睡着，也听到了渊明叫她，可装睡的人是叫不醒的。不过，此时再也憋不住了，她翻身下了床，来到渊明对面坐下，一脸的怨气，眼角还挂着泪。见渊明只顾饮酒，未与她搭话，便为自己斟上酒，一仰头喝了下去。渊明见状，为蕙兰斟满酒，宽慰地笑着举起杯，“今日大年初一，可不能生气，今日生气，便会一年气不顺的。来，夫人，你辛苦了，夫君敬你一杯！”蕙兰却不搭理他。“夫人，咱俩老夫老妻的，有什么说不开！再说咱们家喜事盈门，该高兴啊！来，喝了这杯酒，消消气！”渊明说着，走近蕙兰身边，将酒杯拿了起来，劝蕙兰端着，然后碰了个响杯。蕙兰破涕为笑。夫妻俩同饮了一杯。“夫君，你小肚鸡肠！”蕙兰噘着嘴说道。“我堂堂正正的男人，怎么小肚鸡肠了？”渊明笑问。“你还在记恨我爹娘！”蕙兰直言道。渊明知道，蕙兰是说他不同意三个伢仔留下的事。蕙兰见渊明未说话，便又唠叨起来，“唉，我就想不明白：有房子、有田产，全留给你儿子，这样的好事，搁在别人头上是求之不得，你陶渊明却拒之门外。我思来想去，想到一点，你还在记恨二老的往事，有意拿这件事出气！”渊明听完，哈哈大笑。

随即，渊明放下酒杯，沉默了好一会，神情变得凝重。他缓缓开口说道：“蕙兰啊，有件事不知你记得不？”蕙兰平心静听。“当年我们俩将石锤从彭泽带回家，除了看这伢仔孤苦伶仃，我们还有一个担心：这样大的伢仔没人关照，在这乱世之中，如果学了坏，一辈子就毁了。”渊明的话让蕙兰想起当年的往事，她点了点头。“如今俟儿兄弟也处在当年石锤的年龄，也处在同样的乱世。你看湖对面就是浔阳城，渡船一天几趟，来去便利，那城里有多少诱人学坏的东西。”说这话时，渊明脑海里又闪过艳春楼、招宝馆的情景……“我知道，岳父岳母对外孙们好。可隔代常会溺爱。而且他们年事已高，想管教怕也力不从心。人常说，学好千日不足，学坏一日有余。你想，有多少人误入歧途，倾家荡产，甚至家破人亡！真有那一天，你家这些田产房屋能够败的吗？”蕙兰着实没想到这一层，她不得不承认，夫君比她想得更细，想得更远。“古人言，子不教，父之过。我这做父亲的，没本事让伢仔们荣华富贵。但有一点，绝不让他们走歪门邪道，败坏陶家的门风！”“来，夫君，这杯酒我敬你！”蕙兰斟满酒，主动碰杯，一口饮下。她心中的怨气，此时已烟消云散，“夫君，你慢慢饮，我再给你炒几道菜，今天可是新年第一天哪！”蕙兰说着，温存地一笑，系上围裙，轻盈地走向后厨。

这一夜，渊明夫妻俩既担心伢仔的成长，又不忍心让老人们孤单。商量来，商量去，直到五更天，仍然没有好办法。只有先搁置一旁，对老人们暂不提此事。

三十二

正月十五一过，蕙兰就忙开了。她与俟儿回到栗里，看到了新屋，感慨泪下。她手摸着那墙上一块块印着石锤血汗的条石，内心又感激，又心疼。这伢仔为了陶家吃了多少苦，受了多少难，那不会说话的石头，就是见证。突然，一个想法闪现在她脑海里。对！这事与渊明讲，他一定会同意。蕙兰安顿好新屋和俨儿新房的事宜，与工匠一一作了交代。随后，他们返回南村。蕙兰将新屋事讲给渊明听。她还说到那新屋屋檐，听了那位讨酒喝的人的建议，向外多伸展一截，到时夫君坐在檐下观书品茶、饮酒聊天，可惬意了。渊明听着蕙兰的描述，真想一步跨到新屋前，可这脚疾——唉！

这一夜，夫妻俩又兴奋地难以入眠。他们说到石锤，蕙兰诉说着石锤的好。她说，石锤来陶家十年了，一直与这个家患难同当，任劳任怨。当说到新屋的一石一瓦时，蕙兰更是感叹不已，那该是有多大恒心的人，才能做到，石锤就是这样的人。说着说着，蕙兰的眼睛里闪现出慈母的泪光，“夫君啊，我有一个想法，”这是她在看新屋时突然想到的，“我想收这个有金子般心肠的伢仔做义子！”“好啊！”渊明一口答应，紧接道：“我们又有了一个儿子！”“我想，”蕙兰坐了起来，“到了办喜事那一天，我们要把这件喜事告诉亲友乡邻们。”“咱陶家可是三喜临门啊！”渊明激动道。

三十三

清明节到了，渊明蕙兰带上伢仔们为家叔、婶娘扫墓，又为敬远扫墓。当看到俟儿带着弟弟们磕头祭拜时，渊明顿时有了主意。他将这一主意告诉蕙兰，蕙兰点头。

午膳前，渊明说起三个伢仔去留之事，岳父岳母及伢仔们凝神细听。渊明对三个伢仔说，要想留在外公外婆身边，必须答应两件事。第一件，不要让外公外婆多操劳，家里地里的事，三兄弟要分好工，担当起来。三个伢仔点头应承。接着，渊明说了第二件，爹娘不在身边，要听外公外婆话。俟儿是兄长，份儿、佚儿要听兄长的话。学业要努力。在乡下，进城里，不可任性胡来，违者动用家法。每月末，俟儿必须回趟栗里，向爹娘禀告两位兄弟情状。弟弟有差池，兄长要担责。渊明蕙兰认为俟儿可以承担此任。俟儿听完后一件，为难道："爹、娘，我只保证管好自己，弟弟的事，我管不了。""既然这样，与我一起回栗里！"渊明态度果断。

翟父、翟母一听顿感不安，他们让份儿、佚儿过去，又在两个伢仔耳边说了些什么。随后份儿、佚儿来到爹娘面前，说道："爹、娘，你们放心！我们在南村听外公外婆的话，听兄长的话，绝不任性胡来，绝不让爹娘操心！"兄弟俩又来到俟儿身边，挽住兄长，"哥，我们听你的！你就答应爹娘吧！"俟儿点了点头。"怎么样？是走还是留？"渊明问。"留。"三个伢仔异口同声答道，随即亲昵地来到外公外婆身旁，翟父翟母终于笑容绽放。

这时，蕙兰站了起来，她告知伢仔们一件事，爹娘商定：从今往后，石锤就是爹娘的义子，就是咱陶家人。石锤就是你们的亲哥哥，燕灵就是你们的亲嫂子。石锤、燕灵一听此言，顿时热泪盈眶，他们双双来到渊明蕙兰面前，叫了爹娘，便叩首下拜。俨儿、俟儿、份儿、佚儿、佟儿纷纷上前，尊称哥嫂。石锤、燕灵也亲和地称呼着弟弟们。看着一家人和和美美，渊明蕙兰心比蜜甜。

在渊明蕙兰就要离开南村的前夜，夫妻二人叮嘱三个伢仔要常去看望柳枝婶娘和堂兄弟，清明时一定要为亲人们扫墓。次日临别，出嫁时未曾流泪的蕙兰，面对年迈的父母和年幼的伢仔们却是珠泪涟涟。

三十四

栗里，亲友乡邻，都来到陶家喝喜酒。整个院子里坐满了贺喜的人们。周续之、刘遗民、宗炳来了，带来了远公的祝贺。南村的厚本、厚根也来了。

在吹吹打打之中，大花轿迎进了门。渊明看着俨儿一身新郎官装束，正抱着新娘走向婚房，周围围满了祝福的人群，心感欢愉。他不由想起思荻临终前与儿子难舍难分的情景，耳边又响起思荻的呼唤：俨儿，娘的俨儿！娘的伢仔，娘的宝贝！……“唉！她要是今日还在世间，看到自己的儿子做了新郎，她心里该有多高兴啊！”渊明想着想着，泪水不由自主地流了下来。“嗨，夫君啊！宾客都到齐了，该你说几句了。”蕙兰的提醒，将渊明带回到喜庆的气氛里。

面对着久别的亲友，面对着热心的宾客，渊明心里又激动又感激。他调整了一下情绪，开口说道：“亲友乡邻们，五年了，咱们又相聚了！”渊明端着酒杯的手，在微微颤晃，嘴唇在微微颤动。众人感叹着。“今天，是我陶家大喜的日子。第一喜，儿子陶俨、儿媳张婉喜结良缘。第二喜，乔迁新居。在这里，我们全家要感谢在坐的亲友乡邻，没有你们的帮助，新屋无法造成。为了造新屋，有一个人是出了大力的，我不说，大家也清楚，他就是石锤。这新屋的每一块石料都浸着他的血汗，这新屋是他成年累月，用肩头背出来的。”众人点头称道。“我说的第三喜，我们夫妻已认石锤为义子，石锤燕灵就是我们夫妻的儿子、儿媳啦！”众人拍手叫好。“在这喜庆之时，我们陶家感谢大家的深厚情意。在此，我代表我们全家敬大家一杯酒，谢谢！谢谢啦！”渊明举杯，众人起立，一同欢饮。

这一场喜宴，喝了多久，谁也不记得了。散席时，人们是各有情态。有人只笑不说，有的人低声说着给自己听的话，也有的人把一句话反复地说，还有一些人不说光唱，更有甚者是又唱又跳、又欢又闹。整个山村陶醉了。

夜里下了雨，雨滴有一阵没一阵地落下。清晨，渊明被啼鸟的鸣唱唤醒，他睁眼看时，恍惚中，半晌才想起自己是睡在新屋里。他起身穿衣，来到庭院中央，观看了一番开阔的前景。他又转回身来，仔细欣赏着新屋的全貌。这是一幢宽敞的石砌大瓦房，屋脊较高，但屋檐倾斜得较长，形成了房子前面的走廊。沿着走廊摆放着木桌和木凳，还有一张躺椅放置在大门的右边。渊明知道，这是为自己准备的。正屋的东西两边是两幢稍小一些的房屋，但很精巧。一幢是俨儿夫妻的婚房；另一幢空着，屋里只有一架新添置的织机。院中新栽了一棵桃树、一棵李树。院子周围的竹篱上面爬着喇叭花藤萝。篱畔的落叶树和长青树，都悠然自得地尽显风姿。渊明来到五柳树前，嫩树叶儿依然很小，可是绿意渐浓。他驻足良久，深有感慨。这五柳先生的名号，总算名副其实了。在薄云里探出的柔和的光线下，人影、树影显得微淡。山崖间，半空中，屋顶上，燕子、百灵、黄雀、画眉等鸟鹊，得意地飞翔着。各种鸟鸣的合唱，在孟夏的微风里悠悠地回荡……渊明在树木交荫，时鸟变声的情景中，心中欢然有喜，情不自禁地吟诵起来：

孟夏草木长，绕屋树扶疏。

众鸟欣有托，吾亦爱吾庐。
既耕亦已种，时还读我书。
穷巷隔深辙，颇回故人车。
欢言酌春酒，摘我园中蔬。
微雨从东来，好风与之俱。
泛览周王传，流观山海图。
俯仰终宇宙，不乐复何如？

“又能听到陶公吟诗了！”背后有人赞道。渊明回身，只见是茂林、茂水、河林、田春，还有一位，河林说是他兄弟河柳。“那年湖边盖草屋，我说过事不过三。果然应验了。”茂林望着新屋，忆起了往事，笑道。“全仗各位热心相助，多谢了！”渊明请各位田父进屋喝茶。

三十五

大家就在走廊间坐下，蕙兰端上茶。茂林从衣袋里掏出一张纸、一串钱道：“陶公、夫人，这是近几年的账单和应付的租钱。”“不，不！陶家住新屋，你们出钱出力的，这钱咱不能收。”渊明推辞。茂林递给蕙兰，“夫人，您收下！”蕙兰半推半接地拿在手里，见渊明不乐意，便将钱放到桌上。田春说话了，“陶公啊，我和河柳有一事相求，还是儿子拜师的事。”“可不是，我们就盼望您早一天回栗里呢！”河柳说道。“你们的伢仔现在何处读书？”渊明问。“在邻村的一个学馆，路远不说，先生有病，教一日歇二日的。”田春叹息道。“为何不送到殷之先生处求学？”这其中缘由，渊明是要问清楚的。“我们送去了，殷先生说他的学生已招满，招多了，怕教不过来，误人子弟！”田春知道渊明与殷之是多年的朋友，怕生出误会，特作解释。“是这样。”渊明沉吟片刻，“行，这两个学生我教！”田春、河柳一听这话，松了一口气，忙掏出钱来，要交学费，渊明又是推辞。田春道：“陶公能答应教伢仔们，就是伢仔们的造化，哪有白教书不收学费的道理！”“我们也没多交，与邻村学馆的一样。”河柳说完，将钱搁放桌上。田春也放置桌上。几个人便起身告辞。渊明拿起桌上三串钱，分别往回送。但直到路口，也送不回去。田父们走远了。蕙兰一把取过渊明手中的钱，回个笑脸，走向屋内。“真乃见钱眼开！”渊明对着蕙兰背影叹道。

次日，用完早膳，渊明荷锄出门。“草帽！”蕙兰拿起草帽追出门来，她替渊明戴上。渊明愠着脸，一声不吭，走了。“这年纪大，火气也大了。”蕙兰嘀咕着。

东篱下的菊圃收拾得挺干净，锤儿、俨儿知道父亲爱菊，小心侍弄着。东篱边上有一块山地，渊明想开垦出来种麻，也是一项收获。他用锄头勾勒出四周的范围。真要开出来，凭他一己之力恐难实现。他又来到湖边那块葵菜地旁，地里的葵菜稀稀拉拉，瘦黄枯老，且杂草丛生。也难怪，伢仔们的心思全用在造屋上，哪里顾得过来。渊明给葵菜松了松土，又将杂草清除。此时已是晌午，太阳有些热辣。渊明坚持将菜地整理利索，此时他已汗流浃背，感到脚疾又在作痛，于是便起身回家了。

渊明走到五柳树下，歇了口气。只见屋檐下的桌上，摆有茶壶茶碗。经过一上午的劳作，渊明心中的闷气也消散了许多，此时真有些口渴。于是他走到廊间，倒出壶中凉茶，来不及品味，大口喝下，顿感一阵凉爽。蕙兰出来，递过了扇子，又进屋打来清水，为夫君擦洗，嘴里唠叨起来："我知道我收了钱，你没了面子。说我见钱眼开，给我脸色看。行，钱都在柜子里，你拿去还了。这家我也不当了，由你来当！我落个清闲不好！"渊明不吭声，躺在椅子上摇扇纳凉。

这时，田春、河柳带两个十二三岁的伢仔走了过来。他们直接走到渊明面前，二话不说，便让两个伢仔跪下，叩头拜师。渊明招呼起来，可伢仔们已拜了三拜。礼毕。渊明问田春的伢仔叫什么名。"田响！"田春回话。"田响?"渊明觉得这名字有点意思。"是这样，我娘生我时，外屋传出一声响，我爹出来一看，是猫把吊篮扒掉了。我爹我娘一合计，这一声响来得巧，就给我起名田响，希望我长大能闹出点动静来！"田春的伢仔背书似的，说明了名字的来历。渊明听后想笑。"你倒好，不是撩鸡就是追狗，要不就上树偷果，你可闹出动静了。"田春数落伢仔，又不好意思地对渊明道："咱庄稼人不会起名，陶公见笑了。""不，不，起得好！"渊明笑赞道。

渊明又问河柳伢仔的姓名。河柳姓万，他说伢仔叫万串。"万串?"渊明更觉得新鲜。"快，告诉陶先生，你这名是怎么起的。"河柳也让伢仔说。"我娘生我，开始给我起名叫狗儿，我爹说什么狗儿牛儿的叫得多，不新鲜。他便低头苦想，跨出大门时，猛一抬头，看到架上挂着一串葡萄，他一想，有了，我家姓万，就叫我万串，这万串比一串可多多了！"渊明听了万串的话，再也忍不住了，哈哈大笑起来，"好，好！葡萄丰收了！""还丰收了，连一串都挂不住。他贪吃，还是青果就让他给扭掉了！"河柳在伢仔额头上点了一下，责怪着。河柳接着说道："陶公，咱庄稼人，一动文墨就犯难，连给伢仔起个名都土俗。我们把伢仔交给您，希望他们能识几个字，比我们强些就成!""我定当尽力!"渊明向田春河柳说后，又转向两个伢仔："明日你们把所读过的书都带来，我要看看你们都读了哪些书，读得怎样?"两个学生点头。田春、河柳见事已落妥，便带着伢仔告辞了。望着他们远走的背影，渊明默念起两位学生的名字，仍想发笑。

小儿陶佟走出屋来，"爹，您教了学生，我也跟您学吧?"蕙兰也跟了出来，"是啊，夫君。佟儿跟你学，还能省学费呐!""不行!"渊明一口回绝。"你教学生是教，教儿子也是教，怎么不行?"蕙兰不解。"这不一样，老子教儿子是教不好的!""怎么就教不好，说来听听!"蕙兰搬来木凳坐下。

"老子和儿子，终日在一起，过日子可以，但传授学问不行。他没有先生学生之间的新鲜感!"渊明说自己的感受，"先生学生初次见面，陌生，但新鲜。有一种想互相了解的愿望。这一了解，就会发现对方一些特质，和有趣味的东西。比方说刚才两个学生的名字，就很有趣味。明日看了他们的学业，还会有新的发现。当然学生对我这位先生会有什么感觉，他们自己会与过去的先生比较，他们的内心会有答案。各自的特质和趣味的交流，又会激发一种兴趣。而这种兴趣如果转化到知识的传授上，转化为对知识的兴趣，就会产生积极向上的效果。这种情状，父子之间很难存在。"

蕙兰被渊明一番话，说得云山雾罩的，她点头不是，摇头也不是。"好了，别坐着了。"渊明对仍迷茫着的蕙兰提醒道，"快带佟儿到殷之学馆去，看在朋友的份上，让他收下佟儿!"蕙兰点头，回屋取钱，拉上佟儿奔学馆而去。殷之收下佟儿，且不收学费。蕙兰坚持要交，殷之勉强收了一半。

用晚膳时，蕙兰道：“夫君哪，今年是你五十大寿，到时候好好热闹热闹。”“一碗长寿面，一壶绿春酒，足矣!”渊明从未把生日事放在心上，记起来了，一碗面；忘记了，也无所谓。人来到这个世界，很偶然，也很自然，不必要太在意这个来到的日子。

三十六

一园子翠绿的葵菜，渊明夫妻俩正在采摘。两只菜筐子很快装满了。担子不算重，渊明挑起来，向街市走去。街市两边都是做买卖的布篷、摊位，渊明一个一个看过去。那些做买卖的生意人，没人识得他的，只是嚷着自己的货物名称和价钱，无非是绸布、针线、假花、首饰，还有纸笔、灯景、玩具以及诸般精巧手工器皿和食品之类，铺陈得琳琅满目，五色缤纷，煞是好看。

渊明来到小菜市，这是买卖农家产品的市场，他在一空位处放下了担子。几位买家见到水灵灵的葵菜，纷纷上前购买。晌午时，菜卖出一半，还剩一半。那菜在阳光下一晒，不及先前水灵，几乎无人过问。眼看着太阳越升越高，渊明看着剩菜，心里有些着急。这时，一位中年差役来到渊明面前，看了一眼筐里的菜，开口道：“这葵菜我买了。”“你要?”渊明心中一喜。“全要！你说个价。”“少了五十钱，不卖。”“你的菜好，我给你八十。”“八十?”买家只有杀价，哪有提价之事，渊明感到蹊跷。

他又打量了一下这位差役，对方是诚心要买。他一想，不管许多，我愿卖，他愿买，就是公平交易。

卖完菜，渊明肩着空菜筐，来到卖纸笔的布篷前，仔细挑选起笔墨。他让女卖主拿一支狼毫，一支羊毫。女卖主眨巴着眼，不知所云，最后将所有的毛笔全捧在渊明面前，任由他挑选。渊明买得纸笔走出老远，女卖主还在念叨："狼毫、羊毫……"她狐疑地望着渐渐融入人流中的渊明。她一定在想，这个卖菜的汉子，难道也会舞文弄墨？还知道什么狼毫、羊毫。这可真是人不可貌相，海水不可斗量啊！

渊明回到家中，将卖菜一事告诉蕙兰。蕙兰不信。渊明取出钱和购买的纸笔，放在蕙兰面前，蕙兰仍是将信将疑。第二天，渊明挑着菜来到菜市，几位买主上前买菜。这时，那位差役又来了，大模大样地对买主们说道："对不起，这菜我全买了！""我这菜鲜嫩，价钱可不低。"渊明不满差役的做派。"开个价吧！""既然是全要，就一百钱吧！"渊明想少赚点，早回家。"你这菜，街面上找不到第二家，我给你一百五十钱！"差役说完付钱，将渊明筐中菜腾入自己筐中，挑走了。第三天，同样的菜，差役给了一百八十钱。

渊明蕙兰看着三天卖菜挣来的一堆钱，兴奋之余，却有一种不安，这钱来得太容易了。那差役非亲非故，也太反常了。渊明突然想起，母亲当年看到自己从桓玄处得来的大笔钱，就疑惑地说过，这钱来得太容易了。后来证明，母亲的怀疑没有错，不义之财不可取。

第四天，渊明卖菜时，差役又来了，出的价比头一天还高，可渊明不卖了。不但不卖，他还将头三天多收的钱退给了差役。

差役感到稀奇，笑道："你卖菜，不就为了赚钱？谁出钱多，卖给谁。我就没见过能多赚钱而不赚的买卖人。"渊明淡淡一笑，并不解释。他的菜被零散的顾客买走，钱是少赚了，可心里踏实。

三十七

渊明的生日到了，蕙兰没按渊明的意思。她让俨儿到南村叫俟儿、份儿、佚儿与外公外婆同来欢聚。她办了两桌酒菜，自家人一桌，另一桌她请来了张野、通之、殷之、荀之、叶舟、茂林等亲友，来陪夫君畅饮几杯。夫君一路走来，如今已是知天命的年龄，个中辛苦，她做妻子的心里最清楚。五十大寿不操办一下，她心里过意不去。渊明见蕙兰办得如此张扬，口里埋怨，心里倒是暖暖的。

酒菜齐备，正要入席时，有两位陌生人走了过来，一位三十岁上下，一位四十岁光景。他们来到渊明面前，年轻的这位向渊明拱手笑道："陶公，打扰了。我是特意登门来买葵菜，您只卖给我三日就不卖了。难道我的钱有假不成？"这时石锤、俨儿认出了年轻人，俨儿道："爹，这位就是送了礼钱，要来讨酒喝的先生！""你是？"渊明惊喜地问道。"颜延之。"年轻人谦和地报上姓名，他又介绍身边的一位，"这位，羊松龄。"羊松龄向渊明施礼。渊明喜出望外，忙向二人回礼。二人又向各位施礼。张野、通之、殷之、荀之等一听二位名姓，甚是惊异，一同还礼。渊明拱手道："两位大才子光临寒舍，稀客，稀客。来，请一同入席。"

众人自然礼让一番后落座。张野说道："陶公五十大寿，有贵客来贺，真乃吉星高照!"延之、松龄得知是渊明生日欢聚，双双起身，施礼祝贺。松龄抱歉道："陶公寿诞，我等空手而来，失敬失敬!"渊明笑着摆了摆手，又对延之道："你出高价买去了我的葵菜，礼钱已提前送了。"大家听说过此事，哄笑起来。"陶公啊，你不赚分外之财，延之佩服!"延之赞叹着。众人也点头称道。渊明则将话题岔开，他笑对延之道："你这位讨酒喝的人，今日看你如何表现了。"延之道："放量畅饮。"大家叫好。"来，我提议，大家举杯，敬寿星一杯，祝陶公福寿绵长!"通之提议，众人响应。这一杯祝寿酒喝得欢畅，接下来相互见礼。延之、松龄初次登门，年纪又轻，自然要主动敬酒。此二人为人爽快、礼节周全，增添了寿宴的气氛。就这样你来我往，谁也不记得酒过几巡，喝了几杯几坛，只喝得尽兴而散。

延之、松龄没有离去。他俩陪伴渊明坐在五柳树下酒后闲聊。松龄突然笑问道："陶公风骨傲然，不肯折腰，却偏爱这折腰的细柳，是何缘故?"渊明笑而未答。"这细柳不是折腰，是礼贤下士。"延之笑道，"这柳枝婆娑多姿，自然洒脱；这柳叶春发秋落，顺其自然；这柳树，风雨飘摇，葱翠挺拔。其自然纯真之性与陶公同也。故此，陶公又号五柳先生。"渊明听后大笑，仍不言语。

"陶公，今日高兴，就陶公诗文，我说点不中听的酒话，如何?"延之问渊明。"请讲!"渊明认真聆听着。"陶公诗文冲澹虚明，温良和厚。这是总体。不过，亦有质白少味者，如'四体诚乃疲，庶无异患干''即事已为高，何必升华嵩'此类太自暴白，味如嚼蜡。那咏雪句'倾耳无希声，在目皓已洁'亦似拙滞……”松龄一声咳嗽，打断了延之的话语。延之道：“我知道，你松龄兄怕我酒后胡言，让陶公扫兴。我不愿说假话，如何感觉就如何说。当然，诗词文赋，见仁见智。我这酒后真言，只是我一家之言，仅此而已！”渊明对当面评价自己诗文的不足，是头一次听到，心中虽不如听到赞美声受用，但对这位小自己近二十岁的颜延之的直爽性情，却不得不另眼相待。他思忖片刻，言道：“延之说的是，渊明诗作不多，即使其篇篇佳作，亦为小家。况美不掩恶，瑕胜于瑜。”“陶公心胸坦荡，谦和虚怀。百闻不如一见哪！”松龄感叹道。渊明摆了摆手，说道：“朋友相交，友直、友谅、友多闻。益友也！”“如此说来，陶公是把我延之当朋友了？”延之惊喜地问道。“只是我陶渊明生生无术，穷困潦倒，世人避之不及，你颜延之又何必沾其穷酸呀！”

渊明早有“息交绝游”之念。如今的世风，交友多为利为名，我陶渊明有什么？这方面他有自知之明。“陶公啊，您错看延之了。我颜延之愿与陶公为友，岂是一时一日。当年，殷仲文引导您误上桓玄贼船，让您蒙受大难，您却对他体谅宽厚，结为挚友。陶公的交友之道我赞赏。”延之饮了一口茶，又继续说起，“我读了陶公的《归去来辞》，文章里，陶公把求官弃官的原由和盘托出，毫无掩饰，坦坦荡荡。当今有些人，以所谓名士标榜自己，说自己如何如何清高，骨子里却眼巴巴盯着官宦利禄。相比之下，陶公的为人之道我敬重；为说服卢循，解民于倒悬，陶公将生死置之度外。真可谓铁肩担大义！陶公的凛凛正气我感佩。陶公啊！贫穷不关人品，能结交您这位高士，是我延之平生之愿，难道您还怀疑我的诚意吗？”“难得，难得延之如此重情！”松龄由衷感叹。

延之一番话，使渊明深深感动，自己的过往之事，连自己都已淡忘了，却有一个人铭记着，赞叹着……这世上还有第二个人吗？他想起那句话：人生得一知己足矣。眼前这位，不正是自己人生中难得的知己吗？“俨儿，取酒来！”渊明高声呼唤道。俨儿奉上酒。渊明斟上三杯酒，他首先举起杯，“渊明有幸结识二位，深感快慰，是朋友，同饮此杯！”延之松龄举杯，三人一同饮尽。松龄又为三人斟满酒，他举起杯，说道：“两位诗文名家，结为知己，这必将成为一段佳话。松龄祝贺二位！”说完饮干。渊明、延之对视片刻，从对方的目光里看到了真诚。他们又一次碰响手中的酒杯，一饮而尽。

此后，三位好友常在一起饮酒作诗。而渊明、延之，同为少年丧父，同好诗文，同样政见，同喜酣饮，更是无话不谈。这对忘年好友谈今论古，经常通宵达旦，荆薪代烛，总有一种相见恨晚之感。正如渊明诗中所言：日入室中暗，荆薪代明烛。欢来苦夕短，已复至天旭。多年以后，渊明去世，颜延之为他所作的《陶征士诔》中，对这段交往亦有记叙：伊好之洽，接阎邻舍，宵盘昼憩，非舟非驾。随着俩人交往的深厚，以及延之在仕途上的坎坷，他对渊明的政治敏感、艰难守节、生存智慧、直爽真诚，有了更切身的感受。

三十八

转眼间到了第二年夏天，夏粮获得好收成。然而却又所剩无几，朝廷的赋税又加重了，据说要兴兵北伐。真能收复中原失地，当然是件好事，特别是多年逃难在外的难民们，可以重返家园。不过为此，晋朝的百姓又要忍饥挨饿了。渊明靠着教学生、卖菜卖麻；蕙兰则纺纱织布、饲养家禽，老夫妻俩勉强度日。这年俟儿也成家了，媳妇是他婶娘柳枝的娘家侄女柳叶。份儿、佚儿也都在南村找到了称心的姑娘。燕灵、张婉都怀上了伢仔。清贫中的渊明夫妻颇感快慰。

过了正月。这天，张野来到渊明家，告知慧远法师圆寂了。渊明赶忙让佟儿唤回锤儿、俨儿，让他们准备篮舆，他要去东林寺。

临近东林寺的山陵之间，布满了鲜艳的金幡、旗帜，奏响了优雅的佛乐。寺门外停满了各式各样的车子。寺内成百成千的僧徒、香客，在大殿前诵经。百里之内赶来送葬的人络绎不绝。

八十三岁的慧远，平和安详，这就是他圆寂前的最后神态。渊明二十岁时，年逾五十的慧远法师入庐山宣讲佛学，经历过无数的艰辛努力，居东林寺三十余载，净土宗推尊他为初祖。他是一位虔诚的佛教大师，是一位有道的高僧，当浔阳百姓遇到危难时，他义不容辞。

渊明与远公是方外友，他对佛家教义有不同的看法。近期他写有《形影神》三首哲理诗，就是对远公的《形尽神不灭论》《佛影铭》等文章宣扬的精神可以离开形体而独立存在，以及人的形体消失后，精神不会消灭等神不灭论而提出的不同哲学观点。尽管信仰各异，但这并不妨碍他对远公人品的敬重和才智的钦佩。远公所著论、序、铭、赞、诗、书，集十卷，五十余篇。他无愧于大师的称号。

此时，张野撰《远法师铭》，由他宣读，以致哀思：慧远本姓贾氏，雁门楼烦人，幼而好书。年十三，随舅令狐氏游学许洛。他博综六经，尤善庄老；擅文章，辞气清雅。年二十一，欲渡江东，值中原乱，不果。遂往太行恒山，依释道安，遂悟而出家。太元中，立精舍于庐山，与慧永、宗炳等结白莲社念佛，有十八贤之目。卜居三十余年，足不出山，送客以虎溪为界……渊明眼前，又出现远公与陆修静送他过虎溪数百步，三人相与大笑的情景。难道这栩栩如生的一幕，也是远公的形尽而神不灭论？如果从这一角度去理解，渊明倒也认可。

三十九

晋安帝义熙十三年（417），东晋大将刘裕率军北伐，收复长安，灭掉了后秦。驻军关中时，左将军朱龄石派长史羊松龄赴关中称贺。松龄要走了，特来与渊明辞别。渊明当即赋诗一首，《赠羊长史》，诗中表达了他希望国家统一，向往去中原游历的心情。但对刘裕灭后秦，平中原，诗中并无庆贺，而是“概然念黄虞”。此正是诗人不满于当时的统治者，想念上古的治世。他思念商山隐士，再次表明自己不愿同流合污的心志。后来的事实，验证了渊明对刘裕的冷漠是有情由的。

这日，延之到来，与渊明讲起朝廷事。晋廷派遣琅琊王德文，与司空王恢之，去到洛阳，修整拜谒先帝的陵墓。刘裕欲上表，恳请晋廷迁都洛阳。谘议将军王仲德道：“劳师日久，士卒思归，迁都事不可操之过急。”刘裕乃罢议。随后，他暗中嘱托行营长史王弘，入朝讽请，为他加九锡礼。这是渊明头一次听到王弘的名字，且知他与刘裕不一般的关系。剿灭桓玄一族，刘裕授十六州都督，当时东晋江山他已掌控大半。至灭卢循，荡南燕，收西蜀，再到铲除刘毅、诸葛长民、司马休之等异己，晋廷命刘裕都督二十二州军事，东晋天下尽在刘裕的掌握之中。此番剿灭后秦，平定中原，刘裕欲请加九锡礼。此时的刘裕，也许已在觊觎晋廷那最高位置上的宝座。看着阴雨绵绵的旷野，渊明、延之已有了改朝换代的预感。

当刘裕欲进兵西北时，忽由京中递到急报，乃是前将军刘穆之得病身亡。刘裕接报，禁不住惊惶悲恸。朝廷九锡诏下，刘穆之心存疑惑，刘裕怎么不与自己谋划？后闻由行营长史王弘奉刘裕密旨，自来朝廷讽请，刘穆之不免有失落感，不久愧惧成疾，竟致逝世。

刘穆之之死于朝廷并无大碍，于刘裕可谓塌天之事。刘穆之早年为桓修幕僚，桓修被杀，刘裕召刘穆之为府主簿。真正得到刘裕信任，是在司徒兼扬州刺史王谧病亡时，他在扬州刺史一职上的远见卓识。王谧去世，刘毅等想要任命中领军谢混为扬州刺史，又担心刘裕有异言，朝议纷纷不能决断，乃派遣尚书右丞皮沈，前去询问刘裕。皮沈快马来到刘府，遇见刘穆之，述说朝议。刘穆之一听，假托如厕，来到刘裕面前道：晋国多难，天命已移，刘公勋高望重，岂可长作臣子。扬州为晋朝根本所系，不可让人。前授王谧，事出权谋；今若再授他人，只怕刘公终为人制。一失权柄，无从再得。不如答言事关重大，当入朝面议。等刘公到了京都，大臣们必定不敢违背刘公意愿，更授扬州刺史于他人了。刘裕极口称赞；见了皮沈，便依刘穆之之言照答，让他复命。皮沈去了数日，未等刘裕到京，有诏征刘裕为侍中，扬州刺史，录尚书事。刘裕随了心愿，野心愈加膨胀。刘裕篡晋之心，实由刘穆之一人导成。

至此，刘穆之深得刘裕信任。每届刘裕出师征讨，无论国事家事，悉数委托，穆之极尽心力，以图报效。刘裕平司马休之时，留兄弟中军将军刘道怜掌管府事，刘穆之为副。事无大小，皆取决穆之。可见刘裕对刘穆之的信任胜过兄弟。此次刘裕北伐讨秦，世子义符为中军将军，留监府事，左仆射刘穆之领监军中军，二府军司，入居东府，总摄内外。刘裕对刘穆之的信任胜过世子。刘裕北伐后，刘穆之内总朝政，外备后援。这样的心腹干将，忽然病死，顿令刘裕内顾怀忧，害怕朝廷生变，根本丧失。当即，决意东归。

三秦父老，听到刘裕整装欲返，全拜倒在军门外，含泪请求道："残民离开晋廷，已有百年，今又得见大汉威仪，人人相贺。长安十陵，是公家祖墓，咸阳宫阙，是公家旧宅，舍此将何往呢？"刘裕亦黯然伤感，随即安慰道："我受命朝廷，不得擅自驻留。诸君诚意感人，今由次子义真及文武贤才，共守此土，汝等宽心安居，不会有意外变动！"大众无奈，只好退去。

刘裕撤兵不久，义真及晋军将士败于夏王赫连氏，中原得而复失，三秦父老重陷于水火之中。"只知有私，不知有晋"的刘裕，为了个人野心，此时已是急不可耐了。

四十

几天后，延之来与渊明话别，他将离任刘柳后军功曹，调往京城任博士。渊明听后，沉默良久。他仰望天空，乌云层层，细雨潇潇，他深切地吟诵道："霭霭停云，濛濛时雨。八表同昏，平路伊阻。静寄东轩，春醪独抚。良朋悠邈，搔首延伫……"延之听后，泪盈眼帘。这就是渊明为延之所赋的《停云》诗。诗中形象地再现了挚友相聚的欢畅和分离的感伤。

延之临别那天，渊明不顾脚疾疼痛，送了一程又一程。直到长江边，俩人挥泪以别。延之上了船，船离岸而去。渊明的视野里，延之站立船上的影子模糊了，可他能感觉到，延之的目光仍向这边遥望。渐渐地，船越去越远，就要隐没在苍茫的天水之间，可渊明依然伫立在江岸，久久注目于船去的方向。他希望船走得慢些，再慢些，不要在他的视线中消失，因为在船的上面，有他难舍难分的挚友。然而，延之毕竟还是走了，帆船完全消失了。渊明只能在心里默默祝愿，希望这位忘年好友，在动荡的岁月里，一路平安！

四十一

深秋日暖。这天，渊明正在五柳树下教授田响、万串学业。这两位学生求学多年，长进不大。渊明正为他们讲解荀子的《劝学篇》，“君子曰：学不可以已，青取之于蓝，而青于蓝，冰水为之，而寒于水……”这时，俨儿、张婉匆匆而来，婉儿哭泣道：“爹，我爹他快不行了，您快去一趟吧！”渊明闻言，吩咐两位学生习字，自己跛着脚奔向张家。

通之、殷之、荀之等已先来到。卧榻上，憔悴的张野见到渊明等好友，脸上掠过一丝快慰。他的嘴里在轻轻念诵，断断续续地能听见微弱的声音，“纵浪大化中，不喜亦不惧……应尽便须尽，无复独多虑……”当声音终止时，张野已平静地离去了。好友们为失去一位轻名利、重友情，耿介直爽的朋友而悲痛不已。

四十二

办完张野葬礼的第二天，又一噩耗传来：家叔陶夔病逝。渊明接过来人递上的信函，只见信中写道：明儿，接家叔回家。万望！家叔陶夔遗愿。渊明让蕙兰叫锤儿与自己同往京城。此时俨儿要为岳父守孝，无法离开。叶舟已多年不驾船了，渊明与锤儿搭乘客船前往。

船行数日，到达京城。渊明、石锤一下船，便见延之在码头迎候。两位朋友相见后，同往陶府。陶府，这座老宅已破旧不堪，勉强支撑着。那棵香樟应是风华正茂的树龄，可此时却枯叶飘零，树冠光秃。经历了秋气的肃杀，抗击过寒风的凛冽，显然它与主人一样已经衰落了。管家方圆开了门，浑身素服。他认出了渊明，眼带泪，声含悲，告诉渊明，他家叔走得很平静，很清醒，只说着，明儿，来接叔回家，便咽了气。老管家拄着拐杖，弯着腰，曲着背，步履蹒跚，引着渊明他们走过一条幽径，便来到陶夔安卧的厅堂。此时，渊明再也忍不住了，叫了一声“叔”，便扑上前去，跪倒在家叔遗体旁，大放悲声。延之相劝不住，陪着流泪。少顷，老管家走上前来，拍了拍渊明的肩膀，摇了摇头道：“你家叔说了，他走的是时候，让你不必悲伤！”渊明这才忍住悲痛。一会，殷景仁、羊松龄等友人也前来探望，并告知渊明，朝廷要举行一个祭奠仪式，以告慰老臣英灵。

夜，景仁、松龄因公务先行告辞。只有延之陪渊明为家叔守灵。渊明让石锤去安歇了。他与延之谈起了朝中之事，此时刘裕已为相国、封宋公、加九锡。听延之一番话，渊明隐约理会到，家叔说他走的是时候的含义了。看来改朝换代已近在眼前。唉，司马氏皇族暗弱无能，晋廷气数将尽矣。想到此，渊明既愤其不振又无可奈何。延之倒不这样看，他听说刘裕曾查阅谶文，云：“昌明后有二帝。”昌明即晋孝武帝表字，安帝承嗣孝武帝，尚只一代，似晋祚不致立即覆亡。安帝现仍在位，在安帝之后，当还有一个末代皇帝。到那时，刘裕怕是年事已高，也许已不在了。渊明闻听延之此言，心中却有一种不祥之感，此时刘裕年逾花甲，等二帝之后，将到何年。以刘裕为人，他等得了吗？因此，极有可能会走极端。他预感到：一场血雨腥风在所难免。

然而，渊明推断，延之不信。俩人各执己见，只好由日后验证。延之又谈到他与傅亮不和。傅亮自以文义之美，时人莫及，而沾沾自喜。延之文辞，不为之下，傅亮对此耿耿于怀。渊明劝诫延之，在京为官，多加隐忍。傅亮心机颇深，他让延之多加提防。当下朝政动乱，时局多变，更应临渊履冰，步步谨慎。延之听劝。

渊明看着延之心事重重的样子，心想还是无官一身轻啊。然而人各有志，渊明无意劝告任何人与自己走一条路。延之询问渊明，王弘已任江州刺史，可拜访过他？渊明摇头。延之说他与王弘是同乡，王弘曾说到了江州赴任后，要去拜访陶公。延之还说此人颇有文才，以清恬知名。渊明默默无语，其实王弘在他心中已有印象。此人无论文才品行如何，他陶渊明不愿结交。

鼓楼上的更鼓声，一阵阵，催促着黎明的到来。一整夜，渊明几乎未睡，延之也未合眼。俩人有说不完的话题，不知不觉已经天明。

京都晨景，另有一番风光，宫墙、鼓楼，隐隐绰绰，躲在晨雾中，太阳在浓密的树丛里，吐出微弱的光芒。午后，陶夔的祭奠仪式开始，只有几位老臣旧友前来吊唁。皇宫内来了一位宦官，代表皇家朗读了祭文后，对渊明抚慰了几句，便扬长而去。随后，陶夔的遗体入棺上船。老管家的侄儿来接他回京口老家，他坚持一路送棺椁上船来，又在陶夔灵前再行祭拜后，这才含泪与渊明告别。渊明与延之、景仁、松龄等依依惜别，登船远去。不日，渊明陪伴家叔魂归故里。按照陶夔的遗愿，安息在家乡的青山绿水之间。渊明没有辜负老人生前的嘱托，兑现了自己的承诺，心中感到宽慰。然而，京城一趟，时局的动荡，又时时牵动着渊明的心绪。

四十三

十二月，刘裕终于坐不住了。他密嘱中书侍郎王韶之，贿通内侍，要做那篡逆的大事。琅琊王司马德文是晋安帝同母弟，自洛阳拜谒先帝陵墓还都，见刘裕权位越来越大，已担心他进逼安帝，因此随时加以提防。每日值守宫中，小心检察，就是安帝饮食，亦必自己先尝而后进献。所以王韶之等无机可乘，安帝尚得忍辱多活数日。

不料安帝命数该绝，德文无端生病，不能进宫，那王韶之正好动手。他指挥内侍，竟将安帝按住，用衣裳作绳，硬将安帝活活勒死。当下谎称安帝暴病驾崩，传出遗诏，奉德文即皇帝位。

德文亦明知有诈，怎奈宫廷内外，已都是刘裕爪牙，孤身如何对抗，只好得过且过，权登帝位，称晋恭帝。第二年改安帝义熙年号，称为元熙元年（419），立王妃褚氏为皇后。再晋封刘裕为宋王，又加给十郡采邑。刘裕此时是老实受封，迁都寿阳。不久，他又委婉地让朝臣，为他申加特殊礼遇。恭帝不敢违慢，更命刘裕得戴冕旒，建天子旌旗，出警入跸，乘金根车，驾六马，备五时副车……晋王太妃为太后，世子为太子，居然与晋朝无二了。渊明的预见逐渐显现，延之的幻想正在破灭。

四十四

这一切，身居千里之外的渊明并不知晓。辛酉年正月五日，五十七岁的渊明与通之、殷之、荀之、叶舟等同游斜川。斜川临近鄱阳湖，渊明乘篮舆，由锤儿、俨儿、万串三个伢仔轮换抬着前往。他们赶早动身，晌午，一行人来到风景秀丽的游览地，一路观赏，来到曾城山下。渊明下了篮舆，与友人们谈笑着，开始向山上攀登。

这是一座不高的山丘，上面长着竹子和树木。有趣的是那些石头，有挺拔的，有傲慢的，也有谦恭的，争着呈现出各种情状。还有的像牛马在小溪里饮水，像猿猴在树林里打斗……饶有风趣。他们指指点点，不觉登上了山头。眼前美景，更是目不暇接。这山独秀中皋，傍无依接，只见云在飘浮，水在波动，鲂鲤跃鳞，水鸥翻飞。飞鸟昆虫，任意游玩，姿态美妙，技巧天然。

大家各自寻一块地方坐下，沐浴在温暖的阳光里，静默在如画的大自然美景中……任由浩瀚的湖水滋润着眼睛，清脆的鸟鸣愉悦着耳朵，悠远空阔的境界陶冶着精神，渊深恬静的自然净化着心境。渊明想到昆仑山上也有一座曾城山，与此山同名，传说是神仙居住的地方，因此又称灵山。眼前的景色，何尝不似仙境一般。

这时锤儿、俨儿提着春酒而来。万串奉上酒器。他们为长辈们把酒斟满，大家便你一杯我一杯互相劝饮。饮至酣畅时，诗兴大发。渊明远望蓝天上的雁群，吟道："鸣雁乘风飞，去去当何极？念彼穷居士，如何不叹息！"殷之接着吟诵："虽欲腾九万，扶摇竟何力？远招王子乔，云驾庶可饬。"轮到了荀之，他吟道："顾侣正徘徊，离离翔天侧。霜露岂不切？务从忘爱翼。"渊明突然道："张野兄，轮到你了！"然而话一出口，他马上想起，张野永远不可能与好友唱和了。众人亦感叹不已。渊明高吟道："高柯濯条干，远眺同天色。思绝庆未看，徒使生迷惑。"这首《联句》诗，三人以大雁高飞为题，而各抒情怀。渊明看到大雁展翅高飞，为才能不得发挥的穷居士而叹息，因而他后来不看不想了，因为越看越想徒然增添迷惑。最后一组诗中，也有渊明对好友张野去世的黯然伤感。殷之看到大雁展翅高飞，自己也想扶摇而上，但他感到无力可恃，因而幻想神仙帮忙。荀之看到大雁双双对对的结伴而飞，赞美这些大雁患难之中珍重友情。诗人们文思奇巧，雅趣盎然。但都隐含着怀才不遇之感慨。

回程的路上，大家谈论诗文时，殷之说，通之的女儿，他的学生庞馨，颇有文才，喜爱渊明诗文。荀之笑道："庞馨与陶佟同窗，如成了陶家的媳妇，不就能常读陶公新诗了吗？"叶舟笑着拍手道："这可是好事，通之兄与渊明兄是好友，能结为亲家，就更亲近了！""看来我又要为陶家当回媒人了。"殷之说这话时，瞟了一眼只笑不语的通之。"你都当了一回了，这回轮到我了。"荀之朝殷之争辩道。"没听说过，两位先生争着当媒婆的！"叶舟一句俏皮话，把大家都逗乐了。渊明正操心小儿子的婚事，真能如愿，他这做爹的心思也就了了。

油灯下，斜川的美景又一幕幕在渊明眼前浮现。他不情愿让此番畅游稍纵即逝，便提笔写下《游斜川》诗题，随之，文思如流，妙笔生花。不多时，一首游乐诗告成：

开岁倏五日，吾生行归休。
念之动中怀，及辰为兹游。
气和天惟澄，班坐依远流；
弱湍驰文鲂，闲谷矫鸣鸥。
迥泽散游目，缅然睇曾丘；
虽微九重秀，顾瞻无匹俦。
提壶接宾侣，引满更献酬；
未知从今去，当复如此不？

中觞纵遥情，忘彼千载忧。

且极今朝乐，明日非所求。

诗中，生动地描绘了斜川和曾城山初春的美好风光，赞美了朋友之间淳朴而高雅的情谊。渊明想起当年石崇有金谷之会，王羲之有兰亭集会，皆为文士们所乐道。今日斜川雅会，虽比不得贵族们的奢华，却别有一番情趣。为此，渊明在《游斜川》序文里，特各疏年纪乡里，记下游玩日期，以志为念。

不多日，荀之来到陶家报喜，通之夫妻同意与陶家结亲。陶佟与庞馨同窗多年，相互有意，早盼着这一日。随后，两家订下了儿女婚期。婚期一到，陶佟庞馨喜结连理。南村的份儿、佚儿都已成了家。至此，渊明蕙兰操办完了所有儿子的婚事。

四十五

刘裕这一年，可谓过得不容易。一天，他在寿阳宫宴集群僚，伪言将奉还爵位，归老京师，僚属莫名其妙。延之信以为真，更为之心喜。群僚退出，中书令傅亮，悉心揣摩，居然看透刘裕真意，他转回后请见道："臣暂时应返回京都。"刘裕抚须一笑，并无他言。傅亮会意，便即辞去，他仰观天空中现出长星，光芒四射，不禁长叹道："我尝不信天文，今始知天道是有预兆的。"第二大，傅亮即驰赴都中。未几，即有诏命传出，征刘裕入朝辅政。刘裕留四子义康镇守寿阳，参军刘湛为辅，自率亲军匆匆启行。

刘裕到了建康，傅亮已安排妥当，逼迫恭帝禅位，将已成文的草诏，进呈恭帝，令他照稿抄录。恭帝看了一下左右臣子，感叹道："桓玄时晋已失国，亏得刘公恢复，又重新延续，到今将二十年。今日禅位，也是甘心。"说着，即强作欢颜，操笔抄录诏书，付与傅亮，复取出玺绶，交给光禄大夫谢澹。尚书刘宣范，将玺绶献给宋王刘裕。随后，恭帝带领皇后褚氏等，凄然迁出皇宫去了。

刘裕得了禅诏，表面上还三劝三让，假意谦恭。那一班攀龙附凤的臣僚，连番劝进，遂在南郊筑坛，祭告天地，即皇帝位，国号宋，颁诏大赦，改晋元熙二年为宋永初元年（420）。废晋恭帝为零陵王，晋皇后褚氏为零陵王妃，迁居故地秣陵县城，使冠军将军刘遵考率兵管束。东晋遂亡。颜延之目睹和参与了朝代更替的全过程，一则为眼前的晋废帝凄凉下场而伤感，二则为渊明的先见之明而惊叹。

东晋继西晋立国至今，已有百年。初期，君臣合力抗御外侮，使南中国不亡于五胡。晋明帝与王导君臣协力，正面反省了西晋早期的阴暗历史，深表惭愧，有一种政治自新的气魄；晋孝武帝与谢安君臣一心，以八万士卒战胜秦国百万大军。使朝野大振。然而这一切，只能提振一时，却挽救不了这个朝廷如历朝一样，一代不如一代的衰亡命运。渊明想到陶家一门，曾祖陶侃、祖父陶茂、父亲陶逸，最后到家叔陶夔，还有自己几度担任的微官小吏，无不为这个朝廷尽心竭力，忠心耿耿。然而朝纲不振，皇帝昏庸，逆贼谋篡，苛政民怨，又岂是一家一人所能力挽。东晋灭亡了，这个谋篡曹魏家天下的司马氏家天下，灭亡了。继而又是一个谋篡司马氏家天下的刘氏家天下，这刘家不知又要上演怎样的兴亡大戏。而谋篡刘氏家天下的又是哪一家？渊明想，自己也许看不到了。但这个被谋篡的规律，这一代不如一代的王朝命运，是哪一家都逃脱不了的。然而，这样的家天下的谋篡、更替，何日是个头呢？渊明站立山崖，抚松遥望京都方向，大地茫茫，天昏地暗，渊明心中充满迷茫和惆怅。

刘裕称帝大宴臣僚。席间，刘裕向王弘问起陶渊明近况，说陶渊明近日更名为陶潜，不知何意。刘裕自然明了陶家对晋廷的感情，也听说过陶渊明不为五斗米折腰的脾性，他揣测陶渊明一定对新朝心怀不满，并有所举动。但他需要的是真凭实据。江州刺史王弘起身答道："启禀皇上，陶渊明躬耕田园，饮酒作诗，无心朝局。"刘裕听罢，淡然一笑，宽心欢饮。其实有一点刘裕也许不知，陶渊明对逝去的那个王朝，也有一腔子的不满与失望。他心里早有预感：晋王朝大厦倾覆，只是迟早的事。这是规律。颜延之在临座听得真切，随后传书渊明，特写道：王，仁厚，可结交。

四十六

在颜延之书信之前，王弘派遣庞通之与参军庞景前去拜访过渊明。那日，渊明正在教授学生，后来又有几位乡邻送来子弟向他求学，他收下了。经过一段时间的讲授、指教，学生们有些长进。为了勉励自己的学生勤奋学习，珍惜时光，他将早年激励自己的诗句，为学生们吟诵：盛年不重来，一日难再晨。及时当勉励，岁月不待人。渊明看着年少的学生，感叹自己的壮年都一去不复返了。他殷切地期望后生们不要虚度年华。这时，通之与庞参军来到陶家，双方见礼。渊明让学生们将刚才四句诗背诵、默写。便来陪客。

庞参军请教渊明秋粮生产等农事。此时，值其酒熟，一时无处寻巾漉酒，渊明随即取下头上葛巾，漉完酒，他又将葛巾戴回头上。三人欢饮新酒，其香浓郁。通之告知渊明，庞参军是王弘刺史特派来邀请陶公，州府一叙的。庞参军递上王弘信函，渊明观信，心想，自己就知道，这位庞参军绝不只过问农事那样简单。

看完信后，渊明对庞参军抱歉地道出了自己的顾忌：我性情不善世事，因脚疾而闲居，并不想结交志士而出名，更不敢以与王公车马往来而为荣耀！如因此而被误以为不贤良，刘公干就因这些事招来主上谤议，其罪不轻呀。庞参军听出了陶公这段委婉的拒绝之意。

陶公所说刘公干招谤议获罪的故事，说的刘公干名刘桢，汉末著名诗人，“建安七子”之一。刘桢年轻时，文才为曹操所赏识，被征召为丞相僚属。曹操的儿子曹丕也因刘桢文词巧妙，而同他常聚。一次，曹丕宴请众文士，当酒酣兴浓时，特命夫人甄氏出来拜谢。座上众宾客无不俯首以待，而刘桢却坐而未起。曹操得知，认为他“不敬”，要处以死罪。后被众人说情，免去死刑，罚他做苦力抵罪。曹操是否不满作为自己僚属的刘桢，却与儿子曹丕交好，而借故发泄，只有曹操自己心中明白。但渊明却以此为鉴，避免重蹈刘桢因受曹丕礼遇而被曹操治罪的覆辙。因为当今登基的那位，渊明是领教过的。所以，他尽量不与上层人员交往，特别在此时，特别是王弘。

庞参军不便多言，起身告辞。回府后，他将以上经过报与王弘，当说到葛巾漉酒，又戴回头上，怡然欢饮时，王弘被渊明这种童真之举逗乐了。如此纯真高洁之人，世上能有几个？王弘欲罢不能。

四十七

京城再次传来凶信，刘裕对废帝起了杀心。他感到废帝尚存，终是祸根，不如将其铲除，以绝后患。起初，他派遣琅琊郎中令张伟，用毒酒去鸩害废帝德文。张伟受酒自叹道："害君求活，留下万世恶名，不如由我自饮罢！"随即将酒一口饮尽，顷刻毒发，倒地而亡。难得一位晋廷忠臣。刘裕得知张伟之举，倒也叹息，但毒杀之心不死。

太常卿褚秀之，侍中褚淡之，都是从前晋朝皇后褚氏的兄弟，褚氏本为恭帝皇后，恭帝已被废，皇后亦降称为妃。褚秀之兄弟贪图富贵，甘做刘家走狗，不顾兄妹亲情。褚妃生子，褚秀之等受到刘裕密嘱，害死了婴孩。废帝零陵王德文忧惧万分，整日里与褚妃共处，同居一室，饮食一切，概由褚妃亲手办理，往往炊煮床前，不劳厨役。所以宋人尚无从下手。

刘裕不能久待，乃于永初二年（421）秋九月，决计弑主。他派遣褚淡之去探视褚妃，暗中指令亲兵随行。褚妃听说淡之到来，暂时离开德文，与兄弟在客室相见。哪知兵士已越过围墙，进到居室，置毒酒于德文面前，迫令速饮。德文摇首道："佛教有言，人至自杀，转世不得再为人身。"兵士见废帝不肯饮，索性挟之上床，用被蒙头，把他活活闷死，随即离去并报知刘裕。及褚妃返回居室，废帝早已眼突舌伸，身僵气绝了。可怜德文在位才一年多，便遭惨死，终年三十六岁。

淡之本是知情，听见妹子在居室悲号，料定废帝被弑。当即赶来居室，看个真切。转而假作伤感劝慰妹妹，并一面料理丧事，一面讣告宋廷。刘裕起初得报，很是喜慰，但仍不放心。至讣音到后，方才确信。他佯为惊疑、叹惜，率百官举哀朝堂，且派遣太尉持节护丧，葬用晋礼，给谥为恭。百官内的颜延之，知晓内幕后，惊得额沁细汗。刘裕篡晋不仅在于沿袭魏晋以来篡夺之故事，尤在于开篡弑之恶例。由“夺”而变为“弑”，要江山，还要性命，足见刘裕心狠手辣。

四十八

陶渊明震怒了，脑海里突然闪现出当年梦中刁逵的话：刘裕歹毒，狼子野心！今日全然应验。他将满腔的愤懑凝聚于笔端，他写的第一首诗《述酒》，诗中用隐晦曲折的语言，叙述了东晋国势从盛到衰，直至灭亡的史实，揭露了刘裕篡位弑君的残忍，和任其横行无人讨伐的哀叹。字里行间对废帝的惨死表示了哀悼与同情，“流泪抱中叹，倾耳听司晨”。诗人虽归田躬耕，于世事并没有遗忘和冷淡。他对国家命运的担忧，对黑暗残暴政治的愤慨，时刻在胸中涌动。《咏三良》是诗人写的第二首诗，他借咏秦国子车氏的三个儿子忠于国君，曲折地表彰了张伟忠于晋室，情愿为废帝献身的精神。语时事则指而可想，如果说前两首诗是隐含衷肠，《咏荆轲》一首，诗人歌颂了荆轲刺秦王的壮举，直抒对强暴者的强烈反抗精神与愤恨的情感，则是“金刚怒目”式的诗篇。

渐渐地，渊明的心绪平静了。他心里明白，无论如何现实已无法改变，生活还要继续。他感觉浑身松软，昏沉沉地，便倒在床上睡去。睡梦里，他来到桃花源，欣赏着一树树清丽的桃花，不知不觉，他走入桃花源里，这里的人们男耕女织，怡然自乐。这里没有赋税的盘剥，没有篡位的杀戮。渊明仰慕已久的地方，终于找到了，他再也不想走了。可有人偏偏要把他推走，情急之中，他想把那只推他的手挥开。这一挥竟一下子醒来，睁眼一看，是蕙兰推他，“你都睡了一天一夜了。”“好一个桃源梦，硬是让你给搅了。”渊明埋怨道。“桃源梦？看你稀罕的。这桃源是什么好地方，说来听听。”渊明便讲起了梦中的桃花源，蕙兰被深深地吸引。“夫君，你梦中的桃花源咱去不了，太可惜了。哎！你把桃花源写成诗文，让我时不时地看一看，体味体味。好吗？”蕙兰新奇的请求，激发了渊明要作一篇桃花源诗文的冲动。他想，像蕙兰一样向往桃花源的人，又何止千千万万。他将桃花源的情境用诗文描绘出来，让更多的人能看得到，体味得到，从而激发人们去探求、去寻觅，去争取更加美好的人生。这可是一件值得一做的事。趁着梦中的余情犹在，渊明来到案前，铺纸挥毫，纸上显出《桃花源诗并记》字样。

桃花源的美景人情在诗文中展现，从下午到黄昏，从黄昏到深夜，渊明完成了全篇。然而他意犹未尽，仍久久地沉浸在世外桃源里。突然，他想为自己的理想家园弹奏一曲，可惜无弦琴已在那场大火中焚毁。“但识琴中趣，何劳弦上声。”既然琴可以无弦而奏，那即便无琴，难道就不可演奏？于是，渊明在虚无的幻想中，以书案为琴，手指模拟在琴弦上，情牵神往，弹奏起那首

《思乡曲》。只是今日之思乡，思念的是万众久仰的安乐家园——桃花源！

次日，蕙兰看到了桃花源诗文，比起夫君口述的桃花源更生动、更美好。桃花源让她向往不已。她激动地向夫君询问：桃花源在人世间可有？渊明无语，目光有些茫然。蕙兰明白了，这只不过是夫君的一个美好梦境，一个神奇遐想，人世间何处可寻？即便如此，她也在为夫君的丰富想象力和对人生的美好憧憬而赞叹。蕙兰有一个感觉：夫君说的桃花源不是仙境，就是人世间的美好家园，迟早总会呈现。只是自己这一生恐怕遇不上了。她突发奇想，真有某一天，清晨醒来，自己的家乡变成了桃花源，自己则成了桃花源中人，那该多好啊！突然，她莞尔一笑，笑自己在痴人说梦。受了夫君的影响，自己也有了想象，只是有些离奇了。

四十九

这天，俟儿夫妻来了，带来了伢仔。自从渊明蕙兰从南村搬回，俟儿谨遵父命，尽兄职责。如今两个弟弟均已成家立业，都有了伢仔，他的为兄之责也就完成了。锺儿、俨儿的伢仔都能叫爷爷奶奶。渊明蕙兰如今是儿孙满堂了。

媳妇柳叶一来，忙里忙外的，可蕙兰总觉得这小夫妻俩像有话要说。午膳时，蕙兰特意让俟儿陪他爹喝几杯酒，又让佟儿敬兄长。俟儿喝了酒，胆气壮了些，开始说话了，“爹、娘，我们今天来，一来看望父母兄弟，二来有些话想说……”渊明见俟儿涨红了脸，便温和地面向这位尽职的儿子，他想听听伢仔说些什么。俟儿张了张口，又看着佟儿夫妻，转而端起酒杯：“弟弟、弟妹，你们照顾爹娘，辛苦了！哥、嫂敬你们一杯。”俟儿说着，酒与话一起吞了下去。

饭后，佟儿夫妻下地去了。“俟儿，你现在可以说了。”蕙兰没有听到伢仔想说的话，不放心。俟儿只笑不语。“你不说，我说。”柳叶开了腔，“爹、娘，我不会说话，说得不好，爹娘莫怪。我们在南村的三兄弟，分家了，田地也分开了。每家不到二十亩。原先只供养外公外婆，倒也勉强能过。如今供老的，还要养小的，赋税还重，好年成，日子都过得紧巴巴的，灾年不知怎样过。我有时跟夫君说，幸亏爹娘体念，没让咱们供养，要不，该去要饭了。我们三家真羡慕在栗里的兄弟，良田多，面积大。我们妯娌三人有时在一起闲谈，都说这边的媳妇命好，能沾爹娘的光。唉，认命吧！”渊明蕙兰听了儿媳这番话，半晌没出声，他们在琢磨话里面的意思。

夜晚，渊明来到蕙兰的织机房，蕙兰停下了纺织。老夫妻俩相视而坐，半晌无言。其实他们心里想着的还是儿媳的那番话。柳叶的话，表面上轻描淡写，其中的意思很明白，与栗里的兄弟们比，南村三家人田地少，心里不平衡。当然，她的话也有她的道理。心里不平衡，兄弟之间就会有隔阂，妯娌们更难相处。如果有挑事的，麻烦可就大了。这栗里与南村，两边兄弟如果失和，会有一个什么后果，老夫妻俩不愿往下想。当下，做父母的就是怎样把一碗水端平，特别是在田产方面，老一辈如果处理不当，便会为后代埋下隐患，轻者兄弟离心，重者骨肉相残。真是这样，做老人的九泉之下又怎能安息。

“媳妇说的事，该怎样办?”蕙兰向渊明问道。“我怎晓得怎样办?”“装糊涂。”蕙兰嘀咕道。“家里一向不都是你拿主意。”渊明一副事不关己的腔调。蕙兰急了，神色庄重地说道：“你别不放在心上，你看柳叶细声细气地说，其实话里的意思，是她们三妯娌都商量好了的。”“再加上三兄弟。”渊明补了一句。“所以呀，咱要重视。咱陶家田产虽不多，可要处置不公，也会留后患。”渊明对蕙兰的这一说法是认同的。“你看这样行不?”蕙兰顿了会，继续说道：“咱俩一份田地，收获了粮食，除去赋税，由南村三兄弟均分。这样，两边兄弟们的田亩、收获大致相当。”渊明没吭声，他在听下文。“你想啊，”蕙兰继续往下说着，“锤儿、俨儿都有伢仔，不好减他们的田地。佟儿虽说新婚，可来年媳妇还不生人？他们的一份不能动。我思来想去，只有把我们一份拿出来。”“那我俩把肚子捆上?”渊明冷冷地问道。“湖边那块葵菜地，还有新开垦的麻地。另外南山下茂林他们的地租，你再收些学费。我再多熬些夜，多织些布，再多养些鸡鸭。有这些来源，咱们老两口儿够过日子的。”蕙兰拨打着她那如意算盘。“茂林是咱亲家，为咱家的事没少出力，你怎好一给钱就收。”渊明话里带着埋怨。“亲兄弟还要明算账呢!”渊明被蕙兰这句话一呛，又无语了。少顷，蕙兰碰了一下沉闷着的渊明，“哎，我这样处置，你同意不?”“不同意又能怎样，你只知道克扣我，看来我这酒是真要止了。”渊明叹息着。“为了兄弟和睦，咱做老的就忍耐些吧！既然你同意了，哪天把兄弟们招在一起，把话说在明处，你看呢?”“你说了就是。”渊明无奈应承。

然而渊明又有了顾虑，他想，兄弟们这回田产暂时摆平了，今后还会争什么呢？做父母的百年之后贴补不了呢？怎样才能让兄弟之间长久保持这手足之情呢？作为长辈，你是想一碗水端平，但真能做到分毫不差也难。既使你认为自己做到了，可儿子媳妇们未必认可，还是会有矛盾。所以兄弟们如果在物质利益上斤斤计较，迟早会出事。一想到出事，渊明的心头不由得一紧。他觉得应该在珍惜兄弟情谊上，对伢仔们有一个实实在在的叮嘱。

他返回正屋，点亮了油灯，来到书案前，他提笔写下《与子俨等疏》。文章一开头，他引用了子夏之言：死生有命，富贵在天。意在告诫儿孙们，不非分地追求富贵长生，听任自然的人生之道。文中他叙说了自己“少而穷苦”的身世，“性刚才拙”的品性，以及崇尚自然的兴趣爱好。特别是自己刚直的性格与社会格格不入，如果继续出仕，一定要招来祸患。渊明甚至有殃及子孙的担忧。因此，他辞官归田，却又让一家人过着贫困的生活。“念之在心，若何可言。”作为父辈，他简直不知道自己究竟该怎么做，不知该怎样说。文中引用孺仲妻和老莱子妻，劝阻丈夫出仕的典故，道出他渴望这种劝慰而不可得。长久以来，独自承受怀才不遇而造成家庭困苦的郁闷。这里有作为父辈的无奈和难言之隐，又有希望儿孙们体谅的意味。文章中，渊明着重列举了古代贤人的朋友之情、兄弟之义的事例，谆谆告诫儿孙们要和睦友爱，要向道德高尚的人学习，珍惜兄弟骨肉之情。文章写完了，天已大亮。蕙兰不知何时从织房回来的，此时她一觉睡醒，起床了。渊明心里轻松了，上床睡去。

这天，儿子媳妇全招集到一起。蕙兰就田产事，说了二老的想法。石锤夫妻首先提出，把自己一份田产退出来。石锤说，他有手艺，不愁生计。俨儿也要退出一半田产，只留下坡地，说自己跟石锤哥学艺有成，可以谋生。南村三兄弟见此情景，心生愧疚。渊明却心中宽慰，他起身道：“此事已定。你们兄弟相互谦让，家道有望，做爹娘的再无他求了。”他将《与子俨等疏》交与晚辈们传看，并叮嘱要将这篇文章在陶家传下去。交代完毕，他走出门，去看葵菜、大麻的长势了。

五十

下午，渊明蕙兰在麻地里中耕除草。荀之从旁经过，笑道：“真乃夫耕于前，妻锄于后。”渊明笑笑，问荀之怎么有空回来。荀之说他不再受制于人，辞教归家了，说完，飘然而去。“夫耕于前，妻锄于后。”渊明重复荀之的话。随后，他放下手中的农具，拣了一把地上的荆草铺就，席地而坐。他遥望着淡淡的白云，悠悠之情油然而生。他吟道：“悠悠我祖，爰自陶唐。邈焉虞宾，历世重光。……桓桓长沙，伊勋伊德。天子畴我，专征南国。功遂辞归，临宠不忒。孰谓斯心，而近可得?”渊明吟诵的是俨儿出生时，他所作的《命子》诗。此处歌颂的是曾祖陶侃的丰功伟业。

近段时间，国事家事，每每让渊明的心情消沉伤感。适才荀之一句随意话，又让他这位听者浮想联翩。锄着草的蕙兰瞟了一眼发怔的夫君，没开言。“唉，我陶渊明今日沦落到如此田地，百年之后，有何面目去见曾祖，见陶家的列祖列宗!”渊明哀叹不已。“别自暴自弃，自己瞧不起自己。你陶渊明在我眼里，不比你曾祖差，各有所长。”蕙兰干着活说道。

将自己与曾祖比，渊明想都不敢想。蕙兰这番话，让他惊异，他用询问的目光看着蕙兰。蕙兰毫无掩饰地说着："要说治国平天下，你比不了他；要说修身齐家，你比他做得好。你是真修身，他前半生真，后半生不真。"蕙兰见渊明在听，便继续往下说道："是的，你也有不足，比如你爱饮酒，有时醉酒伤身。可凡是个人，他都有个偏好。如不幸你偏好赌博，一掷数万，倾财破产，以致妻儿冻饿，我能怎样？再如你不幸偏好邪道，炼丹烧汞，装神弄鬼，以致于无所成有所误，那又能怎样？还有好金钱，好美色的……可你不好那些，而喜好饮酒吟诗，写得一手好诗文。即使有过饮酒失度，并无大碍。我与这样的男人过一生，称心！"渊明没想到，平日里婆婆妈妈的蕙兰，也能说出一套一套的道道来。尽管蕙兰对自己评价颇高，可她说的曾祖不是真修身，他不能认同，甚至有些反感，"夫人，请你不要将我与曾祖相比，我惭愧！""你完全不必惭愧！"蕙兰停住了手中的活，"曾祖武功显赫，但位及人臣后，却忘了根本！晚年他豪富一时，家财万贯，妻妾成群，家僮数千，珍奇宝货，富于天府。但他本人亡故后，其子孙或因罪被杀，或互残而亡，衰败相继，家境急落。这难道不是他种下的恶果？如果他真做好了修身、齐家，怎么会治国平天下后而家毁人亡呢？"蕙兰顾不得渊明的感受，按照自己的思路继续说着，"你做得好，修身、齐家。虽说穷，但你尽到了为父为夫之责，家人和睦，儿孙满堂。就说治国，你官做得不大，却有好口碑！"

蕙兰的后一段话，渊明并未上心，而她的前一段话，却如针锥刺在他的心上。曾祖陶侃一直是渊明心中的一座丰碑，是他陶家一尊光辉灯塔，今日却被翟蕙兰直通通地给颠覆了。这是渊明怎样也无法接受的。他想发火，想斥责，可他又没有底气，因为蕙兰说的是实情，是自己有意识回避的实情。他不想自己心中的偶像被玷污，然而事实又是那样的残酷。其实那夜，他写《与子俨等疏》时，老陶家的惨剧就曾在他脑海里闪现过。他不得不承认，写这篇对儿孙们的忠告之文，与防范老辈人悲剧的重演不无关联。

但是，今天真的直面被蕙兰揭开的这血淋淋的伤痕，特别是这婆娘竟贬低他曾祖的高大形象，揭了先祖的短，渊明是可忍，孰不可忍！“你——翟蕙兰！我陶家曾祖，青史留名，岂是你能胡言乱语的吗?!”渊明站起身，怒吼起来。“这不是我说的！”蕙兰冷冷地说道。渊明一听更来气，刚才明明是她红口白牙说的，这会又来抵赖，“翟蕙兰，没想到你是个敢做不敢当的妇人！不是你说的，那是谁说的？你与我说出来，说！”渊明脸色铁青，他步步紧逼，毫不留情。他可多年未这样对夫人恼怒过。“——是娘说的！”蕙兰朗声回答。“谁，谁？你说谁?”渊明一时语急。“娘！娘——说——的！”蕙兰一字一板地重复着。渊明听得清楚，他顿时愣住了，张口结舌。“是娘病重时讲给我听的。”蕙兰平静地叙说起往事，“当时娘拉着我的手，让我等她的孙子辈都成了家，再把曾祖家的家事说给你听，让你警醒！以此为鉴！”渊明听完蕙兰的话，愕然地缓缓坐下。

事实终归是事实，教训终归是教训，由不得你不承认，由不得你不面对，由不得你不记取。渊明又想起那年除夕，是母亲与儿孙们最后一个团圆饭，母亲看着儿孙们，那慈爱仁厚的微笑……然而老人的慈爱仁厚并不止在一时一事，她老人家想得那样深，那样远，那样厚重绵长……渊明的心里又一次充满无限的温暖与怀念，泪水不知不觉地盈满眼眶。少顷，他转回身，看着瘦弱而苍老的蕙兰，想着她牢记母训的良苦用心，不免为适才的粗暴而怀歉意，“蕙兰，我——”蕙兰又拿起了锄头，继续劳作。

“夫人，你生气了?”渊明试探地问。“我是个头脑简单的女人，如你所说，就是个婆婆妈妈的老妈子，生气怎样，不生气又怎样?”蕙兰一番不冷不热的话，着实让渊明无言以对。他走上前，接过蕙兰手中的锄头，锄起草来。蕙兰走到一边喝水，一言不发。

一会儿，一块地锄完，渊明也走了过来，与蕙兰挨着坐。蕙兰则将身体旁挪。“怎么还在生气?”“你心里看不上我。”蕙兰面带怨气。“此话从何说起?”渊明不解地问道。“为了这个家，为了你和伢仔们，我受苦受累，我不怨。可有一点我想不明白，”渊明凝神细听，究竟蕙兰何事想不明白。“你的诗里、赋里，许多人都写到了。思荻是你前妻，你为她写了《闲情赋》，还喜爱她缝制的长衫，这我不怪你，反觉得你是个有情有意的男人。再说，那时我也没嫁给你。你所有的诗赋，唯有一个人只字未提，那就是我！难道我为陶家做得还少吗？就不值得你提上一笔吗?你不提也就罢了，还在《与子俨等疏》中说什么‘室无莱妇’。这不是明显地说你的夫人，不如老莱子的夫人。你甚至认为你就不该娶我这样的女人，该娶老莱子夫人那样的女人。是的，我不懂你的心思，不会劝慰人，我不配做你的夫人，不配做伢仔们的母亲!”蕙兰边说边委屈地流着泪水。渊明被她说懵了，一时不知如何回答。

蕙兰叹了口气，继续倾倒内心的苦闷，“是的，我是个少见识，无品位，见钱眼开的世俗女人，不怪你瞧不上。可是夫君啊，你想一想，你可以‘采菊东篱下，悠然见南山’。可我面对一个穷家，面对一个接一个长大成人的伢仔，我能悠然得起来吗？你诗中写道‘有儿不留金’，可你有金留吗？还要学什么汉朝二疏，人家疏广是宰相，拔根毫毛比咱腰还粗。”蕙兰今天是不给渊明留面子，她豁出去了，“你怨我不该收茂林他们的地租，当然你也是好心，是同情他们。可伢仔们要吃饭穿衣，要结婚生子，哪一项不要钱！当年陶家娶我，很是风光，我不能让伢仔们娶媳妇太寒酸吧，这个门面我要撑；亲友乡邻为咱陶家搬回栗里，出钱出力为咱造新屋，这一笔笔人情我要还；我爹娘年岁已高，百年之后的后事我要办。夫君哪！我还想你的日子过好些。你想想，这哪一桩哪一件不要钱哪！”很少落泪的蕙兰，此时已是泪水涟涟。她的一肚子怨气，今日终于撒出来了。

渊明听了这番话，对夫人的不留情面，并不计较。沉默良久，他叹了口气，伸出手为夫人抹去泪珠，深情地说道：“夫人哪，你几十年为这个穷家劳心费力，我陶渊明并非草木，岂能不知。俗话说，巧妇难为无米之炊，贫贱夫妻百事哀呀！然而，咱们夫妻，夫耕于前，妻锄于后，于是就有了收获，就有了儿孙满堂，就有了我的诗歌文赋。不是夫人这个家当得好，我能静下心来舞文弄墨吗？更别说夫人火中抢出诗稿，那感天动地的一幕！夫人啊！你的付出，你的辛劳，岂是一诗一赋所能表达。‘室无莱妇’，但家有贤妻。可以说没有你翟蕙兰的辛劳与钟爱，就没有我陶渊明的诗赋。你的仁慈贤德，几人能比？如果有一天，后人能看到我的诗文，那也一定看得到诗人背后，站立着一位几十年任劳任怨的崇高女性，诗人的夫人——翟蕙兰！没有她，何来陶诗?!”渊明的话，让人感奋。他以真诚的心说出了实情。

渊明承认，他有时对自己的夫人有不如意之处。最要不得的是，总拿自己的夫人与前妻与别人妻子相比，只比其短处，不比其长处。好在他是在心里比较，否则真伤人自尊了。平日里，他对身边最亲近的人忽略了，特别是忽略了她的好，她的不容易。刚才那番话是他即兴说出，却帮他回顾了几十年的夫妻生活，使他看到了一位几十年默默付出，几十年含辛茹苦，几十年真情不改的贤妻良母。想到此，渊明为自己对夫人的苛求与伤害而懊悔，又为自己能遇上这样一位人生伴侣而欣慰。

蕙兰的眼圈又红了，泪水再一次涌出，但这一回是激动的泪水。少顷，夫妻俩又开始了“夫耕于前，妻锄于后”。渊明的脚疾又犯了。蕙兰让夫君歇息，剩余的农活自己能干完。

五十一

一个春夏之交的傍晚，通之来了，渊明让座上茶。馨儿从厢房出来与爹打了招呼，便问起所托之事，是否有了着落。通之告知女儿说正为此事而来。渊明见通之父女俩打着哑谜，又不便细问，只是怔怔地望着。通之对渊明说，女儿的主意，让他在浔阳城找一家刊印社，馨儿想将公公的诗文刊印成册，现已找好了。原来是这事，这倒是一件让渊明蕙兰称心的事情。馨儿说，诗文由她整理，公公最后阅定。渊明点头同意。难得有个好心情，渊明让蕙兰炒几个菜，他要与亲家饮上几杯。蕙兰答应着忙去了，馨儿也去帮忙。不一会，酒菜上桌，俩亲家对饮起来。这时，佟儿从地里回来，叫了岳父，便坐了下来。他敬了两位长辈的酒后，先吃饭了。

席间，通之见渊明情绪不高，劝他出外走走，说愿陪他到浔阳城转转。渊明好清静，不喜欢闹市。有一段时间未去山泽游走，他突然想起东林寺。自打远公去世后，几年来，一直未去，如今是个什么景况，他想去看看。他说出自己的想法，通之点头，蕙兰赞同，她让佟儿吃完饭后，去告知锤儿、俨儿，明天用篮舆抬爹去东林寺散散心。佟儿说他想去。蕙兰一想，锤儿活儿忙，就让俨儿、佟儿再叫上田响一同去。

五十二

东林寺，高高低低的石阶，曲曲折折的回栏，疏疏朗朗的花木，清清冷冷的荷池……一切仍是旧貌，只是增添了几分寂寞的感觉。一位陌生的住持走了出来，迎见一群陌生的来客。渊明上前自报家门，住持寻思了好一阵，似乎有了印象，便请各位客室用茶。饮茶时，渊明询问白莲社近况。住持一脸茫然，歉意地一笑，摇了摇头。渊明想到大殿看看，住持一路陪行。

大雄宝殿里，远公曾经的高座，如今空落落的，一块灰迹斑斑的蒲团，在无望地等候。那一年莲社典礼，慧远大师袈裟耀目。健步登位时，他一个撩袍，让全场人啧啧称羡。周围侍立着手持铜盂、玉麈尾、细布巾的小和尚；高座之下，是一排排垂手而立的僧侣、信徒、香客；当众人顶礼膜拜时，远公是神采奕奕而又平静慈祥……一眨眼，渊明回到了物是人非的现实，逝去的永远逝去了，他叹息着走出大殿。住持挽留渊明一行人后堂用斋，渊明谢绝。随着远公的离世，昔日老友故交死的死，走的走，那一桌斋宴已经散去。新斋宴自有新宾客，渊明知趣。

时近正午，后生们轮换抬着渊明，行走在坑坑洼洼的返程山路上。佟儿到东林寺，很想吃顿斋饭，他不明白父亲为何拒绝。此时他又累又饿，板着脸，一声不吭。渊明看到佟儿的神情，心里知道伢仔们饿了。其实渊明自己肚子也饿了，早晨喝的麸皮糊糊，早消化了。他想，自己被抬着走尚且饥饿，后生们负重前行，自不必说了。渊明让后生们落下篮舆，他拄着拐杖，坚持要自己行走。“走就让他走，有现成斋饭不吃，让咱们跟着挨饿!”佟儿抱怨着。渊明转身道：“瞧瞧你俨哥、田响，他们经得饿，你就经不得?”佟儿被父亲这一问，噘着嘴，不出声了。

一行人走了一多半路程，实在饥渴难挨。前面有座凉亭，渊明让后生们赶到凉亭歇歇脚。远远的，渊明看到亭子里有个人坐着。是谁这样清闲，大晌午的来这观景？渊明心里想着，加快了脚步。人影越来越清晰，越来越眼熟。是他？他来这儿做什么？渊明的步子更紧，真是他——庞通之！此时通之站了起来，朝着这边招手。

“哎，你一个人坐在这凉亭里，有何贵干?”渊明走近后问道。“等你们呗!”通之笑着回答。佟儿上前叫了声爹，俨儿、田响也叫了通之叔。“等我们?”渊明疑惑地看着通之。“怎么样?我估摸你们此时一准儿饿急了，我准备了饭菜等着你们，不欢迎啊?”通之说着，朝石桌后的笼屉瞟了一眼。佟儿一听有饭菜，适才噘着的嘴，忍不住笑开了。通之揭开两只中的一只笼屉帽，端出香喷喷的菜肴，揭去一层屉子，便是米饭。他见几个后生傻站着，下巴朝米饭一指，“动手啊!”俨儿、佟儿、田响取出碗筷，急不可耐地盛上饭，吃了起来。“你怎就知道我们不会在东林寺用斋?”渊明问通之。“你那脾性我能不知?不该拿的钱不拿。不该用的斋，你会用?”通之对这位老友与亲家的禀性，算是摸透了。渊明回之一笑。

通之又打开另一笼屉，上层是下酒菜，下层是一坛酒。渊明看着通之殷勤的举动，心中猜想，这桌酒席一定另有隐情。通之取出酒坛，开了封，为渊明斟满。此时，渊明正口干舌燥，见到酒，端起来便喝了个干净。通之斟上第二杯酒。渊明吃了几口菜，放下了筷子，不动声色地问道：“说吧，你今天是唱的哪一出?”通之赔着笑，他看着渊明背后的方向，努嘴示意道：“主演来了。”渊明回转身，只见田埂上走来三个人，中间一位一身素装，渊明用询问的目光望着通之。“王弘，王刺史。”通之道。渊明脸上掠过一丝不快，之前，他已猜到八九不离十了，果然是他。这个庞通之，一定是他向王弘说出了自己的行踪，而有意安排的酒宴。“你排演的好戏。”渊明埋怨道。该怎么办?离开?这做得也太明显，太小家子气了。此时，渊明想起延之信中有关王弘的话，他信延之。既然这位王刺史如此想见自己，见一见又何妨呢?他渐渐地平缓了心情，品尝着桌上的菜肴，装作什么也不知道。

三人走入亭内，王弘故意探问：“通之，这位是?”“草民陶潜。”渊明起身拱手道。“哎呀呀！是陶公啊！王某多次邀请，不得如愿。今日凉亭相遇，太巧了，这是你我有缘哪!”王弘说着举起通之斟满的酒，“陶公，许小弟敬您一杯!”说着，先饮干了。渊明见此人倒也爽快，面相也生得和善，便端起酒杯也饮干了。酒一喝下，话就来了。“陶公，看这田里早稻，再有二十来日就可开镰了，请陶公估测一下，这收成如何？”王弘以请教的口吻问道。身为抚军将军、江州刺史，算得封疆大吏的王弘，能到田间地头体察民生，也属难得。渊明心中生出几分好感，“如果后期天好，能有个好收成啊！”王弘闻言，端起酒杯，走出凉亭，对天祈祷道：“老天爷！让江州百姓有个好收成吧！王弘谢谢了！”他说完，举杯过头，躬身行礼，然后默默将酒敬洒天地。其虔诚之态，令在场所有人为之动容。

王弘回到座位上，通之为他斟酒后，举杯道：“王大人，您到江州任职，已有三年，省赋简役，百姓安之；清廉自守，百姓赞之。我是您属下，难得有表白的机会，我敬您一杯！”“慢来，慢来。”王弘让通之坐下，笑道：“今日饮酒，只有王弘，没有刺史大人，此是其一；其二，省赋简役是我职责，清廉自守是我本分。要说做得好，喏，这里坐着一位，陶公清廉勤政，可是有口皆碑！王弘钦佩。”王弘起身，向渊明恭敬地拱手行礼。渊明谦虚地起身还礼。落座后，王弘接着说道：“通之啊，你真要敬酒，是不是要有个先后啊？”王弘的话让通之为难了。“这样，我们三位江州的新老同僚，为江州百姓安居乐业，丰产丰收，同干一杯，如何？”说着，王弘举起了酒杯。通之也举起了酒杯。渊明少顿，也将酒杯举了起来。三人碰了一个响，一饮而尽。

三杯酒喝下，渊明的心情舒缓了，手脚也放开了。这时，他不经意间发现自己右脚的鞋头破了，脚指头露了出来。想必是刚才赶路，不小心踢破了鞋面。渊明感觉不雅，往回收去。可已经晚了，王弘瞧见了，“陶公，您的鞋磨破了，我让匠人为您做一双吧。”“不，不。”渊明心想，这怎么好意思。“陶公啊，您就别推辞了，城里做鞋方便，做工讲究。来，量个尺码。”王弘说着，向两位差役使了个眼色。渊明想了想，一转念，大大方方地伸出脚来，让两位差役度量。王弘突然感到，此时的陶公，与葛巾漉酒时的陶公一样，如孩童般纯真无忌。这是一位高洁清亮的人，王弘由眼前的渊明想起他的诗文。他认为诗如其人，人品高，则诗格高；心术正，则诗体正。陶诗无雕琢之工，亦无巧丽之句，更无晦暗之情，不正如其人吗？识其人，品其诗，对渊明，王弘又多了一层钦敬。

夜晚回到家中，佟儿把父亲伸脚令度之事，说与母亲听，还说当时他爹鞋上沾满灰土，还露出脚趾，他看了直想笑。蕙兰听后忍俊不禁，“夫君啊，这天底下再没有比你实在的了。这是不是不太妥帖呀？”“不妥帖吗？”仍带醉意的渊明，伸出脚来看了看，“我这脚，生得端端正正，怎么就不妥帖了？”“你想想，一位州刺史，该管多少民生大事，为你量脚做鞋，这妥帖吗？”听了蕙兰这话，渊明顿了顿，道：“我这鞋的事，刺史大人亲自关照，是小题大作了。哈哈……”其实在回家的路上，渊明已想到，伸脚令度，着实不雅，可能会让王弘生厌。但转而一想，生厌好哇，那就不来往呗，正合吾意。就是王弘没有反感，今天一事，也就酒后玩笑，他堂堂刺史，真能把一双鞋记在心上？不久，渊明就将这事淡忘了。

五十三

夏粮收成还好。渊明老夫妻俩的一份稻谷，按事先说好的，由锤儿、俨儿、佟儿给南村三个兄弟送了过去。做父母的要就不说，说出口的话就要兑现。渊明仍去街市卖菜，只是脚疾不便，挑得少了一些。这期间，他向茂林学会了编织麻鞋，从叶舟那里学会了编织芦席。技不压身，多一项技能，便多了一条谋生之道。他腿脚不利索，双手还灵活，编织的麻鞋、芦席逐渐有了买家。

九月九日重九节，渊明给自己放了假，他独自来到东篱下菊圃园，观赏着秋菊。按习俗，这个节日当饮菊花酒。然而家中早已无酒了。“止酒情无喜”的渊明，采了一把菊花，孤芳自赏。他又抬头望着南山，怎么也激发不起“采菊东篱下，悠然见南山”的情趣。他突然冒出一个奇怪的想法：怎么没来由的，凭空凸起一座大山，孤零零的；而相视而坐的又是一位孤零零的老者。渊明心内不禁有些惺惺相惜之感。

“请问，这位可是陶公，陶渊明?”一句问话，打断了渊明的奇思。他转过脸来，见一白衣人站立一旁，“正是。”渊明应道。白衣人递上拎着的酒坛，“这是王刺史送给陶公的菊花酒。”渊明接了过来。来人又取下身上的包袱，“还有这双鞋。”渊明放下酒坛，又接过包袱，打开一看，一双做工考究的新鞋呈现在眼前。这王弘一诺千金，不因事小而不为，实实难得。渊明感叹的同时，想到自己已年近花甲，清贫寒酸。自己看自己，有时都不免灰心丧气。物质生活的贫乏，往往会使人的精神抑郁消沉。每当此时，他总以古时圣贤来激励自己，他的诗文中就有伯夷、叔齐、屈原、贾谊……以便自己有一些古人参照，以此来平缓自己的心态，度过凄凉的晚景。很多时候，他自己都想不出对世人，对家人，对友人还有什么存在的价值。然而，这位位高权重的王弘，却能如此善待自己。渊明心里一阵感动。他想说一句道谢的话，可白衣人已不见踪影。渊明端上酒坛，启开封盖，一股菊花的酒香扑鼻而来。他举起酒坛，开怀畅饮。顿时，他眼前的菊花，对面的南山，又五彩缤纷、风姿绰约了。他一口一口地痛饮，将一坛酒喝了个干净。这一回，他的酒瘾算是过足了。

永初三年（422）五月，在位仅两年多的刘裕病逝了，太子义符即位。渊明听到这一变故时，淡然一笑。他心想，王弘与刘裕那些往事，应该让它翻过去了。这几年他与王弘交往，虽然心中还会想起一些他与刘裕的过往，特别是他任行营长史时，曾入朝，为刘裕讽请加九锡礼一节，对他总有一种助纣为虐的厌恶与提防。但随着时间的推移和交往的增多，那些事也就变淡了。渊明有时也自己劝说自己，在官场上，不做些违心的事，能混得下去吗？年复一年，渊明与王弘的友情更深厚了，更看到了他真实的一面。正所谓，日久见人心。他觉得此人，人品可嘉，文才不凡。延之当初所赞，渊明深有同感。所以，王弘有时举办家宴，邀请渊明赴宴，渊明也不推辞。一次，西阳太守庾登被征还都，豫章太守谢瞻即将赴任，王弘设家宴为他们饯行，特邀渊明作陪。渊明欣然前往，并赋《于王抚军座送客》一诗以赠别。诗中饱含着朋友之谊和惜别之情。这也是渊明与王弘友情的真实写照。

五十四

夜雨，又淅淅沥沥地下了起来，已经七天七夜了。一阵滚雷过后，忽然间雷电交加，一道道雪亮的闪电，一阵阵震耳的雷鸣，接着是瓢泼般的大雨，向山峰、向树林、向田野，无情地倾泻着。此时风声大作，呼呼地，吹得屋上的梁柱咔咔作响。整个大地都像在急风暴雨中战颤着、挣扎着、喘息着……偶尔风势稍杀，呜呜地像远处的悲笳，这时，被风盖住了的猖獗的雨势便又突然抬头，更疯狂地反扑下来。

渊明、蕙兰躺在床上，没入眠，也没说话。一阵风狂雨暴，他们就一阵揪心撕肺，他们在默默承受着这一次又一次、一次比一次猛烈的心里摧残。他们能预感到后果有多糟，然而他们无可奈何，唯一能做的只能是躺着、听着、顺着。在他们的想象中，田地里即将成熟的五谷，正在风雨中摇动、撞击、倒伏、哭泣……其情其景惨不忍睹。这是几十年未遇的天灾。黑暗中，蕙兰的手缓缓伸向夫君。在这灾难降临的时刻，他们的手紧紧牵在一起!

天亮了，雨停了。渊明打开门，只见一座座山上，突然像披上几十条飘带一样。大雨织成了一张密匝匝的水网，如雪白的瀑布，漫山遍野地奔泻下来。好一幅奇观，好一幅灾难性的奇观。渊明一下子瘫坐在地上。

田地被冲得沟沟洼洼，就要到手的夏粮几乎绝收。尽管州府减免了一些赋税，就这样也无法交清，何况还有旧欠。灾后，渊明一家人起早贪黑平整土地，抢种秋粮。南村的灾害，损失小些。俟儿、份儿回栗里帮忙，只留佚儿夫妻与两位嫂子下地干活。秋粮一种上，锺儿、俨儿让自家媳妇与佟儿夫妻，在家照顾老小，料理田地，他们便去浔阳城找活计。一场大雨，冲断了城里的石桥，冲垮了石栏，正需要工匠修补。兄弟俩从秋干到冬，中间回家秋收冬种后，又去了城里，直到年终才回家。他们带回辛苦赚的钱，为家里置办了年货，特别是为父亲买了年酒，他老人家可是半年未沾酒味了。有了酒，渊明这个新年就能过得滋润了。

过年了，伢仔们用推车将外公外婆接到栗里，一家人团团圆圆吃了年夜饭。大灾之年，财产受了损失，但人平安，这就是万幸。正如渊明诗中所言，“亲戚共一处，子孙还相保”。

五十五

然而，刘裕的子孙可就没这么安泰了。景平二年（424），少帝义符不改旧态，整日游戏，无心朝事。刘裕次子，庐陵王义真颇好诗文。常与太子左卫率谢灵运，员外常侍颜延之等，往来密切，非常融洽。义真曾道：“我若得志，当令灵运、延之为宰相。”这数语传入都中，司空徐羡之、尚书令傅亮、领军将军谢晦十分畏惧，密谋后决定，先翦除义真羽翼。随即请奏少帝，调任谢灵运为永嘉太守，颜延之为始安太守。傅亮也算拔去了颜延之这颗眼中钉。义真听到二人外迁，得知是徐羡之、傅亮等所为，顿生怨言。他上奏少帝，自请返还京都，隐然有清君侧的语意。徐羡之、傅亮等因少帝无能，正密谋废主事宜，此时看到义真表文，更激动一腔怒意，一不做，二不休，索性先除了义真，然后再废少帝义符。于是徐、傅、谢三相上朝，奏陈义真存心不良，特别是那句“我若得志，当令灵运，延之为宰相”。有谋逆之意，请即罢免。少帝义符与义真原本不和，况且朝政由徐羡之、傅亮等主持，因即下诏，废义真为庶人，迁居新安郡。

已调任始安太守的颜延之，此时正途经浔阳，他多么想与渊明相见，倒倒苦水。他来到渊明家中，特让酒家搬来几大坛酒，他要借酒消愁。他向渊明倾诉自己的委屈与怨恨，扬言绝不善罢甘休。渊明知道，此时劝也无用，任由他发泄。

当延之听到通之讲述义真被废为庶人时，一时性起，要返回京城，为义真申辩，被渊明、通之强行劝阻。渊明更是晓以利害，倾吐衷肠。然而，义真年只十八，仓猝罢免，尚没有明确逆迹，未免令人不服。半月后，京城传来消息：前吉阳令张约之上书谏阻，力请赐还义真爵禄。为这一奏，顿时触怒徐羡之等人，他们将张约之贬谪梁州，令其自尽。又派遣杀手到新安郡，亦将义真勒死。一个年轻鲜活的生命被残杀了。延之闻听此讯，惊得半晌没缓过神来。他万万没想到，徐羡之、傅亮一伙如此丧心病狂。谋害谏官不说，他们竟敢对刘裕之子痛下毒手。然而，更让延之想不到的事，还在后面。

至此，他整日沉湎酒中，大骂少帝义符昏庸无道，听信谗言，害死自家兄弟；又骂徐羡之老贼心狠手辣，无有好下场；傅亮更是被他骂得狗血喷头。渊明打着麻鞋，或编着芦席，没日没夜地陪伴着他。延之骂够了，出了恶气，又伤心地痛哭了一场，然后睡了一天一夜，醒来后再无多言。

渊明打麻鞋，延之递麻坯；渊明编芦席，延之传芦篾。俩人在这无声的一传一递中，传递着友情，交流着心声。延之打内心感激渊明，关键时刻阻止了他。不然，自尽的就不是张约之，而是他颜延之；他还感激渊明给了他一个发泄的空间，否则，他不被憋死，也被憋疯；他更感激渊明的耐心开导，让他吸取教训，凡事谨言慎行，特别让他牢记四个字：韬光养晦。

几年后，渊明离世，延之在为渊明所作的《陶征士诔》中，对这一段刻骨铭心的日子，感慨尤深：念昔宴私，举觞相诲，独正者危，至方则阂。哲人卷舒，布在前载，取鉴不远，吾规子佩。后来，谢灵运遇害身亡。只有颜延之得以幸免，这不能不说是得益于陶渊明的高人指路。

渊明的劝慰，让延之的心绪，渐渐地从宫廷争斗的压抑中，解脱了出来。这天，延之来到堂前，他手捋着一双双结实而周正的麻鞋，抚摸着一领领平整而细致的芦席，再看看渊明那双粗糙的手。而使人难以置信的是，也就是这劳作的手，竟写出许多辞采精拔，跌宕昭彰的诗文。这是一位善诗文、善农耕又善于手艺的勤奋的老者；他年逾花甲，素有脚疾，生活艰难，却“没无求赡”，尽可能自食其力，不愿增添儿子们的负担，他是一位慈爱仁厚的老者；然而他又是一位生不逢时的老者。他有德望、有睿智，却“有志不获骋”，暮景悲凉。他的《有会而作》《乞食》等诗篇，描述了他忍饥挨饿，游走求乞的情景，“饥来驱我去，不知竟何之。行行至斯里，叩门拙言辞……”

陶渊明乃一代奇才，他的《归去来辞》百年一见，他的田园诗前无古人。而他，没有人高看，没有得到应有的礼遇。穷居乡僻之地，犹叹谋食之难，生存之苦，乞食叩门，含愧语拙。悲夫！难道这就是所谓文明之世的作为？就是文人墨客的命运？延之心中激起强烈的不平与悲愤。而在昏乱的朝政之下，在动荡的年代之中，他所能做的，只不过是仰天长叹而已。

在朝为官，身不由己。延之要走了，要赴任去了。临行前，他赠给渊明二万钱，戏言以作酒资。渊明谢拒。“陶公放心，这钱来得干净，不似彭泽柯泰的二万钱。”俩人会意而笑。“与陶公交友，观陶公诗文，贪夫可以廉，懦夫可以立，我颜延之受益终身。”说完，延之拱手施礼，向渊明及全家道别。渊明脚疾不便，只能目送延之离去。这一去山高水远，相见不知何年……

延之与渊明可谓人生知己。但有一事，延之想不明白，渊明在《责子》等诗文中，把五个儿子说成懒惰贪玩，不好纸笔的愚钝之子。可延之看到的，却是一个个聪明伶俐，知书达理。按常理，一般长辈不说夸耀自己的儿女，至少不会贬损他们，而渊明是个例外。延之想过，是否为免兵役、劳役？他不得其解。

很多年后，延之有了答案。延之的儿子颜骏颇有文才，在朝得宠，便沽名钓誉，行止不检，延之屡劝不听。颜骏所做，为宋主所隐恨，后寻个由头，勒令颜骏自尽，其妻儿外迁，沉死江中。白发人送黑发人的颜延之，悲恸之余，突然感悟到渊明《责子》诗的用意：是他看破乱世，看破伴君如伴虎的险恶，不欲其儿子们出仕，以蹈那些家门遭灭的旧辙。故作诗自污，不露其才，不图征召，让儿孙们以不才终其天年。这是一种无奈，是时代的悲哀。渊明贬子的背后，却深藏着一片爱子的深情啊！延之不由得又一次感叹陶公高深悠远的思虑。

五十六

景平二年（424）六月，徐羡之、傅亮、谢晦，召南兖州刺史檀道济，江州刺史王弘入朝，与他们谋划废立之事。年仅十九岁的少帝义符，又遭徐羡之等人行弑。刘裕又一个儿子死于非命。

随后，他们奉迎刘裕三子义隆即皇帝位，史称文帝，大赦改元，称景平二年为元嘉元年（424）。文帝登基后，复原庐陵王义真封爵，迎还灵柩，义真母亲孙修华，妻子谢妃，尽返归京都。

渊明闻知此讯，为延之的境遇松了一口气。同时他从新皇复原义真封爵中预感到，皇家兄弟亲情仍在。而谋害义真的元凶，在劫难逃了。别看眼下个个封赏，这只是新皇为安抚人心的权宜之计，但等时机成熟，定当秋后算账。徐羡之、傅亮一班人，先杀义真，后弑少帝，虽有私心，总体上还是为刘宋江山着想。但这班人怎么会愚妄得想不到，奉迎的文帝义隆，是义符、义真血浓于水的兄弟。你们如此残忍地杀害了他的同胞，他能善罢甘休？再说，你们能对他兄弟下此毒手，谁又能保证某一天不会对这位新皇下手。

不久，渊明的推断又应验了，虽经过一番周折，徐羡之、傅亮、谢晦等一干要犯一一被处死，且祸及满门，朝廷内又一场血雨腥风。徐羡之、傅亮、谢晦是刘裕钦定的辅政大臣，确实无篡逆之心。废弑旧主，拥立新主，刘宋江山稳固了，自己却落得个家破人亡的下场。这就是官场的险恶，就是家天下的无情。陶渊明对此看得清楚，想得明白，做得彻底。

五十七

元嘉三年（426），王弘调往京城。他在江州任八年刺史，勤政为民。这期间，他虽参与了废少帝的预谋，但只是被迫无奈。且在江州任上政声颇佳。所以直到他后来病逝，朝廷并未追责于他。他在与渊明交往中以文会友，以诚待人。王弘的离任，渊明心怀眷念。

檀道济接任江州刺史。此人行伍出身，然而，他想效仿前任，附庸风雅，讨个爱才的好名声。他首先想到的就是陶渊明，心想，你与前任刺史交往深厚，我这新刺史你一定不会怠慢。他要把排场做大，财物送足。他要让对方感到，他的到来给了对方多大的情面，多大的恩惠。他甚至想看一看陶渊明感恩戴德的模样。于是他带领兵马护卫，吆吆喝喝，前呼后拥来到栗里。整个山村被他一来，闹得尘土飞扬，鸡飞狗跳。乡邻们没见过这阵势，家家户户关门躲避，只在门缝中向外探望。

渊明近几日身体不佳，但听说新任刺史到来，不得不勉强起身。他一见这场面，心里便有几分不快。尽管如此，渊明对于这位一州之长，自然还要以礼相待。

檀道济一身戎装，高视阔步地走了进来。他坐定后，见屋内陈设简陋，摇首叹息。随后他以开导的口吻说道："贤者处世，天下无道则隐，有道则至。今陶公生在文明之世，奈何自苦如此?"

渊明本来就对这位新刺史的做派反感，这会又听到那近乎教训的语气，已是按捺不住，他冷冷地说道："我陶潜何德何能，敢称贤者。才志差远了!"

聪明人一听此言，就能感觉到话不投机。檀道济不知是未感觉到，还是故作大度，他一招手，兵士依次抬上粳米、猪肉、绿酒之类。前任可没有他这样慷慨大方，他一定以为他是雪中送炭了。

不过，这位檀大人也太不了解陶渊明了。他是收过赠物，但必须是他认定的好友所赠，否则再贵重的财物，他也纤毫不沾。渊明见此情状，站起身，断然拒绝道："这绝不敢当！如果收此财物，我陶潜离贤者可就更远了。请收回去!"说时，渊明将手背向外，高高一挥。

这一次，檀道济听出了这带刺的话，看到了不屑的神情，心中不爽。特别是那高高一挥，他感到有伤自尊。这位自信满满的刺史大人，失望了。他没有看到感恩戴德的陶渊明，倒让他想起了不为五斗米折腰的陶县令。都这把年纪，秉性一点没变。他知道没有什么好说的了，他这爱才的好名声在这里是讨不到了。于是，便站起身，摆出一副赳赳武夫的派头，大声说道："走啦，好好保重!"说完，他一招手，兵士们抬起肉、米、酒，随之而去。渊明走到门前，看着远去的队伍，心想，谢天谢地，可别再来惊扰乡邻了。

然而，也就是这个元嘉年间，十年后，檀道济一门被抄斩，连部将也未免其祸。前者他受徐羡之等人指使，参与了行弑少帝的行动。文帝即位后，迟迟未对他动手，只因他是位武将。天下不太平时，他还有利用价值。一旦狡兔死，这走狗就当烹了。这就是檀道济口称的"文明之世"。

暮　景

陶渊明老了。他须发雪白，面黄肌瘦，衣衫褴褛。他想再走走，再看看……他拄着拐杖，一步一步，独自巡游在这片生他养他的故土上。南山还是那样的青，平湖还是那样的蓝……“木欣欣以向荣，泉涓涓而始流，善万物之得时，感吾生之行休”。《归去来辞》这段文句，渊明从未像今天感受得这样深切。自己的这一生将要结束了。然而，他没有眷恋，没有告别，因为他将要完全地融入这片青山绿水之中，也许就是终级的天人合一了。

他来到东篱菊圃，此时的菊花正含苞待放，他能等到菊花盛开的时日吗？他不知道。可他渴望有生之年能再欣赏一次菊的花海。渊明弯下腰，采了一朵花蕾，这时，那遥远的“采菊东篱下，悠然见南山”的清幽之境，又浮现在眼前。噢，那是一种多么美妙的情趣。是他在人世间，陶然自得的时光。只可惜太少，太短暂。

渊明想写三首诗，统为《挽歌》，再写一篇《自祭文》，算是自己在人世间走过一遭的最后一点体味和感慨。他缓慢而吃力地蹚过清溪，又一点儿一点儿地挨近了那棵孤松。这棵松树，与自己为伴几十年，已无当年的青翠挺拔了。在无数岁月里，独秀于林的它，经受了更多的风雨摧残，如今已是斑痕累累。渊明手抚树干，百感交集。

少顷，他平静了心绪，思路渐渐清晰起来，他的诗文的腹稿已近打好。“有生必有死，早终非命促。”人是如此，树也是如此，万物皆如此。在第一首诗里，他预想着自己死后入殓的情形，生发出一死百了的感叹。“但恨在世时，饮酒不得足。”当他吟诵这句诗时，自己也被惹笑了。这一幽默风趣的结尾，把他在世时愤世嫉俗的感情，怀才不遇的遗憾，穷困潦倒的境遇，借一“酒”字，化解得含蓄而轻淡。尽管饮酒不得足，不该饮的酒他坚决不饮，不该受的酒他断然不受。他那贫贱不移的高风亮节的形象，与他质朴平和的诗文一道，将永久地留给后人去品评。

第二首诗当写自己死后祭奠、出殡的情状。亲友送葬的情形放在了第三首，“亲戚或余悲，他人亦已歌。死去何所道？托体同山阿。”渊明认为，人的生死是自然规律。新生旧死，才能万古长青。不像有些人忌讳说死，更畏惧死亡。他面对于死很豁然，不避讳。其实这件事，他早就想明白了，“纵浪大化中，不喜亦不惧。应尽便须尽，无复独多虑”。

渊明路过酒家时，将延之送的两万钱取了出来。回家后，他将钱交给了蕙兰，让她留着自己养老。

天色暗了下来，他点亮油灯，坐在书案前，默默地推敲起那篇《自祭文》。夜风透过窗格间吹了进来，渊明突然感到一阵彻骨之寒。他想站起来加件衣裳，却四肢无力，怎么也撑不起来，这是以前从未有过的感觉，他有一种预感：自己所剩的时间不多了。

蕙兰走了过来，为夫君披上衣裳，渊明向夫人投去了感激的目光。随后他提起笔，一笔一画写完了《挽歌》诗章。他又写起《自祭文》，文中回顾了自己的一生，“自余为人，逢运之贫，箪瓢屡罄，絺绤冬陈”。他生活在一个黑暗的时代，一个动乱的时代，一个几度朝代更替的时代。他看惯了血雨腥风、杀人如麻的惨景；听惯了哀鸿遍野、怨声载道的悲鸣。多少次噩梦惊醒，多少次心惊肉跳。生活在这样的时代，真不幸！这由不得个人意愿，你遇上了，只能听天命了。他一生过着清贫的日子。不过，他坚决辞官归隐，不求名，不求利，不同流合污，保持了自己的清白。在乡村，虽躬耕劳作，但过得比较自由、闲适，能够从老得终，没有遭到毒害残杀，这又使他聊以自慰。

自祭文的最后，渊明感慨悲愤地以“人生实难，死如之何?”作结。这里的人生实难，绝不仅仅是渊明个人，而是生活在社会各阶层，特别是最底层的芸芸众生。这是渊明在用自己最后的气力，诅咒和抨击这个人吃人的黑暗世道。渊明写完了最后一个字，笔从他手指间滑落，这一落下，再没提起。

渊明病了，开始还勉强支撑着。到了第三天夜里，病情加重，一会儿发热，一会儿作冷。他觉得疲劳，四肢接近了软化，也有些酸痛。一会儿，他如同被人架在火塘上烤，他热，热得实在熬不住。忽然如同浇上一桶冷水，他发起冷来，忍不住从内心发出来的寒颤。他让蕙兰将所有能盖的东西全压在身上，仍然止不住寒冷。

这一热一冷有些古怪，他立刻就想起了疟疾。唔，那天夜里，窗格间的那一阵寒风袭来，他感觉到一阵潮寒，病就来了。疾病单找弱者侵，是他自己已年老体弱了。

寒冷使他发起抖来，全身的筋骨都在抽动。牙齿和牙齿忍不住发出互相撞击的声音；而从脊骨的骨髓缝中，似乎不住地浇下了一盆盆的冷水。他用两手绞紧了胸围，尽力将牙齿拼命地咬住，但还是忍受不了。他让蕙兰再拿被褥压上，可她再也拿不出了，最后她只有用自己的身体来代替被褥……病魔在折磨着他，他不住地抖着，牙齿嘎嘎地作响，使得整个床板都受了他的传染，止不住跟着他颤抖起来……蕙兰心痛而焦虑，只盼着早些天亮。

清晨，蕙兰让佟儿去请郎中。郎中为渊明把完脉后，将蕙兰招至一旁，摇了摇头，无言而去。蕙兰明白，夫妻俩诀别的时候就要到了。从渊明给她二万养老钱时，她就有一种不祥之感，如今果不其然。可她不甘心。她要让佟儿去浔阳城，去请最好的郎中。渊明拉住蕙兰的手，蜡黄的脸上有一丝安详的微笑，他轻轻地摇了摇头，吃力地说了一句："把伢仔们都叫来吧!"渊明知道，他要走了，要离开这个人世了，要到很远很远的地方去。这地方他已经选好了。他让蕙兰为他换上那件出门才穿的、飘逸的长衫，穿上那双做工考究的新鞋，戴上那条漉过酒的葛巾。然后，他静静地躺下，等待着出发的时刻。

佟儿快速去往南村，亲人们随即赶到栗里。儿孙们来到渊明床前，只有馨儿未见人。此时渊明很平静，他在等。馨儿这几日早出晚归，今天一大早又出了门，他知道馨儿去了哪里。

馨儿赶了回来，手里捧着一册新书，"爹，爹！您的诗文刊印成书了!"馨儿说着，将《陶渊明诗文集》呈送在渊明面前。渊明脸上露出欣慰，他想抬手去拿，可没有力气。他将目光转向蕙兰，手指稍稍动了一下。蕙兰会意，一手握住夫君的手，一手接过书来。夫妻俩手握手，端量着新书。其中意味，只有他们老夫妻俩心里明白。

伢仔们到齐了，渊明该交代后事了。他叮嘱儿孙们：自己死后，不发讣告，不受赙赠；不必哀伤，不必耗费。他的墓，无须树碑，无须堆砌。一切从简。伢仔们含泪应承。他说他走了，留下老伴，实在难舍。他看着蕙兰，又一次握住蕙兰的手，这是一位与他一起受苦受穷几十年，而不离不弃、无怨无悔的人生伴侣。此时，他心怀愧意与眷恋……他让伢仔们一定要好好孝敬母亲。伢仔们纷纷点头。

后事交代完毕。渐渐地，渊明的目光投向远方……他想念远方的老朋友了，特别是延之。此时他多想与这位知己见上一面。可关山阻隔，这最后一面是见不上了。渊明轻轻叹了口气，在他人生众多遗憾中，在即将离世时，又添了一重深深的遗憾。他无奈地收回了目光。如渊明在天有灵，他应该知道：迟一步赶到的颜延之，为他这位知己写下了《陶征士诔》祭文，情深意切，感动着一代又一代华夏后人。

通之、叶舟、殷之、荀之等好友们来了；茂林、茂水、河林、河柳、田春等田父们来了；田响、万串等学生们来了。还来了许多乡邻。渊明看着这一张张纯真友善的面庞，依恋不舍。他的目光在缓缓移动，他在向亲友乡邻们告别……当他的目光里呈现出叶舟的脸庞时，停住了，只听见渊明清晰地说出三个字：桃——花——源！……随后，他便静静地闭上了眼睛，只有嘴唇在微微合动："晋太元中，武陵人捕鱼为业，缘溪行，忘路之远近。忽逢桃花林，夹岸数百步，中无杂树，芳草鲜美，落英缤纷。……"

在似有似无的声息中，渊明渐渐脱离了这黑暗残酷的人世，脱离了清贫孤陋的人生，也脱离了他难舍难分的亲友乡邻。他重新上路，重新启程……他来到了一个崭新的地方，他早已选好的地方，是他在人世间久已向往的地方。这里土地平旷，屋舍俨然，有良田、美池、桑竹之属；这里男耕女织，丰衣足食，没有战乱，没有篡弑，没有苛政；这里是苦难百姓的安乐家园。

渊明终于来到了桃花源里，眼前出现许多和蔼的面孔。哟！那里面有他相识的人，他看到了万山、仁山等田父，看到了桑落洲那爷孙俩，看到了许许多多受苦受难的民众。他看到了久别的女诗人——谢道韫，她还是那样端庄素雅。呵！殷仲文迎上前来，张野也在，文友相聚了。突然，渊明看见了思获！她与渊秀搀扶着母亲在向他微笑，渊明赶紧走了过去。敬远陪伴婶娘也走了过来。他们都在迎接着渊明……

和风里飘荡着优雅的琴声，百鸟欢唱飞舞；漫天的桃花，洋洋洒洒，芳香怡人。渊明终于有了一个美好的归宿。他把酒相邀，欢迎乱世中的亲朋好友，劳苦民众，能到这里来。桃花源是一个温馨的家园，永远的家园，永远，永远……